MESRINE N'EN SAURA RIEN

Pour Marie & Raphaël

Laurent Vincent-Bardin

MESRINE N'EN SAURA RIEN

Roman

La voyoucratie française
n'a rien a envier à son
homologue américaine et
les années 70 nous l'ont
prouvées ! Bon retour
dans le passé.

Amitiés

Laurent

FABRIQUÉ EN FRANCE

ISBN : 978-2-38124-122-7

Aux trois colonnes qui soutiennent ma vie.
À toi qui, en 1982, m'as emmené voir L'as des As au cinéma.

Avant toutes choses, j'aimerais éclaircir avec vous certains points importants. Histoire que vous ne vous fassiez pas de fausses idées, de faux aprioris ou que vous deviez vous fader tout le bouquin pour que dalle. Je m'appelle Jean. Jean Pierret si vous voulez pousser le bouchon de la curiosité un peu plus loin. Je suis né en 1932. Où et comment, cela ne vous regarde pas. Le fait est que je suis, comme on dit, « d'origines douteuses ». Là où votre vie est peut-être ouvrière, intellectuelle, bourgeoise ou que sais-je, la mienne est faite de tours et de détours dans un milieu fermé que l'on appelle le mitan. J'y baigne depuis de nombreuses années et je ne compte pas en sortir de sitôt, même si les képis aimeraient bien m'envoyer à nouveau au trou. C'est sans doute une façon de vivre qui vous échappe. Une voie parallèle qui semble révolter les biens pensants et les biens nés mais c'est celle qui me plaît. Elle n'est pas faite d'horaires fixes, de patron et de fiche de paie en fin de mois. Elle est constituée de larcins, plus ou moins grands, d'agressions, de butins, de cambriolages, de casses, de détournements ou de vols, selon les opportunités du moment. Elle rapporte parfois gros ou vous laisse dans la dèche pendant des semaines. Certains membres sont connus, reconnus, voir admirés et promus parfois jusqu'au rang « d'ennemi public numéro 1 », mais pour quatre-vingt-dix pour cent d'entre nous, seule la police connaît notre nom, où l'on crèche et ce que nous faisons de nos journées et de nos nuits. Un jeu du chat et de la souris qui souvent tourne mal car les héritiers de Clemenceau ont parfois la détente facile.

Ce qui est certain, c'est que dans ces années 1970, où je suis actuellement, rien n'est acquis. Les tensions sont partout. Dans le milieu carcéral, où les émeutes du début d'année dans les prisons de d'Écouves, de Nancy ou de Fleury-Mérogis engendrent de nombreux procès, ou bien faisant suite à l'assassinat par un vigile d'un militant maoïste à la sortie d'une usine Renault. Nul moment de relâche possible. Alors, chemin faisant, je poursuis le mien. Le plus souvent assis sur l'arrière d'une chaise en équilibre, d'où mon surnom de « La Bascule ». Mais il me semble que vous en savez déjà trop.

1.

Vendredi 18 août 1972 – Paris 19 ème arrondissement.

Quelle heure est-il en ce début de soirée d'été vieillissant ? Cela n'a pas grande importance.

Cette rue du 19ème où j'ai rendez-vous avec Jacques est animée comme peut l'être la rue d'une ville nord-africaine. J'aime ces ambiances colorées où chacun s'interpelle comme s'il se connaissait depuis la nuit des temps. La multitude anime le mouvement, la vie donc. Le soleil, encore très haut, inonde les façades tranquilles des immeubles de prolos adossés à ceux des pseudos bourgeois de la capitale. J'arrive en avance au « bar des deux phares », être le premier est une priorité, un respect, mais surtout un gage de pouvoir choisir sa place, dos au mur, face à la vitrine du bar et à sa porte d'entrée.

Le Jacques que j'attends n'est pas « le Grand », non, pas Jacques Mesrine, pas celui qui vient de se faire la valise de la prison de Saint Vincent de Paul au Québec avec cinq autres détenus. Les journaux, la radio et la télévision ne parlent que de cela. Le mien, c'est « Jacquot la Fraiseuse », dentiste le jour et perceur de coffiots la nuit. Une vieille passion qu'il a héritée de son père. Son vieux a beau avoir fini ses jours à la Santé, cela ne le freine pas le moins du monde. C'est comme un défi pour lui, un coffre ou un râtelier à chicots ne doivent pas lui résister, question de principe. Et des coffres il en voit partout, aux PTT, à la banque, dans les supermarchés ou dans la bouche de ses clients. À croire qu'il est à moitié psy, voyant ou mentaliste, je ne sais pas. Il leur fait cracher des informations sur leurs peurs des voleurs et leurs moyens mis en œuvre pour s'en protéger. Il doit avoir l'ouïe fine et aiguisée pour comprendre ce qu'ils racontent avec deux cotons imbibés de sang calés au fond de la mâchoire.

Avant notre rendez-vous et après m'avoir affranchi de son projet, il m'a demandé de l'aiguiller sur une équipe afin de lui prêter main-forte pour le coffre d'un diamantaire du 17ème arrondissement, qui vient se faire refaire la devanture chez lui depuis des années. Le coffre en question, apparemment difficile à déplacer, il veut l'attaquer par la face ouest pendant que les autres monteront la garde au cas où. Il souhaite trois gars sérieux et patients mais ce ne sont pas les qualités les plus répandues dans le milieu. En attendant, La Fraiseuse est en retard.

Rituel toujours immuable que de le voir passer trois fois devant l'entrée du bar. Sûrement son côté parano qui lui inflige de voir des képis bleus partout. Il n'a pourtant pas de casseroles au cul à ce que je sache, à part quelques contraventions de stationnement. Qu'importe, après avoir fait les cent pas, le voilà qui s'assied à ma gauche, légèrement tendu comme à son habitude. Un double baby commence à le calmer un peu. C'est qu'il a des dettes de jeu, le fossoyeur de dents creuses. À trop tirer sur la corde des gagnants, il risque d'y perdre prochainement ses deux genoux, si ce n'est pas plus. Deux colosses des pays de l'est sont passés récemment à son cabinet dentaire pour lui rappeler sa dette et lui fixer un ultimatum pour le paiement. Ce ne sont pas le genre de lascars à qui on tente de la faire à l'envers.

Nous parlons de choses et d'autres, de la pluie et surtout du beau temps de ce mois d'août, où Paris sent enfin le calme et les vacances. La lumière du soleil couchant y est belle sur les façades de la rue Eugène-Süe. Arrive enfin le sujet qui nous réunit, il veut s'équiper sérieusement pour son coffre à bijoux. Quelques noms fusent à demi-mot, quelques oui, beaucoup de non, et au final, trois gars sont retenus. Reste à moi de les contacter et de leur proposer le chantier.

Rendez-vous est pris dans une semaine. Encore un verre pour la forme et je m'en retourne, jamais par le même chemin qu'à l'aller d'ailleurs. Serais-je parano moi-même ou ma petite voix intérieure me susurre-t-elle que les pigeons picorent toujours aux mêmes endroits… ? Va savoir.

Dès le lendemain, je me mets en quête des trois loustics. Ce n'est pas de gaieté de cœur que j'accepte de travailler le week-end mais il faut battre le fer tant qu'il est chaud, d'autant que certains d'entre eux ne sont joignables que le week-end. La manip' est simple : un coup de fil au bar de prédilection de chacun des gars et attendre leur retour. Méthode et patience, mais le fait est qu'en ce moment les temps sont durs pour tout le monde et les zouaves ne devraient pas mettre long feu à pointer le bout de leur nez pour venir aux infos.

Deux jours suffiront à recevoir des nouvelles du premier, Marcel, dit « La Faucheuse » à cause de ses mains, grandes comme des pelles de terrassier et capables de faire tourner une tête à 200 degrés sur son axe. Toujours partant pour tout, du moment que cela lui permette de se mettre au vert quelques semaines. Absent de l'appel des prisons depuis quelques mois, il est partant sans même avoir entendu parler de la fraiseuse. Rendez-vous est pris.

Le second, Pierre, dit « P'tit Pierre », me surprendra toujours. Le téléphone, lui, il ne connaît pas. C'est le surlendemain, alors que je suis attablé comme à mon habitude à la terrasse de mon bar de « résidence », qu'il apparaît, tel un diable sorti de sa boîte, comme si nous nous étions quittés la veille au soir après un bon dîner. Les six derniers mois au placard à Fresnes n'ont pas altéré sa bonne humeur. Explication de texte, descentes de Picon bière et l'affaire est entendue.

Quant au troisième, il ne sera pas des nôtres, une balle de 9 mm tirée par un képi ayant stoppé net, il y a deux semaines à Drancy, sa carrière de voyou.

J'appelle La Fraiseuse, le temps presse, il partira, équipé des deux vigies. Il repasse me voir au bar et me laisse trois liasses de billets de cinq cents francs, une pour mes faux frais et deux pour fournir l'équipement nécessaire à ses aides de camps.

Les vacances tirent à leur fin et le diamantaire ne va pas tarder à regagner ses pénates. Sans informations sérieuses sur sa date de retour, La Fraiseuse ne peut se fier qu'à son instinct.

Pour ce qui concerne le matériel, les consignes de La Fraiseuse sont claires :

— Écoute-moi bien La Bascule, je ne veux pas de matériel d'occasion, ni de pistolets en polymère. Les HK VP70, HK P7 ou P9, tu peux te les garder, je veux du métal, point barre.

Ça a le mérite d'être clair. Direction les vieux fournisseurs de la banlieue sud. J'ai entendu dire que « La Mitraille », à Ivry sur Seine, avait deux ou trois M57TT serbes en réserve. L'avantage de ces calibres, c'est que pour des 7,62 ils sont pourvus de chargeurs à neuf coups et non huit. Une cartouche de plus, ça peut changer la donne en cas de pépin. Je saute dans le métro direction Mairie d'Ivry par la ligne 7. Les képis sont partout, même dans le trome. Pas moyen de passer au-dessus du tourniquet sans se faire alpaguer et dans la foulée contrôler sérieusement. Je suis bon pour payer mon billet. Interminable ligne 7, vingt-trois stations depuis la Gare de l'Est, de quoi s'endormir dix fois. Mais il me faut rester sur mes gardes, les restes de 1968 sont encore là, la maison poulaga rode et mate d'un œil torve sur tout ce qui n'a pas atteint la cinquantaine grisonnante.

2.

La Mitraille est un petit homme trapu. Corse et courbé par les années. Mais ne vous y fiez pas, il a encore l'œil vif et toute sa tête. Il ne baisse son rideau de fer « officiel » qu'à 19h30 minimum. Son agence immobilière donne sur la rue Marat, mais c'est dans l'arrière-boutique, ou plus précisément dans le sous-sol de l'arrière-boutique, que tout se passe. Il ne faut pas être raide comme une barre à mine pour descendre l'échelle de bois à pas japonais qui mène sous terre et ne pas s'emmêler les pinceaux. Deux ampoules en fin de vie éclairent la cave voûtée et humide où des caisses de l'armée trônent au milieu de quelques bouteilles posées là pour parfaire le décor. Il y a là une collection impressionnante de toiles d'araignées. La Mitraille me présente trois pistolets différents et mon choix se porte sur la manufacture Zastava. Détail important à prendre en compte lorsque l'on se rend chez La Mitraille, c'est qu'il vaut mieux se raser les poils du dos avant. Pas de négociation possible, les prix sont fermes et la fraîche passe vite d'une main à l'autre. Trois pistolets, six chargeurs et soixante cartouches pour quelques milliers de francs. Du fond de la malle, La Mitraille extrait un rouleau de ruban adhésif de déménageur et me demande de retirer ma chemise. En quelques secondes, les trois armes et leurs chargeurs ne peuvent plus se dissocier de mon dos sans l'aide d'une main extérieure. Une brève poignée de main et la phrase habituelle du vieux corse claque comme un au revoir : « je ne te connais pas, mon ami ».

Au sortir de l'agence, il fait encore jour, mais surtout chaud, et se balader avec un blouson de cuir ne semble pas très adéquat. Je fais un bout de chemin supplémentaire pour reprendre le métro à Pierre Curie afin de ne pas avoir de contrôle en tête de ligne. Même avec un cran d'arrêt dans la poche droite et un poing américain dans la gauche, la rencontre avec les képis ne me tente pas. J'ai l'impression de perdre un litre de sueur en une heure de trajet retour.

3.

Lorsque je suis monté sur Paris en 1964, j'avais trente-quatre piges et déjà pas mal de casseroles aux fesses. Depuis quinze ans, je traînais mes miches plein sud entre Aix, Toulon et Marseille, avec parfois de petites incursions sur l'île de beauté, histoire d'honorer quelques contrats, risqués certes, mais qui payaient gros.

J'ai été enrôlé dans la magouille généralisée par mon « oncle Marcel ». Un Sicilien pure souche, avec des arriérés sur cinq générations. Cent kilos sur la balance et culminant au-dessus du mètre quatre-vingt. Dans sa jeunesse, il avait dû faire le choix entre le séminaire ou bien une vie à contresens. Vraisemblablement sensible des rotules, il avait opté pour le grand air loin des églises et des processions à genoux. Un dur à cuire qui a fini sa vie sur le vieux port de Marseille, attablé à la terrasse d'un café avec deux balles dans la nuque un soir d'automne. Il tirait pas mal de ficelles le vieux, du trafic d'alcool pour les bars et les restaurants de la région Aixoise, en passant par quelques filles, trafic de tabac et des bandits manchots.

Il m'avait pris sous son aile après pas mal d'années de galère à la sortie de l'école que, d'un commun accord entre elle et moi, j'avais quittée prématurément. Il me laissait entrevoir la partie visible de l'iceberg de ses activités. Je transportais pour lui quelques cartons dont j'ignorais le contenu, ce qui était sûrement mieux ainsi pour ma sécurité. Il m'est arrivé de jouer les portes flingues en couverture lorsqu'il se déplaçait chez certains « collègues » louches. Je n'ai jamais eu, à cette époque, à sortir le six coups planqué dans ma ceinture qu'il m'avait offert lors de mon initiation, le 23 février 1952, dans l'arrière-salle largement enfumée et alcoolisée du bar du père Raymond, son fidèle bras droit. Un Rital lui aussi.

Il est des instants de vie qui restent gravés dans la mémoire quoi qu'il arrive. Les néons, les tables, les chaises, les couleurs, les odeurs, les verres, les bouteilles, les bruits. À vingt piges, même avec des gros bras, t'es quand même encore un minot devant une tablée de trafiquants qui te fixent en te faisant passer un message bien clair : chacun à sa place, chacun dans son rôle et surtout pas de paroles. L'Omerta n'est pas forcément une exclusivité corse. Le vieux Marcel me l'avait expliqué très clairement. Cette soif de silence couplée à un code d'honneur issu de la Cosa Nostra dont il faisait partie depuis des années. Le partage permanent entre l'ambition, la responsabilité et la famille. Dans la mafia Sicilienne, chacun se doit de rester à sa place et de faire ce que les strates supérieures imposent. Une seule base : l'argent. Pour soi bien sûr, mais aussi pour la famille et les amis. Le tout sur fond de tuerie en toute impunité. Le fait est que lorsque tu as un petit doigt dans l'organisation, ou bien tu marches ou bien tu crèves.

D'un autre côté, la « fratellanza », fraternité, n'est pas un vain mot.

Durant ces quelques années passées aux côtés de Tonton Marcel, il m'a tout de même raconté quelques rares épisodes de sa vie Sicilienne. Une histoire m'est restée en mémoire. Celle de ses remontées de valises faussement diplomatiques remplies de came entre Casablanca et Tanger par le train serpentant dans la nuit interminable marocaine. L'aménagement intérieur des cabines que le Tonton Marcel aimait à décrire avec précision. Les couchettes en bois, le bar à l'éclairage ambré et aux bouteilles d'alcool planquées dans le double fond des placards pour les touristes fortunés. Les quelques lumières au loin des villages traversés. Les odeurs des plats préparés dans le wagon cuisine attenant au restaurant. Tout y passait. La Harira en entrée, les méchouis et les pastillas en plats ainsi que les Chebakias et les Sellous en dessert et le thé à la menthe. Tout juste s'il ne me décrivait pas le détail de l'addition. Il prenait ces voyages comme des moments de presque détente, ses sbires à lunettes noires et calibres planqués sous les vestes de costumes, affairés à la surveillance des valises blindées pour plusieurs centaines de milliers de francs de poudre blanche. Les transferts entre la gare et le riad de Tanger loué pour l'occasion étaient parfois escortés par la police locale… Du grand art ! Les chambres somptueuses aux fenêtres de bois sculptées avec leur lit à baldaquin drapé jusqu'au plafond, les salles de bains de marbre et les patios gigantesques avec leur bassin d'eau fraîche et leurs fontaines travaillées.

Il avait une vraie nostalgie de ces années où le pognon coulait à flots. Un voyage et c'étaient des mois de tranquillité financière. Jamais un mot sur les moments foireux, les doublons des équipiers, la fauche, les trahisons, les règlements de compte qui s'ensuivaient, les balles dans la tempe et les cadavres dissous dans l'acide. J'ai aimé ces années où j'ai fait mes armes avec l'oncle Marcel.

4.

Remonté à Gare de l'Est, je fais une pause au bar « l'esplanade », rue de Dunkerque, avant de rejoindre mon appartement au dernier étage du 80 rue du Delta. En passant devant la grande Ghislaine, qui officie par tranche de 15 minutes pour deux cents francs dans l'hôtel de passe qui jouxte mon immeuble, je lui lance un clin d'œil pour qu'elle me suive. Je l'entends marmonner derrière moi dans les escaliers. Pourtant six étages de plus ou de moins, elle n'est plus à ça prêt dans sa journée et vu la taille de ses guibolles, un peu de sport ne peut pas lui faire de mal. Dans mon appartement, je tombe le blouson et retire ma chemise. Elle sait très bien que je ne lui ai pas demandé de monter pour la bagatelle, ça, c'est de l'histoire ancienne. Elle comprend de suite lorsque je me retourne pour lui présenter mon dos.

— Tu vas prendre cher mon Jean, je le connais ce modèle d'adhésif, il tient du feu de dieu.

— Arrache-les et arrache-toi Jiji, j'ai à faire et fais gaffe, les lances pruneaux sont chargés. Et sois gentille d'arrêter de m'appeler par mon prénom, je n'aime pas ça.

S'exécutant avec la délicatesse d'un troupeau de buffles à la saison des amours, Jiji me désolidarise des trois armes en un éclair et quelques larmes réfrénées au coin de mes yeux. Je lui glisse un billet de cent sacs entre les seins pour la remercier et acheter son silence par la même occasion. Direction la sortie. Retour sur le trottoir. Je planque la marchandise dans le double fond de l'un de mes placards, aménagé pour l'occasion.

5.

Ghislaine et moi, c'est une vieille, une belle et une courte histoire. Toutes les bonnes choses ont une fin. Nous avons fait connaissance un soir d'hiver 1966. Il caillait tellement fort ce soir-là, qu'en rentrant chez moi, je l'avais vu tremblante comme une feuille avec sa longue chevelure blonde sur le bitume de son trottoir. Je lui avais proposé, allez savoir pourquoi, de monter un instant pour boire une pisse mémère et se réchauffer. Feignant au regard de son mac de monter avec un client, elle n'était redescendue que quelques heures plus tard.

Une phrase en entraînant une autre, c'est cette nuit-là que j'ai appris qu'un client l'avait engrossée deux ans plus tôt et qu'elle avait dû faire passer le moutard. L'histoire avait dû se répéter encore dans sa vie quelques mois plus tard car elle était à nouveau partie pour pondre, cette fois-ci du côté de chez sa mère, et au passage, lui laisser la garde de sa fille nouvelle née. Elle ne voyait sa petite que très rarement et se battait pour mettre de la fraîche à l'ouest dans le but de partir avec elle, je ne sais où vers une nouvelle vie. Mais un franc est un franc et son mac, au courant de ses problèmes, ne faisait rien pour l'aider. Une sacrée courageuse que cette Jiji. L'homme est un chien pour l'homme, alors que dire lorsqu'il s'agit d'une femme.

Nous avons toujours gardé de bonnes relations, sûrement parce que c'est l'une des rares personnes que j'ai croisées dans ma vie qui, à aucun moment, ne s'est permis de juger ou de donner son avis sur ce qu'elle entendait ou voyait me concernant. Elle se doutait très bien que tout le cash que j'utilisais au quotidien ne venait pas d'un bas de laine d'une vieille tante dont j'aurais hérité. Par contre, elle ne se cachait pas pour me le dire. Elle aurait dû faire psy, ça lui aurait soulagé l'entrejambe. Sa meilleure amie, Sylvie, faisait également le tapin. Elles ont appris le métier sur le tas. Très complices toutes les deux dans la galère, elles partagent un petit appartement à deux pâtés de maison de leur trottoir. Une vie à la petite semaine, sans week-end et de très rares vacances.

6.

À la tombée du jour, entre chiens et loups, je retrouve les trois artistes de variété pour le coffiot au bar « chez Jean Jean » rue Riquet. Sacoche US de toile kaki en bandoulière, je distribue sous la table les lances pruneaux comme des friandises à des enfants pour Noël. J'en profite pour rendre la monnaie à La Fraiseuse qui, bon prince, m'en fait grâce pour pouvoir m'acheter, me dit-il avec un sourire jusqu'aux oreilles, de la crème Nivéa pour mon dos rougi. Monsieur a de l'humour. À peine le temps de descendre les fonds de verres que tout le monde s'en retourne dans ses quartiers.

Pour en avoir fait l'expérience, ce bar a ses avantages. La salle est distribuée en trois zones légèrement surélevées par des estrades, qui permettent d'avoir une vision large des deux entrées en angles de rue. De plus, le couloir vers les toilettes a son passage discret.

Un soir de janvier 1969, alors que j'étais de retour de Hollande avec encore dans mes poches cinquante grammes de cocaïne à remettre à un acheteur mondain, une descente de flics m'a fait filer vers les gogues fissa. Arrivé dans le long couloir, il ne faut pas se tromper : à droite les cuisines, au fond les chiottes et à gauche, dissimulée derrière un ensemble de porte manteaux, une porte donnant sur l'escalier intérieur de l'immeuble voisin. J'ai grimpé quatre à quatre les six étages de l'escalier de service en bois pour me retrouver au pied d'un vasistas. Hissé sur le toit, je me suis crapahuté de toits en zinc en toits en tuiles jusqu'au local à poulies d'un ascenseur, trois immeubles plus loin. Par chance, le toit de la machinerie donnait dans un hôtel de passe. Cela m'a coûté deux cents sacs pour rester planqué quelques minutes dans la chambre d'une rouquine, mais j'avais sauvé mes miches et du même coup, profité des siennes.

Le calme revenu, je m'étais éclipsé pour rentrer chez moi. Ce soir, je vais aller vagabonder dans les rues sombres de la capitale, ma mission est terminée. Les fauves ne sortent que la nuit et Paris aime les accueillir dans ses bouis-bouis, ses bars, ses lieux branchés où le funk, la soul et le disco se donnent à fond. Personnellement, je préfère aller traîner du côté de La Bulle, rue de la Montagne sainte Geneviève. C'est là que le vrai rock des années 1970 explose, après que le Rock'n'roll Circus et l'Open One ont fermé. C'est aussi là que se croise le gratin de la voyoucratie parisienne du moment. Il faut y aimer les odeurs d'herbe et la présence de mannequins ou de gens du showbiz. Ça fume, ça deale, ça picole, ça se tripote et ça se pique dans les alcôves. Et ça baise aussi bien dans les chiottes que dans les contre-allées entre les tables. Par contre, sur scène, c'est que du top. Un régal pour les cages à miel.

7.

À la Bulle, j'y ai croisé des loustics plus barrés les uns que les autres. Des gars prêts à tout, sans peur, sans regrets et encore plus, sans remords. Prêts à partir dans l'instant à l'autre bout de la France, en Espagne ou au Maroc pour y faire voyager des kilos de cocaïne ou de haschich, le tout pour une belle poignée de billets. Le Strasbourgeois était de ceux-là. Une belle gueule, une carrure de rugbyman et un sourire jusqu'aux oreilles en toutes circonstances. Après sa journée de travail, il était toujours disponible pour un convoyage de stupéfiants. Carré sur toute la ligne, droit dans ses bottes chez son employeur et digne de confiance pour les trafiquants. Il aurait pu faire ça toute la journée et se mettre à la retraite à trente-cinq ans, mais il gardait sa rectitude professionnelle comme un joker dans sa manche.

Il a pourtant failli se faire alpaguer à la frontière espagnole avec quatre kilos de cocaïne planqués sous le siège passager de sa 4L. Le douanier en faction lui avait demandé de se garer sur le côté le temps que les collègues rappliquent pour le contrôler. Longue attente d'un quart d'heure qui lui en a semblé le triple, la main ancrée sur son calibre planqué sous ses fesses jusqu'au moment où, chanceux le zouave, un Espagnol un peu trop pressé a forcé le barrage en doublant la file des voitures en attente. Course-poursuite, ne restaient plus que deux képis dans la guitoune et voilà notre Strasbourgeois libéré dans l'instant, quitte pour une belle frayeur. L'une des règles d'or dans le convoyage c'est que lorsque la marchandise est à destination, il ne faut pas chercher à savoir ce qu'il se passe après. Chacun son job. Notre Strasbourgeois, maçon de son état, a souvent été sollicité pour couler dans le béton des calibres à usage douteux, des douilles ou des schlass ayant découpé de la bidoche en suivant les pointillés sans consentement du découpé. Paris et sa banlieue en regorgent. Le temps fera le reste.

Il jouit encore aujourd'hui de ce savoir-faire multicarte qui le rend presque indispensable dans les missions délicates. J'ai entendu dire qu'il avait réussi à faire voyager un kilo de blanche dans le sac personnel de son commanditaire, sans que celui-ci ne s'en rende compte, en voyageant dans le même train que lui entre Marseille et Paris. En cas de contrôle, le client aurait pris cher alors que lui aurait sauvé sa peau. Son ingéniosité devrait être étudiée en cas d'école de la voyoucratie. Je devrais prendre de ses nouvelles pour voir si une affaire est faisable avec lui prochainement.

8.

Je passe « chez Francis », là où la nuit tous les chats sont gris, facile. Les néons donnent aux humains une couleur blafarde qui masque la réalité des visages. La mémoire peut ainsi s'altérer entre la nuit et le petit jour, plus personne ne se ressemble. Les putes, les macs, les badauds, les petites frappes comme les grandes, tous sont à la même enseigne devant la lumière. Les conversations sont à voix basse, très peu d'esclandres ou d'envolée lyrique, sauf à avoir une chopine de trop dans le cornet. Les banquettes y collectionnent les offrandes de remontées gastriques de fin de semaine. Certains y ont leurs habitudes et gare à celui qui poserait son séant sur la chaise de tel ou tel habitué sans y être invité. Un signe distinctif est reconnaissable sur les assises en bois des chaises réservées. Une entaille de quelques centimètres au niveau de l'entrejambe, résultat de l'empreinte laissée par la lame blanche du « propriétaire » de la chaise. Le patron n'y dit rien et pour cause, l'habitué y laisse souvent pour plusieurs centaines de francs de consommations par jour, et pour peu qu'il tienne à sa devanture…

Jacky le Fou a élu domicile chez Francis depuis plusieurs années. Tout le monde l'appelle le Fou car il a un nom de famille imprononçable, à coucher dehors avec un billet de séjour, comme on dit. Et puis le Fou, à y réfléchir, ça lui va plutôt bien. Il doit mesurer dans les un mètre cinquante les bras levés, des épaules larges comme un cintre et une tête de fouine aux yeux noirs et perçants. Son gagne-pain réside dans l'extorsion de fonds, le racket. Il fait souvent équipe avec le boucher des Cévennes quand ça tourne au vinaigre. Le boucher est le fils d'une ancienne chemise noire de Mussolini. Élevé par son père dans la haine de la race humaine.

Mais revenons à Jacky et à ses méthodes de travail. Il déambule dans les rues de Paname, vise un commerçant au calme, va le voir et lui explique la façon la plus sûre de maintenir à la fois son commerce en état et de rester en vie par la même occasion, le tout conditionné à une rétrocession d'un fort pourcentage sur ses recettes, bien entendu. De grosses lunettes fumées sur le nez et un béret de travers le rendent quasi incognito. Il maintient la pression sur deux, trois commerçants en même temps, histoire d'avoir un fonds de roulement et de faire rentrer la monnaie. Le problème, c'est quand ça tourne mal. Il laisse peu de temps à sa victime pour organiser une riposte. Cela passe dans un premier temps par un pavé dans la vitrine dès le lendemain, histoire de montrer que ce n'est pas du flan, puis à nouveau, une entrevue pour valider la donne. Il vient d'arriver au bar. Un peu chafouin, il me raconte son dernier client : un plombier zingueur de la rue de la Convention dans le 15ème. Premier contact sans trop de problèmes, pavé dans la vitrine comme d'habitude et le voilà revenu aux nouvelles de son tuyauteur pour encaisser la fraîche. Sauf que le plombard n'était pas tout à fait d'accord et lui a sorti une lance à propane enflammée sous le nez, le menaçant de la faire rôtir s'il ramenait encore ses miches dans le quartier. Qu'à cela ne tienne, Jacky s'en est allé la queue entre les jambes… pour quelques heures. Le temps de passer un petit coup de fil au boucher des Cévennes, pour le prévenir de l'arrivée d'un beau morceau. Question de savoir vivre, on ne débarque pas chez le boucher avec un steak de quatre-vingt-dix kilos sans prévenir. Jacky est repassé rue de la Convention, a redemandé son oseille au plombier zingueur et avant que cela vire au pugilat, lui a crevé un œil avec une chute de cuivre de diamètre quatorze qui traînait là. Preuve en est qu'il faut ranger ses affaires.

Le professionnel du lavabo a mis quelques instants à trépasser, non sans un coup de main de Jacky, à coups de marteau sur le crâne. Un vrai film d'horreur. Viande froide chargée dans la fourgonnette du plombier après avoir vidé le tiroir-caisse de la boutique, ainsi que le coffre-fort, et direction rue Blomet, chez le boucher. Le deal est simple entre Jacky et le boucher : si une carcasse est à faire disparaître, il suffit de la déposer dans l'arrière-cour de la boucherie entre deux poubelles et d'y laisser dans les poches la moitié de la fraîche acquise à ses dépens. Le boucher se charge dans l'heure de tout ce qui est découpe, réduction, suppression et disparition complète de la marchandise encombrante. Allez savoir où tout cela fini ? Ce qui est sûr, c'est que cela fume sévère dans la tuyauterie de ventilation du local. Et il marche bien son petit commerce au boucher, pas mal de malfrats de Paris et de sa petite couronne s'y pressent. La viande froide a encore de beaux jours devant elle. Bref, Jacky n'a pas fait son beurre ces derniers jours. Je lui offre un ballon de rouge histoire de le requinquer. Il garde quand même le moral, connaissant le nombre de commerces dans Paris, il a encore de la marge avant d'être à sec de clients. Parfois il s'amuse à titiller le patron du zinc.

— Un jour, ce sera ton tour Francis, tu devras raquer pour vous maintenir en vie toi et ton rade !

Ce à quoi le taulier ne manque pas de répondre en lui montrant son bon vieux P38 qui ne quitte jamais sa ceinture. À malin, malin et demi. La nuit passe. Sans remous ou presque, au fil de cette soirée de fin d'été. Quelques hurlements au loin font connaître une énième bagarre dans un troquet miteux. Vivement la rentrée que tout cela s'anime à nouveau, sinon mes journées vont être longues, appuyé en équilibre sur les deux pieds arrière de ma chaise contre la façade du rade.

9.

La Fraiseuse et ses acolytes ont réussi leur virée nocturne. Pas du premier coup car la porte du diamantaire n'a pas voulu se faire sauter dans les règles de l'art, mais la seconde fois, par l'entrée de service. Il est passé me raconter ses exploits. À peine arrivé, il s'est écrié :

— Aujourd'hui, c'est moi qui rince !

Chose rarissime au demeurant et qui prouve que cela avait été concluant. Le coffre n'était pas si gros au final et avait été livré juste avant le départ en congés des résidents. Faute de temps assurément, le fournisseur n'avait pas scellé le coffre et il trônait là, contre l'un des murs du bureau. La Fraiseuse l'a travaillé au corps pendant deux heures, réussissant à peine à lui faire sauter l'une des deux charnières. À bout de forces et de patience, et sentant que dans l'immeuble ça commençait à bouger à cause du bruit, les trois comparses ont décidé de virer le coffre par la fenêtre et de l'embarquer pour le finir au calme. Comme quoi, il doit bien y avoir un bon Dieu de la cambriole, lorsque le coffre s'est envolé du troisième étage et la gravité aidant, ce dernier s'est fracassé sur une bitte d'amarrage qui trônait dans la cour depuis la fin du XIXème siècle. Dans un bruit assourdissant et finissant de réveiller les voisins, la seconde charnière a cédé sous l'impact. Il ne restait plus qu'à faire déguerpir la bignole qui avait déjà son nez dans le coffre à l'arrivée des trois loustics et à se servir. Les poches chargées, La Fraiseuse a filé tout droit chez son fourgue habituel aux puces de Saint Ouen pour empocher les biftons et régler ses comparses. Le voilà au chaud pour un bout de temps, il va pouvoir régler ses dettes de jeu et sauver sa peau par la même occasion. Les patrons de cercles de jeux ne sont pas du genre arrangeant sur les crédits, soit tu paies cash, soit tu cours vite.

10.

La Fraiseuse m'a passé le bonjour de Michel, « Mimo », qui rentre de quelques mois passés sous le soleil du Maroc après une histoire pas piquée des vers avec la femme du maire de son arrondissement. Au début de l'année dernière, Mimo s'était rendu aux vœux de la mairie pour viser les nouvelles têtes du quartier et jauger des opportunités à venir. La femme du maire était de la soirée et apparemment, la bourgeoise s'emmerdait ferme dans un coin de la salle des mariages une coupe de champ' à la main. N'écoutant que son cœur, Mimo s'est présenté sous une fausse identité à la blonde charpentée du représentant de l'État. Coupes après coupes et les discours n'en finissant pas, il lui a susurré à l'oreille de venir visiter son deux-pièces à quelques rues de là. La bourgeoise n'étant pas du genre farouche, les voilà embarqués à mettre à mal les ressorts de la literie de Mimo. Chignon en vrac après un concours de pirouettes, les deux amants se sont rapidement effondrés dans les bras de Morphée.

La blonde se réveillant avant le brun, cette dernière s'est levée discrètement pour se faire la valise, se baissant au passage pour donner un dernier baiser à son amant d'un soir. Petit détail, le gars dort toujours avec un calibre planqué sous son oreiller, une habitude ramenée de la guerre d'Algérie. Encore dans les brumes des rapprochements homme-femme, Mimo n'a pas fait le rapprochement avec cette tête penchée au-dessus de la sienne et a logé une cartouche dans le genou gauche de la bourgeoise. Sous l'effet du choc, la belle s'est étalée de tout son long et est tombée dans les pommes. Comprenant rapidement la boulette, Mimo a rameuté deux amis aux gros bras pour acheminer le colis boiteux et pissant le sang jusqu'à La Pitié Salpêtrière. Ne sachant pas comment expliquer à son élu de quartier comment sa moitié avait pu recevoir un pruneau dans le genou, qui plus est sans que sa robe longue eût été trouée a minima…

Le jour même, il se faisait la valise pour Casablanca, allant chercher là-bas une retraite discrète, nécessaire en la circonstance. Aujourd'hui de retour aux affaires, il le fait savoir alentour. Entre-temps le maire, à qui sa bergère avait dû cracher le morceau, avait fait retourner le quartier à la recherche de la gâchette folle, mais en vain.

11.

À Casa, Mimo a pris le temps de faire des affaires et de mettre en place des ponts entre la France et le Maroc. La production d'herbe et de cannabis qui font sourire le peuple étant au beau fixe là-bas, pourquoi ne pas en faire profiter les Français ? Il est monté dans le nord du pays, où la production couvre plusieurs dizaines de milliers de kilomètres carrés, pour y faire ses emplettes. La culture dans ces régions est historique et ce depuis plusieurs siècles. Pour acheminer les dizaines de kilos de drogue jusqu'à la côte, Mimo et ses amis marocains ont loué de grosses limousines, ainsi le passage devant la maréchaussée était beaucoup plus aisé, reflétant le côté influent des propriétaires aux yeux des képis locaux.

Investir cent pour gagner mille, tel est le mot d'ordre de Mimo. Dès son arrivée sur la côte marocaine, il a acquis un joli petit voilier pouvant recevoir trois cents kilos de charge utile. Voilier à flots, il était prêt à tirer un azimut vers l'Espagne. La veille du départ, dînant dans un boui-boui un peu à l'écart du boulevard Pasteur où il a croisé Mick Jagger errant au bras d'une créature sortie d'un magazine de mode, notre Mimo attendait l'heure propice au départ, celle où le port se calme un peu après de longues journées ponctuées par tant d'histoires de contrebande et de trafics. Quatre gars étaient en place pour surveiller le chargement, deux sur le quai, tournant le dos à la ville et regardant au loin les lumières de l'Espagne, et deux dans le voilier. L'esprit à peu près tranquille, il se remplissait l'estomac.

À l'approche de l'addition et sachant très bien que dans ces régions du globe, le téléphone arabe va plus vite que le télégraphe, il sentit brusquement deux pointes froides au niveau de ses reins. Deux petites frappes à peine plus âgées que dix-sept piges avaient laissé traîner leurs oreilles sur les quais et localisé le propriétaire étranger du beau voilier sur le départ. Ils lui demandaient de bien vouloir s'affranchir d'une coquette somme pour pouvoir partir en mer, accompagné de ses deux reins et de son chargement. Le gars était connu sur Paname pour ne pas être un enfant de chœur. Il a plus souvent distribué des mandales que des brioches fourrées à la guimauve et ces deux gamins auraient dû se renseigner un peu avant de le prendre pour un rigolo de Français venu manger des Ghriba ou des Banofée aux zébrures de chocolat.

Sans opposition, Mimo les invite à le suivre jusqu'au voilier, sifflotant « Fly me to the Moon », chanson écrite vingt ans plus tôt par Bart Howard. En passant devant les deux gardiens postés à l'entrée du quai, ces derniers le laissent passer comme si de rien n'était. Arrivés sur le voilier et toujours en sifflotant, les trois hommes descendent dans la cale du voilier, notre homme d'affaires encadré des deux porteurs de lames. Malgré tout, Mimo a oublié d'être con et ne suppose pas une seconde ne pas se protéger de la convoitise éventuelle de son précieux chargement. À l'écoute de la chanson, les deux premiers gardes ont compris le signal et ont laissé faire. Les deux hommes en fond de cale également, mais planqués dans le noir, ils se sont rués sur les deux jeunots pour les neutraliser en leur passant un fil à linge autour de la gorge. La tête rouge et les yeux commençant à sortir de leurs orbites, les jeunes blaireaux furent vite à genoux.

Assis face à face sur deux chaises en plastique, les gamins n'en mènent pas large. Mimo leur a expliqué rapidement la situation :

— Vous êtes trop jeunes pour que je risque perpette en vous trouant la peau, néanmoins vous comprendrez que je ne peux pas vous laisser repartir. Nous allons donc nous divertir avant de prendre la mer. Je vous propose un jeu qui peut à la fois vous sauver la vie ou bien vous la faire perdre, une roulette russe en face-à-face.

Les deux jeunes commencent à trembler de tous leurs membres et implorent le pardon de leur victime devenue bourreau. Une violente droite à la première chialeuse ponctuée d'un gros « ta gueule ! » lui coupe net le sifflet. Mimo leur libère la main droite et leur tend un Smith & Wesson 38 Spécial de 1960, chargé d'une seule cartouche. Il fait tourner le barillet et le referme sur l'arme d'un claquement sec qui fige l'instant. De profil et dans la pénombre, les deux gardes de fond de cale pointent leurs armes sur les tempes des deux pleureuses pendant que Mimo leur détaille les règles du jeu :

— Chacun votre tour, le premier qui gagne est libéré.

Les deux bras tremblant ont peine à se dresser à l'horizontale, l'un face à l'autre, ce qui ne manque pas d'agacer Mimo.

— Par contre, magnez-vous le train car je ne suis pas patient et on a du chemin à faire.

Un premier « clic » se fait entendre, glaçant d'effroi l'opposant au tireur qui ouvrait des yeux ronds comme des mandarines. L'arme change de main. Un second « clic » en réponse au premier engage la riposte. Le taux de probabilité s'amenuise au second changement de main et pour cause, immédiatement deux retentissants « bangs » éclatent les oreilles de tout le monde. Les deux têtes des suppliciés s'abaissent en un seul mouvement coordonné. Quelque peu surpris par ce résultat et cette issue rapide, Mimo met quelques secondes à comprendre que, par effet de surprise, l'un de ses gardes a dessoudé le gagnant du match en lui collant un pruneau dans la caboche. Résultat : les deux gamins sont à l'ouest *Ad vitam æternam*.

— Les jeux sont faits Messieurs, on lève l'ancre. On débarquera les carcasses au large. Ça fera toujours quelque chose à béqueter pour les poissons.

Les formalités de sortie de port ne sont pas bloquantes dans cette zone du globe, quelques billets judicieusement donnés sans radinerie ouvrent toutes les portes, y compris celles de la mer. Les pirates ne se frottent que très rarement aux narco trafiquants maritimes, les sachant souvent lourdement armés et connaissant leur rapidité de riposte.

Pendant la traversée, l'équipage prend soin de préparer les deux corps pour un largage en eaux profondes. C'est un peu technique et il ne faut pas se louper si on ne veut pas être marron. Balancer des corps tel quel est gage qu'ils vont remonter à la surface et flotter. Avec un peu de chance, les garde-côtes seront dans le coin et la balade sera terminée pour vous. Il faut donc jouer du couteau et pour cela Mimo n'est pas manchot. Ouverture verticale de la nouille jusqu'à l'épiglotte, retrait de tout ce qui est cœur, poumons, foie et tuyauterie en tout genre et c'est seulement à ce moment que vous pouvez attacher les bras le long du corps et passer le tout par-dessus bord pour donner à manger aux poissons. Une fois ouvert, le corps file au fond de l'eau et tout le monde est content. C'est pour cela d'ailleurs que le boucher des Cévennes fait autant son beurre sur la capitale, car à Paris, il est impossible de verser un cadavre dans la Seine à cause des écluses ! Fallait trouver un plan B, un genre de contrat de confiance entre l'offre et la demande, via des bains d'acide. Bref.

Après une nuit de navigation, le frêle esquif et son chargement arrivent en terre ibérique pour continuer leur chemin par la route.

L'arrivée sur la côte espagnole est du même acabit, sans formalités. Les agents des douanes achetés n'ont pas la vision claire lors des contrôles et jusqu'aux quais de déchargements. À quai, une armée de Mexicains, gérée par l'ami Jean Charles, ancien cantonnier d'un petit village de l'Essonne et reconverti dans l'organisation d'import-export de produits divers et variés sous le soleil, prend en charge les trois cents kilos pour les ventiler dans une dizaine de véhicules en tout genre, partants au rythme de deux toutes les cinq minutes pour la France. Le tout digne des plus grandes plateformes logistiques actuelles. S'engage alors un jeu du chat et de la souris entre les voitures et la Garde civile espagnole sur le chemin de la remontée vers la Seine Saint Denis. Quelques équipages de convoyeurs essayent au passage de se faire la valise avec une trentaine de kilos à l'œil.

Arrivés à bon port, les parkings et les caves de la cité des 4 000 de la Courneuve ouvrent grand leurs portes pour quelques jours de stockage avant revente. Petit à petit, cette cité commence à devenir un lieu de fourgue de toutes sortes de drogues, armes et pièces détachées. Elles sont loin les années soixante où la cité était calme, à peine naissante. Il arrive parfois que certains objets volants non identifiés fassent le grand saut depuis les balcons. Frigos, moteurs de voiture ou cadre de solex. Mieux vaut raser les murs.

La communauté résidente s'organise pour barrer la route à la maison poulaga. Les jeunes gardiens de murets sont mis à contribution moyennant salaire. Du plus petit au trentenaire, la hiérarchie s'applique et la fourmilière travaille nuit et jour. Gare à celui qui tente d'entrer sans laissez-passer, les lames sortent rapidement dans ce genre d'endroit.

Les mules arrivent de toutes parts vers les gros investisseurs de came ou de haschich de la cité. Par la route, par la mer ou par les airs. Marco, un vieil ami videur de la discothèque Le Paladium m'a raconté une nuit qu'un jeune s'était vu payer pour dix mille francs un aller-retour pour New York en avion pour acheminer « en lui » pas loin d'un quart de kilo de coke conditionné en petits sachets et avalés avant le départ. Arrivé à Charles de Gaulle, il s'est fait repérer par un physio des douanes. Interpellation et questionnaire musclé apparemment s'en sont suivis, puisqu'un coup de poing lui a fait exploser un sachet dans le bide. Le gamin a cassé sa pipe dans le quart d'heure sans que personne ne comprenne pourquoi. Une autopsie a mis à jour la mule. Le gamin qui n'avait pas de famille était bon pour la fosse commune. Cela étant, cela n'a pas refroidi les ardeurs des autres.

12.

Décembre 1972.

Les fêtes de fin d'année approchent, il se murmure que Mesrine serait de retour sur la capitale. Tout le monde sait très bien où le trouver, mais cela arrange bien certains que l'attention médiatique et policière soit focalisée sur lui. Les commissariats sont en ébullition, il va taper, c'est sûr, mais où et quand, ça, dieu seul le sait et il n'est pas bavard. Pas de demande d'équipe pour l'assister pour l'instant, même du côté de ses arcanes fidèles.

13.

J'ai repris contact avec Marie-Louise, un petit bout de bonne femme un peu ronde de cinquante piges, discrète, mais toujours l'œil aux aguets. C'est la gérante de la laverie des quatre routes à Villejuif. Elle a toujours de bonnes informations sur les ressources humaines disponibles dans la région et comme les bracos de banques, de fourgons et de stations-service ont le vent en poupe, il se pourrait bien que quelques équipes se forment rapidement. La pauvre Marie-Louise, elle paye cher depuis quelques années. Mariée à un beau gars de la banlieue sud, elle en a vu des vertes et des pas mûres à cause de lui. Il s'appelait Jo et s'était mis en tête, à la fin des années soixante, de mettre à l'amende les blanchisseurs des hôtels et restaurants de son coin. Son plan était bien huilé, racket de dix pour cent en cash sur les contrats de nettoyage du linge des établissements de la banlieue sud, la BS comme on l'appelle. Il avait une dizaine de gars avec lui pour passer chaque mois récupérer son fric. De temps à autre, certains blanchisseurs s'opposaient à son racket, il recadrait tout le monde en faisant cramer un camion de ramassage. Le souci, c'est qu'un soir de mai 68, le conducteur d'un camion ciblé n'a pas réussi à sortir du bahut avant qu'il ne se transforme en un énorme brasier sur la route de Paris à Vitry sur Seine. Les deux gars de Jo n'avaient pas vu que le conducteur était en train de piquer un roupillon allongé sur la banquette, avant de craquer une allumette et de se faire la valise. La justice a mis ça sur les événements étudiants et Jo s'en est tiré à bon compte mais toute la BS savait que c'était lui qui était derrière ce drame. Il a porté ce mort pendant des années.

Les blanchisseurs se sont montés en groupement et ont cherché une parade à son racket tout en gardant à l'esprit de vouloir venger leur chauffeur. Ça a pris du temps, mais ils y sont arrivés. Ils ont recruté une équipe de l'Est, des fondus de la baffe à répétition. Jo a été convoqué par les blanchisseurs un soir d'hiver. Se croyant à l'abri, il a débarqué seul et juste armé d'un 11,43. Les blanchisseurs lui ont signifié que le petit jeu était fini et qu'il devait trouver d'autres pigeons. Le ton est vite monté, à neuf contre un c'était plié pour lui, mais son flingue lui a permis de sortir sans ecchymoses de l'entrevue. Il a promis de faire du dégât sans tarder et s'en est allé.

Deux jours plus tard, les Serbes lui sont tombés dessus à la sortie d'un restaurant où ils ont poussé le vice jusqu'à déjeuner à une table à côté de la sienne, sans qu'il n'y prête attention. Ils l'ont embarqué manu militari en direction de la forêt de Fontainebleau. Y a sûrement plus bucolique comme balade. Dans un endroit en retrait de la route et près d'un arbre majestueux planté au milieu d'un rond-point tracé par les gardes forestiers pour le protéger des promeneurs (l'arbre, pas Jo).

Arrivés là-bas, Jo a dû comprendre que c'était mal engagé pour sa pomme et a essayé de se débattre pour ne pas sortir de la voiture. Mais les mains attachées dans le dos et à trois contre un, il n'a pas tenu longtemps. Les Serbes lui ont attaché une corde à un pied et l'ont traîné jusqu'à l'arbre en question. C'est le rapport que les gendarmes ont remis à Marie-Louise qui indique tout ça.

Ils ont retrouvé la voiture des Serbes incendiée et des traces de sang sur tout le chemin. À trois pour tirer sur la corde, il a dû manger pas mal de cailloux le Jo. Pour poursuivre les festivités, ils l'ont ficelé à poil sur l'arbre à la nuit tombante. Passage à tabac copieux et ils l'ont laissé sécher pendant quelques heures, le temps d'aller casser une graine sûrement. À leur retour, ils l'ont emmené dans l'une des cabanes des gardes forestiers, planquée au fin fond de la forêt, faite de rondins de bois de type Canadian et d'une toiture en tôles ondulées, qui sert plus de salle de shoot pour hippies ou de zone de baise, qu'à la surveillance des chemins. Pendu par un bras à l'entrait de la charpente, ils l'ont fini à coups de poing comme une pièce de viande chez l'équarrisseur.

Les gardes forestiers l'ont trouvé au matin pendant une ronde, en suivant les traces de sang. Nu comme un ver et raide comme la justice. Les coups et le froid de la nuit avaient eu raison de lui.

Marie-Louise a baissé son rideau pendant quelques semaines, histoire de se remettre de tout ça. Les blanchisseurs ayant eu la mauvaise idée d'aller la voir pour récupérer leurs billes, elle avait dû faire ses bagages pour quelque temps. Mais avant de partir, elle en a parlé à quelques amis de Jo, qui se sont fait un devoir de mémoire que de recadrer les demandeurs, Marie-Louise étant étrangère aux agissements de son défunt mari. Chemin faisant, elle a gardé contact avec pas mal de personnes de la BS et rend souvent des services.

14.

Noël 1972.

Un peu de fraîche en poche, je vais aller faire quelques achats pour les fêtes, non sans passer avant par le bar « la Camargue ». Un bar comme je les aime, qui sent le sud et le soleil. Les photos aux murs, les affiches de corridas, les portraits de toreros, tout ici sent le sud-ouest. Jusqu'aux plats uniques du midi et du soir, les fougasses au gratton d'oie, le porc à la cévenole, le taureau de Camargue et la brandade de morue, il y fait bon y manger et y boire. Mais ce bar est aussi l'épicentre des voyous issus du grand sud. Les Aixois, les Marseillais, les Corses, les Italiens, tout ce qui vient du sud pour être déversé sur Paris passe par ce bar. La came, le hasch, les machines à sous, les calibres, une véritable agence de voyages de l'illégal. Giorgio, le patron, les yeux toujours barrés par une paire de lunette de soleil, a la main-mise sur cette tour de contrôle de l'axe sud-nord. Il s'est fait à l'ancienne, sur le terrain, les armes à la main. Gars droit et sans ego démesuré, il a mis le pied à l'étrier de pas mal de gamins issus du vol de vélo en les poussant jusqu'au braco.

La légende dit qu'il a pris la place d'un ancien parrain de Paris, Guiseppe, un Rital comme lui. À l'issue d'une chasse à l'homme de presque une semaine et après que le vieux Guiseppe lui ait refusé de lui confier la gestion d'une boîte de nuit du 18ème, Giorgio lui aurait laissé quatre heures d'avance pour quitter Paris, ce que le vieux a refusé de faire. De fait, Giorgio est passé avec deux fines gâchettes dans les bars et les cabarets gérés par le vieux, prenant soin de laisser sa trace à chaque fois : une vitrine en moins au Susy one, un arrière de bar à refaire au Pinocchio et une destruction complète du Jarry's bar par incendie. Après plusieurs jours, le vieux s'est fait balancer par un de ses employés qui savait où le loger. Dans un studio près du canal Saint-Martin, l'ancien a été retrouvé avec deux balles dans la tête et trois dans le buffet. Fin de l'histoire pour le vieux briscard. Giorgio a recasé les anciens employés du vieux.

Pour financer le rachat « officiel » des établissements, il a constitué une équipe pour monter sur un braco. Ils ont visé la paie d'une manufacture de chaussures du 10ème. Deux de mes amis y sont montés avec lui. Cinq gars au total. Repérage des lieux, des horaires, du personnel, des convoyeurs, un bon mois de travail avant de passer à l'action. La manufacture est tenue par un Suisse de Lausanne qui a ses habitudes réglées comme du papier à musique. La manufacture recevait les fonds des payes le 28 de chaque mois à 18h00, avant la sortie des employés. L'équipe de Giorgio ne pouvait pas taper au moment de l'arrivée de l'argent, trop de monde dans la place. Ils l'ont joué façon chats de gouttières. Arrivée la nuit du dépôt vers 23h00 à pas feutrés depuis les toits de l'immeuble voisin, descente par les échelles à crinoline et planque jusqu'au petit matin pour attendre le patron, ponctuel comme il se doit, à 06h30 précise. Ouverture du coffre et retour case départ. Entre-temps, les premiers ouvriers étaient arrivés pour prendre leur service. Qu'à cela ne tienne, le coucou suisse, un 11.43 collé à la tempe, a parcouru la centaine de mètres de ses ateliers au pas de course, suivi des cinq braqueurs les bras chargés de sacs de jute remplis des paies du mois. Quelques pruneaux ont été tirés, histoire de réfréner d'éventuels héros en sommeil et pas un employé n'a bougé une oreille. Vite chargée dans une Citroën CX volée la veille, la troupe s'est envolée butin en poche sans faire de victimes. Un braco simple mais qui aurait pu faire couler le sang. Les képis n'ont rien pu relever, pas d'empreintes, pas de traces de pas suspectes… Tu penses, dans une manufacture de chaussures !

15.

Mesrine a tapé par deux fois en ce mois de décembre. L'information s'est répandue comme une traînée de poudre dans les bars à voyous. Il aurait pris plus de trois cent mille francs sur une recette d'usine à Gisors et presque autant sur une caissière de banque. Pas étonnant qu'il tourne sur la proche province de Paname, il planque vers Mantes-la-Jolie. Il n'y a bien que la police pour ne pas être au courant. Tout le monde le sait, même les frères Meloucci savaient avec quelle voiture il allait taper. C'est l'un de leur cousin en Espagne qui lui a fourni la Ford Taurus avec laquelle il est remonté de là-bas et avec laquelle il a tapé. Le disquaire de la rue de Charonne qui trafique pas mal dans son arrière-boutique a cru le reconnaître. Le Grand a demandé à lui parler de la part de Jean-Claude Mercadier, le mélomane-tueur de Drancy, bras armé de quelques patrons de boîtes de nuit. Des amis de longue date, Mesrine et Jean-Claude. Ils partagent tous les deux la même passion pour Édith Piaf et Nana Mouskouri. Seul Jean-Claude pouvait savoir où trouver des disques inédits des deux chanteuses pour Mesrine.

Et avant cela, il y a trois semaines, un collègue de la Mitraille à Bagneux a reçu une commande assez lourde et pour le moins pas courante : cinq calibres et un fusil Herstal calibre 12 à cinq coups modifié spécial. Entendu par « spécial » coupé côté crosse à trente centimètres du sabot et côté canon à trente-trois centimètres de la gueule. Le tout pour un équilibre parfait et un encombrement minimum. Une telle commande n'était pas destinée à une petite frappe. De plus, il fallait avoir un bon paquet de fraîche pour les payer. Les armuriers de la voyoucratie n'ont pas pour habitude de faire crédit. Le nom de son commanditaire était gros comme une maison.

Une semaine après ses deux coups, on a encore aperçu Mesrine dans un bar près des Batignolles. Grimé sans doute, mais les beaux mecs se reconnaissent entre eux. Un gros calibre sous le blouson, il a passé une paire d'heures accoudé au bar de l'Alexandrie, pour taper la causette avec le barman Éric dit « fortif ».

16.

Un puits de science sur les fortifications de Paris que cet Éric et surtout entremetteur de location sous le manteau de zones dans ces maisons encore debout. Des caches pour les malfrats, disponibles sur ces centaines de mètres pour une bouchée de pain, bien gardés par les habitants de la zone, les apaches, trop heureux d'avoir la sécurité des loulous en cas de pépins avec certaines communautés arrivantes dans le secteur. Même le chemin de ronde militaire est un coupe-gorge aujourd'hui. Ici, tout n'est que pauvreté. De pauvres gens arrivés de la campagne et qui s'établissent chiffonniers. Mais les engins de chantier du périphérique se rapprochent maintenant que des immeubles HLM sont sortis de terre et il va falloir déguerpir rapidement. Les roulottes et autres maisons faites de planches et de tôles ne vont pas faire le poids face aux terrassiers de la ceinture routière de Paris. Toute cette partie de favela commence à s'organiser pour vider les planques. Les fourgues n'ont jamais autant travaillé qu'en ce moment. Ça part dans tous les sens, vers la province, vers la Belgique, vers l'Allemagne. Pour l'anecdote, il y a même un fourgue qui a retrouvé une de ses commodes volée quelques semaines plus tôt dans une de ses boutiques des puces de Saint Ouen. Faut-il être assez con pour refourguer un truc volé à son propre fourgue ! Le voleur en a été quitte pour se prendre une bonne raclée par une paire de blousons noirs pas maladroits de la matraque. Les fortifs auront vécu pas mal d'aventures depuis l'invasion des Prussiens en 1870. Les canons sont loin, mais les Parisiens, même d'adoption, ne lâchent pas facilement leur place. Question de vie ou de mort.

17.

Janvier 1973.

Ça commence à sentir le brûlé du côté des hôtels de passe, Jiji a eu besoin de m'en faire part hier soir en s'octroyant une pause pendant son service afin de fêter ensemble la nouvelle année. Nous avons pris un verre à l'Esplanade avec sa collègue Sylvie, grande brune d'un mètre soixante-quinze aux longs cheveux noirs et lisses, les yeux marron, bref un rêve de secrétaire de direction mais pas une limeuse de trottoir.

Le gouvernement devient de plus en plus dur et leurs emplois sont menacés. Les Corses sentent le vent tourner et commencent à libérer des filles contre forte somme, c'est probablement la fin d'une époque ? Jiji s'y refuse et a envoyé balader son mac. Il lui a demandé cent mille francs pour se libérer avec une option d'achat d'une chambre à trois cent mille francs dans son hôtel. Ça tiendra ce que ça tiendra, mais pour l'instant, c'est non. Pendant ce temps-là, elle tire la langue, la concurrence est dure et de nouvelles filles arrivent sur les trottoirs alentour, surtout des Africaines et des Brésiliennes. Il va falloir qu'elle pense à la retraite, mais elle n'est pas encore prête à lâcher son emplacement et elle a ses habitués qui lui rapportent pas mal de fraîche. Un hôtel non loin du sien vient de fermer et les chambres ont été transformées en petits appartements que les filles peuvent acheter, elle pourrait s'associer avec Sylvie. Elles en causent.

— Si ça continue, on va mettre nos noms et notre étage sur une boîte aux lettres, s'égosille haut et fort Jiji.

Elle n'a pas tort, tout fout le camp. Les filles finissent leurs vins cuits et repartent au charbon. La journée n'est pas finie et le client risque d'attendre. Pour ma part, je vais me préparer pour une petite expédition nocturne avec les frères Meloucci. Je remonte dans mon appartement et nettoie mon calibre préféré, un Colt M1911 model A1 à sept coups que j'ai acheté à la Mitraille, il y a quelques années, contre trois mille francs, une affaire. Il a déjà servi par deux fois pour me sortir de situations limites dont la première à la sortie même de chez la Mitraille, un sacré baptême du feu ! Mon ami Joël était avec moi, ce soir-là, lorsqu'on a croisé un de ses anciens co-détenus de Fleury-Mérogis à qui il avait endormi une partie de son butin planqué dans une cache de la zone. Pas le temps de vérifier si la mire était bien réglée qu'il a fallu dégainer pour riposter aux tirs de son « ancien ami ». Depuis ce jour, je prends toujours un second chargeur, sept coups, c'est vite parti.

18.

Les Meloucci, les frangins comme on les appelle dans le milieu, sont une fratrie de trois manouches arrivés en France en 1969. Après un détour par la Belgique puis l'Allemagne, ils ont posé leurs valises Place des Fêtes dans le 19ème. Ils possèdent une casse auto en banlieue à Montreuil. Spécialistes du braco, ils ramassent pas mal en ce moment. Ils se fournissent en voitures directement chez eux en maquillant des charrettes volées. J'ai donné un coup de main à l'un des frangins sur une affaire mal barrée il y a quelques mois, et en retour, ils m'ont proposé de frayer avec eux sur quelques dossiers. On doit se retrouver au pied de leur barre d'immeuble à 21h pour une virée de deux ou trois stations-service, histoire d'en sortir cent ou cent cinquante mille francs si tout va bien. La Place des Fêtes est en rénovation complète depuis plus d'un an, ce qui éloigne les flics des entrées d'immeubles. Ils ne peuvent plus s'approcher avec leur voiture et passer au ralenti pour savoir qui est dans le secteur.

Nous partons de leur appartement vers 21h30, visant les lampadaires aux ampoules cassées pour être le plus discret possible. À deux rues de là, nous attend une R16 volée par Louis, le plus jeune des trois frères. Direction Vincennes pour une première station. Le tronçon du périphérique est praticable à cette heure de la soirée, les honnêtes gens sont tous déjà chez eux, la ville est calme. Pas question d'aller braquer vers le nord-ouest de la capitale, le périphérique n'est pas encore bouclé et les déviations y mettent un bordel monstre. Mon ami Loris travaille sur ce chantier de grande envergure.

Première station d'essence à la porte de Vincennes, nous nous garons sans autre voiture alentour. Le pompiste, un vieux franchouillard dans la soixantaine, nous fait le plein sans se douter de la suite. Jean, le plus âgé des frangins, tape la discute avec lui pendant que René se dirige vers la guitoune du pompiste et met à sac son tiroir-caisse en une fraction de seconde. Il revient vers la voiture et reprend sa place. Le plein fait, Jean donne deux billets de cent sacs au pompiste et l'on file sans attendre la monnaie. L'ancien n'a rien compris au film à le voir se gratter la tête dans le rétroviseur. Un immense éclat de rire envahit l'habitacle de la voiture. Somme perdue deux cents francs, somme gagnée : dans les quinze mille francs. Ça valait le coup de laisser un pourliche au pompiste.

Nous décidons de continuer cette dynamique d'accès à la fraîche en poursuivant notre route vers la porte de Montreuil, distante de deux kilomètres. Il est à peine 22h45 quand nous y arrivons, mais il nous faut faire vite car la station va fermer. Même scénario, Jean sort et tape la converse avec le pompiste, un Maghrébin d'une trentaine d'années à la langue bien pendue. René fait mine d'aller aux toilettes et bifurque vers la caisse enregistreuse. Manque de bol, un berger allemand somnolait sous le bureau. René n'a pas eu le temps de se faire la valise que le clébard lui a chopé un mollet. Hurlements de douleur et affolement du pompiste qui doit vivre son premier braquage. Tout le monde sort de la voiture, Jean et moi neutralisons à coups de crosse de fusil le pompiste qui s'étale de tout son long dans une mare d'essence pendant que Louis file délivrer son frère des crocs du molosse. Le chien ne lâche pas prise et Louis dégaine son P38, cadeau de son père, et loge deux bastos dans le flanc du chien. Même mort, les mâchoires du berger restent fermées sur le mollet de René et nous ne sommes pas trop de trois pour lui faire lâcher prise.

Enfin dégagé des crocs du clébard, nous chargeons René dans la R16 et filons à pleine vitesse, non sans que Jean ait eu la présence d'esprit de faire la caisse à peine remplie de quatre mille francs. Mauvaise pioche pour le coup, un mort et deux blessés. Plus question d'enchaîner les stations pour ce soir, nous enquillons le périphérique en direction de Montrouge. René pisse le sang sur la banquette arrière de la R16 et se tord de douleur.

Nous décidons d'aller sonner chez M. François. C'est un ancien médecin militaire. Il a officié pendant la guerre d'Algérie et est retourné dans le civil une fois celle-ci terminée. Parisien pure souche, il a côtoyé Mesrine pendant son séjour à la 626ème compagnie et on le soupçonne même d'avoir frayé avec le Grand du côté de l'OAS, mais ça, personne n'a réussi à le prouver. En attendant, ils se sont liés d'amitié et le toubib était présent dans les rangs quand le Grand a reçu sa croix de la valeur militaire en 1965, après avoir participé à de nombreuses « corvées de bois » ou plus simplement des exécutions sommaires de prisonniers Algériens. La plupart du temps c'étaient des civils, soupçonnés d'avoir sympathisé avec les indépendantistes du FLN et qui devaient creuser leur propre tombe une fois attrapés. Il aime à nous raconter les tortures infligées pendant cette guerre, on n'a jamais compris si c'était une thérapie pour lui ou son sadisme qui ressortait ? Les « salles d'exploitation des informations » ou les « laboratoires » comme ils disaient à l'époque. Les pratiques employées, la fallaqa, la technique du chiffon, la suspension au plafond, la gégène, les brûlures, les tenailles, les lames de rasoir ou la baïonnette, il nous en raconte à chaque fois. Sans parler des tortures psychologiques, les simulacres d'exécution, les insomnies, les états de psychose, les menaces de ramener épouse, mère ou sœur pour les violer. Il ne peut pas s'empêcher de déverser ses souvenirs pendant qu'il pratique la médecine. Combien de fois tout le monde s'est mordu les lèvres à l'envie de lui faire fermer sa gueule mais ils ne sont pas nombreux les toubibs hors cadre à pratiquer sans poser de questions et surtout en gardant le silence. Alors on écoute et on gerbe en silence.

Sur le chemin du retour d'Algérie vers Paris, le toubib a aidé Mesrine à sortir un Colt 45 ACP. Ils ne se sont plus quittés de vue et c'est ainsi que le toubib a infiltré le milieu. Depuis ce temps, il répond toujours présent pour soigner un coup de surin ou un projectile à extraire d'un membre du mitan. Il s'est construit une réputation d'homme discret et professionnel du bistouri sous anesthésie via de l'alcool de contrebande.

Arrivé chez lui, René perd connaissance et malgré les deux trois baffes administrées par son frère, rien n'y fait, il ne remonte pas à la surface. Le toubib lui injecte un remontant issu des détournements de médicaments made in armée Française et le voilà à nouveau parmi nous. Installé sur la table de consultation, ruisselant de sang au point de mettre en péril le lino de la salle du médecin, ce dernier entame la couture du mollet. Une bonne trentaine de minutes plus tard et autant de points de suture, notre René arrête enfin de fuir. Quelques sirènes se font entendre dans le quartier mais cela ne doit pas être pour nous. Le toubib nous allège d'un tiers de notre butin de la soirée, mais la guibole de René est sauvée. Maintenant, il va falloir faire sans lui pendant quelques semaines. Nous rentrons sur la Place des Fêtes, la nôtre de fête est finie pour ce soir. Arrivés dans l'appartement des frangins, l'humeur n'est plus à la rigolade. Une soirée en demi-teinte et surtout un besoin de fraîche de plus en plus pressant, nous font élaborer d'autres sorties rapides. Il va falloir taper un grand coup pour rattraper les biftons perdus ce soir. Je laisse les frangins après une descente de whisky pour fêter notre maigre récolte et rentre rue du Delta. Nous convenons de nous retrouver dans une semaine pour faire le point.

19.

Le métro de la Place des Fêtes, en haut de la butte de Belleville, est un vrai coupe-gorge. Ses escaliers interminables qui plongent dans les entrailles de Paris pour arriver jusqu'aux quais sont des endroits faciles pour les voleurs à la tire et autres joueurs de lame. Au sortir de chez les frangins, je prends donc cette fameuse ligne 7bis si redoutée par les honnêtes gens, et malgré mon blouson de cuir et ma mine des mauvais jours, il faut que deux loustics plantés là contre un mur de la station viennent me chercher des poux, d'abord pour une clope, mais je sais bien que cela ne va pas s'arrêter là.

— Je ne suis pas d'humeur les gars, lâchez-moi la grappe.

Mais mon attaque verbale ne semble pas les repousser pour autant.

— Hoooo, il n'est pas d'humeur le retraité, me lance le premier.

— Mais il va quand même nous lâcher son larfeuille, surenchérit le second.

À voir sortir de la poche du blouson du premier un poing américain, je comprends de suite que je vais rater le prochain métro. Le plus vaillant des deux m'attaque de face et m'enserre le buffet. J'ai juste le temps de dégager un peu mes bras pour lui claquer les deux oreilles avec le plat de mes mains, façon cymbales. Poursuivant, je lui enfonce mes deux pouces dans les orbites repoussant au plus loin sa tête en arrière, j'enchaîne avec un coup de poing percutant au niveau de la gorge, suivi d'un violent coup de pied dans les valseuses. Le gus n'a pas le temps de comprendre ce qui lui arrive que le voilà à terre, en train d'implorer sa génitrice. Son compère semble beaucoup moins courageux et préfère porter secours à son ami que de tenter une attaque. Des échos se font entendre du haut de l'escalier mécanique et je distingue trois képis qui descendent les escaliers quatre à quatre dans notre direction. Avec ce que j'ai dans les poches, il ne vaut mieux pas que je me fasse serrer. Je détale rapidement en sautant le tourniquet et bondissant dans la rame du métro qui sonne le départ. Les passagers de la rame comprennent bien que les coups de sifflet des bleus sont pour moi, mais personne ne bouge une oreille. Je descends à la station suivante du Pré-Saint-Gervais, car je sais très bien que l'alerte a dû être donnée et que les condés vont rappliquer. Je saute dans un taxi direction la Gare de l'Est, disant un peu plus au revoir à mon maigre butin de la soirée. Quand ça ne veut pas, ça ne veut pas.

J'arrive enfin vers 03h00 à la Gare de l'Est et monte m'écrouler dans mon canapé, un verre de whisky à la main, en remerciant au passage mon grand-oncle Maurice, qui avait pris le temps de m'enseigner quelques prises de Krav Maga, apprises en Israël dans les années 1960. Demain est un autre jour.

20.

Février 1973.

Le soleil matinal perçant à travers la lucarne de mon salon a raison de mon sommeil. Une légère gueule de bois me rappelle aux bons souvenirs d'hier soir et la vue de la bouteille de whisky vide au pied de mon canapé atteste de la quantité d'alcool ingérée.

Je descends à l'Esplanade pour y prendre un petit-déjeuner qui, j'espère, va me remettre à flot. En descendant les escaliers de mon 6ème sous les toits, j'entends une altercation violente émise depuis une chambre donnant sur la cour commune à mon immeuble et à l'hôtel de passe voisin. Je crois bien y reconnaître les voix de Jiji et de son mac. La situation ne semble pas se détendre entre eux deux. Ça parle de fric et de liberté, discussion ponctuée par un florilège de noms d'oiseaux.

Je poursuis mon chemin jusqu'à la rue, animée, polluée et bruyante, même pour un samedi matin. Les bus et les voitures crachent leurs fumées noires et épaisses à la gueule des passants impuissants. À l'intérieur du bar, pas plus de calme ou de sérénité, ça parle fort et les joueurs de PMU s'en donnent à cœur joie en choisissant leurs canassons pour le tiercé. Ça fume à tout va, et le bar n'est plus qu'une vaste étendue de brouillard londonien parlant français, portugais ou arabe. Les pinces à tickets de PMU cliquettent de partout. Je me cale dans un coin de la salle, dos au mur, dans le vague, mais aux aguets tout de même. La poulaille n'est pas loin, ça sent le flic.

Le patron du bar me jette un clin d'œil discret et me glisse un mot plié sous la coupelle de mon double café. Je prends le temps de descendre le breuvage salvateur non sucré avant de m'emparer du morceau de papier. Je descends aux toilettes du bar pour y lire le mot. Il est rédigé de la main de Jiji, elle me demande de bien vouloir l'héberger une nuit ou deux le temps de réunir ses affaires, avec l'aide de son amie Sylvie, et de pouvoir se faire rapidement la valise de son mac. Pour se libérer de lui, il lui demande toujours cent mille francs. Somme qu'elle ne possède pas et que, quand bien même elle posséderait, elle n'aurait pas l'intention de lui lâcher. Elle me demande de faire savoir au patron du bar ma réponse pour ce soir. Du fait du week-end, son mac va sûrement se barrer en province, mais son lieutenant reste en poste pour surveiller les passes des filles.

Je remonte à la surface et renvoie au patron son clin d'œil accompagné d'un mouvement vertical de la tête. J'en profite pour reprendre un double café.

La matinée est déjà bien avancée et je décide d'aller prendre l'air dans la banlieue sud. Un ami m'a parlé d'une affaire intéressante. Les week-ends de banlieue n'ont de différend par rapport à la semaine que de voir moins de monde dans les transports en commun. Le travailleur se repose et attend le dimanche pour le déjeuner dominical dans la belle famille. Seul moment propice à sortir la Simca ou la Peugeot du garage pour faire quelques kilomètres.

21.

J'arrive à Ivry pour me rendre chez Marco, mon ami napolitain, trafiquant de fausse monnaie à plein temps à la devanture officielle de tourneur fraiseur.

Cette ville est chiante, pleine d'usines et de bars à pochetrons et qui plus est, une ville en pente, mais qui te fait un cul de danseuse si tu y résides toute l'année à force de monter et descendre ses rues. Mais quelque chose ne va pas, je le sens dans l'air, quelque chose cloche. Je rentre dans l'immeuble de Marco en faisant quelques détours, histoire d'assurer mes arrières. Je vérifie, je scrute, je temporise avant d'entrer dans son hall d'immeuble aux boîtes aux lettres quasi toutes éventrées. C'est un immeuble de la ville, mais la ville s'en fout. Le PCF est en place depuis 1925 mais s'en cogne complètement de ses administrés, trop affairé à ses petites magouilles entre élus. Par le fait du hasard, le maire, Jacques Laloë, fait le même métier que Marco, il doit bien trafiquer lui aussi, mais pas dans le même secteur à mon avis.

L'appartement de Marco est situé au troisième étage de cet immeuble de briques rouge. Une cage d'escalier jonchée de poussettes, de caddies et de vélos d'enfants. Des aboiements de chiens derrière presque toutes les portes attestent de l'ambiance tendue qui règne dans cette banlieue ouvrière. Je frappe à la porte suivant un code préétabli entre nous, car par le passé, Marco a déjà eu affaire à la maison police avec, à la clef, une visite privée de six mois à Fresnes pour trafic de faux papiers. Il a appris à ses dépens qu'à faire trop confiance à ses associés cela pouvait mal finir.

Il me reçoit en demandant à son fils de descendre au pied de l'immeuble pour voir si tout va bien. Il travaille depuis quelques mois avec un atelier clandestin de la banlieue nord de Naples. Ils y fabriquent de fausses pièces de dix francs qu'ils remontent sur la France à l'aide de voitures, mais l'acheminement n'est pas assez rapide, il leur faut augmenter le volume à chaque voyage, au risque d'avoir trop de stock en cas de descente des carabiniers. Il me propose de faire un aller-retour avec un camion tollé Citroën. Trois mille deux cents kilomètres de voyage, de quoi voir du pays. Si j'accepte, il va me falloir monter une équipe pour se relayer au volant. Je demande quelques heures à Marco pour y réfléchir, je lui donnerai ma réponse par téléphone dans le week-end.

Nous buvons un verre en évoquant les anciennes affaires qui nous ont liés par le passé et je file sur Paris en taxi, ma méfiance n'étant pas retombée, je ne me risque pas à être filoché dans le métro.

22.

Arrivé à Paris, je donne congé à mon chauffeur quelques rues avant d'être à destination et finir à pied. Je marche sans me retourner et passe par deux entrées d'immeubles dont les caves donnent sur deux rues parallèles, je grille ainsi toute filature des condés. Depuis les stations-service, je ne suis pas à l'abri d'avoir été vu par un cave, car nous n'avions pas dissimulé nos visages.

À l'entrée de la rue du Delta, le sentiment que quelque chose ne va pas refait surface. Et pour cause, la rue est barrée par un cordon de police et plusieurs gyrophares éclairent les vitrines des boutiques de la rue. Je me décide tout de même à présenter ma carte d'identité au policier en barrage pour passer le cordon et rentrer chez moi. Plus j'avance dans la rue, plus je découvre où se situe l'épicentre de cette concentration de policiers et de pompiers. C'est dans l'hôtel de passe voisin que cela se passe. Un nouveau flic barre l'entrée de l'hôtel et les pompiers œuvrent à l'intérieur.

J'entre dans mon immeuble et prends l'escalier extérieur lorsque arrivé à hauteur du troisième étage, je reconnais Sylvie sur le palier extérieur, en pleurs dans les bras d'une autre fille. La fenêtre de la chambre est grande ouverte et sur le lit un corps baigne dans une mare de sang. Je remonte du regard le corps depuis les pieds jusqu'à la tête et reconnais le visage ensanglanté de… Jiji, un tesson de bouteille planté dans la gorge. Je suis figé sur place, Sylvie ne lâche pas mon regard, ses yeux remplis de larmes. Non loin de là, le chien de garde de leur mac a les pinces dans le dos et la police l'emmène vers le panier à salade. Je lance un regard interrogatif à Sylvie, lui montrant d'un coup de menton le veilleur de leur mac, mais elle me répond par un discret non de la tête et plonge ses yeux vers le sol.

Je poursuis mon ascension vers le sixième étage et referme la porte de mon appartement derrière moi, sans réaliser ce que je viens de voir. J'en ai vu des cadavres dans ma vie, des gars restés sur le carreau à la suite de bracos, ou sur des accidents de la route à la suite de poursuites avec les condés, mais Jiji était juste là pour gagner sa vie, elle n'emmerdait personne et ne faisait jamais de vagues.

Je reste une bonne demi-heure les yeux rivés sur le mur de mon salon à revoir les longues discussions que nous avions, elle et moi, à la fin de son turbin. Elle jouait beaucoup à la loterie nationale et achetait souvent des billets à trois francs. Ça lui permettait de refaire le monde et le sien, en se projetant si jamais elle gagnait un jour. Ironie de l'histoire, le dernier qu'elle ait acheté était pour les gueules cassées de la guerre, les aveugles, les amputés, les trépanés... Pour le coup, c'est elle qui a eu la gueule cassée. Je sors sur la coursive de mon étage, l'air dans mon appartement devient suffocant. Le soleil se couche et ses rayons ne parviennent plus à inonder la cour intérieure de l'immeuble. Je descends pour aller prendre l'air et essaie de voir Sylvie pour quelques explications. Le réceptionniste de l'immeuble me dit qu'elle a été embarquée au poste pour interrogatoire. Il est 19h00, je décide de marcher jusqu'à la Seine.

Plus tard, lorsque je regarde ma montre, il est déjà 20h30 passée, et je continue de longer la Seine vers le 16ème arrondissement, aucune envie de m'arrêter quelque part manger quoi que ce soit. Je marche et marche encore. Vers 23h00 je suis de retour, je repasse par l'hôtel et le réceptionniste me confirme que Sylvie est toujours à la police judiciaire et qu'elle n'est pas repassée chercher ses affaires.

Je monte chez moi et me laisse tomber sur mon canapé, sonné comme Marcel Cerdan l'a été lors de son dernier combat face à Robert Gallois il y a quelques jours, pour le titre de champion de France des poids Walters. Fin de carrière pour lui, fin de journée pour moi, rideau.

23.

Le dimanche matin, je passe un coup de fil à Louis et lui demande de venir me voir. Il me dit être là dans deux heures.

Je scrute la rue par ma fenêtre pour voir si Sylvie a repris sa place sur le trottoir. On a beau être dimanche, il n'y a que rarement de jour chômé pour les marchandes de plaisir, mais pour l'heure rien.

Vers 13h00, Louis arrive chez moi. Je le vois sur le trottoir d'en face, appuyé contre un candélabre s'allumant une clope. Il lève lentement la tête vers moi et me voyant, file à l'Esplanade ; je l'y rejoins et lui expose le plan de Marco. Je l'ai choisi lui pour son sérieux et sa jeunesse, car les trois mille deux cents kilomètres vont être longs. Il accepte le marché et les vingt-cinq mille francs qui vont avec, moitié à l'aller, moitié au retour. J'en profite pour prendre des nouvelles de la jambe de René, son frère, elles sont moins bonnes qu'à la sortie de chez Monsieur François. Une infection semble se développer à l'intérieur de sa jambe. Il a dû aller à l'hôpital et une amputation se profile à l'horizon.

Je demande le téléphone au patron du bar et appelle Marco pour lui dire que les cigognes sont dans leur nid et qu'elles migreront dans trois jours vers le sud. À l'autre bout du fil, Marco ne dit rien, tousse et raccroche le combiné. Je vais organiser la récupération du Citroën tollé pour le voyage et reviendrai vers Louis. Néanmoins, je n'arrive pas à décrocher mon esprit de la mort de Jiji. Qui a fait ça et pourquoi ? Un client ?

Je rentre en me faisant violence pour rester sur mes gardes, ne rien lâcher, ne pas me laisser surprendre, jamais. En passant devant l'hôtel des filles, le réceptionniste, qui quitte son service, m'interpelle et me dit que Sylvie est au cinquième, que les condés l'ont enfin laissée sortir après vingt heures de garde à vue et qu'elle récupère ses affaires.

J'attends à la réception, en buvant un café que me propose le réceptionniste, preuve s'il en est qu'il reste quelque part un peu de chaleur humaine en ce bas monde. Après un bon quart d'heure, Sylvie redescend de sa chambre, me voyant l'attendre, elle fonce sur moi, en larmes, m'enserrant comme pour y trouver de nouvelles forces.

— Il faut qu'on parle, me dit-elle, mais pas ici.

Nous décidons d'aller à l'Américana, un bar à bouchon à trois cents mètres de là pour y être au calme. Elle salue le réceptionniste et file, droite comme un i, jusqu'au bar. Pas un mot, pas un regard à quiconque, son esprit est ailleurs.

Nous nous installons dans une salle à l'arrière, une chance pour moi, elle est pourvue d'une issue de secours, au cas où. Sylvie commande un verre de vin rouge, essaie de rassembler ses esprits et fond en larmes. Au bout de quelques instants, elle réussit à mettre des mots sur ses pensées et me raconte :

— Jiji et Michel, son mac, se sont pris le bec toute la matinée de samedi. Il lui a dit avoir reçu une injonction de l'État pour fermer l'hôtel. Elle lui a répondu qu'elle se barrerait le dimanche soir, mais il ne voulait pas la laisser partir sans compensation financière. Il lui a demandé de l'attendre jusqu'à son retour le lundi soir, car il avait à faire à Rennes et qu'il partait de suite. Elle lui a répondu qu'il pouvait aller se faire voir chez les Bretons, et de son côté, il a filé dans sa voiture.

— Qui a bien pu faire ça ?

— Je ne sais pas, mais ce que je sais, c'est que son chien de garde est resté toute la journée à nous surveiller et à compter les passes.

— Cela ne ramènera pas Jiji.

Nous restons une bonne heure à parler de Jiji puis nous remontons vers l'hôtel. Sylvie y récupère deux sacs et poursuit sa route vers le métro. Elle part dans l'Est retrouver la fille de Jiji en garde chez sa grand-mère, quant à moi, je file vers l'Esplanade pour y appeler un contact de Marco afin de récupérer le Citroën tollé.

24.

Devant l'hôtel, la voiture du mac est garée. Une très belle Simca 1200S beige, toute neuve, modifiée par l'ajout de phares additionnels, d'un anneau de tractage avant et arrière et d'autocollants Michelin sur les ailes avant. Un joli travail.

Je jette machinalement un coup d'œil à l'intérieur. Mon regard se porte sur les habillages en cuir surpiqués et sur le tableau de bord aux multiples compteurs. Le compteur affiche mille huit cent quatre-vingt-dix kilomètres. C'est beaucoup pour une voiture qui est sortie tout juste du garage trois jours avant. Mon cerveau cogite, mais sans preuves, je ne peux que laisser mon instinct au placard. De plus, le lascar n'est pas dans les parages, peut-être encore entendu par les flics.

Un sifflement connu arrive à mes oreilles, c'est Gérard, le clodo de ma rue. Il « vit » sous un demi-porche, sur le trottoir d'en face. Un gars sympa, la cinquantaine, ancien routier. Il s'est fait marron par son employeur il y a quelques années, planté en pleine Autriche avec son bahut. Plus un radis en poche, l'employeur a fait le mort pour échapper au fisc et il a dû rentrer en stop. Arrivé à son entreprise, il n'y avait plus âme qui vive, le taulier s'était fait la valise avec la caisse. Sa bergère ne le voyant pas rentrer de deux semaines avait fait de même, et, de fil en aiguille, sans boulot, il s'est retrouvé rapidement à la rue. De temps en temps, je passe quelques instants avec lui à discuter sur le trottoir, en lui apportant une mousse de chez moi. C'est qu'il aime bien tisaner, le bougre. Il me fait signe de venir le voir.

— Qu'est-ce qui s'est tramé là-dedans pour avoir autant de képis ? me demande-t-il.

— Une des filles s'est fait refroidir cette nuit, les condés cherchent le meurtrier.

— Il en passe tellement des gus que ça va être mignon de démêler tout ça.

— Oui, ça risque d'être coton. Belle voiture, lui dis-je en pointant du menton la Simca.

— C'est celle du patron de l'hôtel. Il n'a pas arrêté d'aller et venir ce week-end, elle fait un barouf sa caisse, ça m'a réveillé vers deux heures cette nuit. Et sinon, t'aurais pas une pièce pour une chopine ?

— Bien sûr, mon ami, lui dis-je, en lui tendant un billet de dix sacs.

— Purée, tu les fais toi-même pour les distribuer comme ça ? Merci.

— Non, c'est un cadeau de ma grand-mère. Bonne journée l'ami.

Arrivé au bar et après quelques minutes de patience, pendu au bout du fil, je parviens à joindre le contact de Marco pour le camion. Nous fixons un point de rendez-vous pour le lendemain. Ce voyage va me faire du bien, j'ai besoin de changer d'air après tout cela. J'espère que la police va régler cette affaire rapidement et surtout que son enquête de voisinage ne va pas s'exporter jusqu'à chez moi. Le week-end se termine et ce n'est pas du luxe. Je ne parviens pas à m'endormir avant 03h00 du matin. Passons à autre chose.

25.

Lundi après-midi, après avoir récupéré le bahut, je passe chercher Louis et nous prenons la route plein sud, en direction de Naples. Le camion est passablement rincé et son moteur commence à donner des signes de faiblesses sitôt passé Lyon. Impossible de mettre la radio au-dessus de 100 km/h, ce serait un suicide auditif. Reste le paysage qui défile, mais à 120 à fond de quatrième sur l'autoroute… C'est long.

Lors d'un arrêt dans une station-service pour nous soulager d'un problème de prostate à autonomie limitée, p'tit Louis et moi lorgnons sur la caisse du pompiste. Pas de camera, peu de monde, mais nous nous en dissuadons rapidement car il nous serait impossible de tenir une cavale avec le camion que l'on se traîne. Dommage tout de même.

Nous passons sans encombre la frontière franco-italienne et commençons notre descente vers le sud de l'Italie. Nous nous arrêtons sur une aire d'autoroute transalpine pour passer la nuit dans le camion, histoire d'être sûrs de ne pas se faire voler le bahut, ce qui serait un comble.

Après une courte nuit débutée à l'écoute des « routiers sont sympas » de Max Maynier, nous nous rendons compte que même sympas, les routiers sont bruyants. Le réveil est brutal, à 06h00, à cause d'une corne de brume montée sur le tracteur d'un semi-remorque à bestiaux. Mais qu'importe, nous poursuivons la route vers le sud.

Toute la descente se fait sans encombre jusqu'à la petite ville de Nazzano où nous sommes accueillis par les carabiniers. Fouille du camion, vide heureusement, avec le renfort d'un chien formé à la recherche de drogues, sans résultat. Le contact de Marco m'avait fait savoir que l'ensemble du camion avait été passé à l'acide chlorhydrique avant le départ pour effacer toutes traces de came, de sang et de poudre. Les vrais faux papiers du camion ne semblent pas gêner les carabiniers qui nous laissent repartir. Nous en sommes quittes pour une petite suée.

Le contournement de Rome est un enfer et le camion risque de nous claquer entre les doigts à tout moment. Nous devons nous arrêter à de nombreuses reprises pour le laisser souffler.

Au troisième jour, enfin nous touchons au but. Naples s'offre à nous avec sa côte incroyablement belle sur la mer Méditerranée. Nous nous rendons sans tarder au bar de la marina de Pozzuoli pour y loger le contact de Marco sur place. Les Napolitains sont pires que les Corses. Là où un Corse dira à son psy ne pas connaître sa propre mère, un Napolitain niera avoir demandé un café à un serveur de bar.

Nous localisons le contact grâce aux informations transmises par Marco : la quarantaine, toujours habillé en noir de la tête aux pieds et pourvu de petites lunettes rondes de soleil, rappelant le tueur Marcelo Aro de Palerme. Le gars, dont nous ne connaîtrons jamais le prénom, nous demande de le suivre dans la proche banlieue de Naples. Arrivés sur place, nous accédons à un immense hangar abritant toutes sortes d'ateliers de confection de sacs à main, de menuiserie et de bazar en tout genre. Nous nous faufilons à l'arrière de toutes ces devantures, vers un atelier de presses hydrauliques, dont le bruit assourdissant ferait déguerpir un sourd. Et là, on ne rigole plus, trois hommes, armes de poing à la main, nous attendent. À leurs pieds, trois grosses caisses chargées de cinquante mille fausses pièces de dix francs, soit un demi-million de nouveaux francs. Les trois caisses sont chargées dans le camion et le Napolitain bavard nous indique, sur une carte, les chemins de traverse qu'il nous conseille de prendre pour éviter les képis nationaux.

Pas le temps de s'envoyer une plâtrée de pâtes accompagnée d'un chianti, il est déjà 23h00 et nous reprenons la route pour remonter vers le nord. Il ne va pas falloir se prendre pour Fangio sur les routes sinueuses du bord de mer, car le camion est bien chargé et ses suspensions passablement usées. Passé les premiers villages au nord de Naples, Louis s'aperçoit que nous avons une ficelle au pied. Une Lada noire nous file le train. Je stoppe le camion dans une station essence pour y faire le plein et vérifier si problème il y a. La Lada passe devant nous, sans un regard de ses occupants, mais nous ne le sentons pas bien. Je reprends le volant en ayant laissé passer dix bonnes minutes. Une heure plus tard, à nouveau, la Lada noire pointe ses phares derrière nous. Il nous faut prendre une décision rapidement si l'on ne veut pas se faire dépouiller du chargement. Nous visons un petit village dont on aperçoit les lumières entre les lacets de la route. À l'entrée du village, un cimetière, je m'y arrête et mets les feux de détresse du camion, moteur toujours allumé. Nous sautons du camion et nous planquons dans le cimetière pour Louis et derrière une fontaine de l'autre côté de la route pour moi. La Lada passe devant le camion et se stationne quelques mètres devant. Ne laissant pas le temps aux occupants de sortir, nous courons vers la voiture et collons quatre pruneaux de 11.43 aux deux passagers. Les deux gars s'écroulent tête la première contre le tableau de bord. Juste le temps de récupérer les douilles au sol et nous filons à travers les petits chemins du village, délaissant la route de la côte.

Le camion crache ses dernières forces dans une échappée belle à travers les lacets des villages. Plus de lumières suiveuses dans la nuit derrière nous, le mal est peut-être passé. Marco nous aurait prévenus s'il avait organisé une escorte.

Après s'être relayés plusieurs fois pendant la nuit, nous arrivons aux alentours de midi au poste frontière indiqué comme point de passage par le contact napolitain de Marco. Un douanier nous fait signe de passer en tapotant sur sa montre. Nous l'apprendrons plus tard, ce dernier a dû faire des heures supplémentaires pour rester en poste à attendre notre passage.

Nous prenons à peine le temps de nous arrêter pour lui présenter nos passeports sans lui parler, que nous voilà à nouveau sur le sol français, la pression redescend un peu. Nous emboîtons les grands axes, en veillant à ne pas se faire repérer malgré notre monture qui commence à perdre de l'huile et des pièces sur la route. Je profite d'une halte pour prévenir Marco de notre arrivée et lui faire connaître la ficelle que nous avions à la patte. Il ne semble au courant de rien mais mon sixième sens pense le contraire.

Encore huit cents kilomètres et nous serons rentrés au bercail. Louis, malgré sa jeunesse, montre lui aussi des signes de fatigue et je ne suis pas frais non plus, il est temps que cela se termine.

26.

Aux environs de 17h30, à l'approche de Beaune, en pleine heure de sortie des bureaux, notre camion rend son dernier souffle dans un soubresaut métallique. Nous voilà sur le bas-côté de la route le capot ouvert, le moteur laissant échapper une épaisse fumée blanche qui ne présage rien de bien pour la suite du voyage. Rien de papal là-dedans, mais le saint patron des voleurs San Malverde de Mexico vient de nous laisser tomber.

Je laisse Louis dans le camion et cherche au plus vite un bar, une cabine téléphonique ou une poste, pour prévenir Marco. Son réseau tant familial que « pro » fait que l'un de ses cousins habite non loin de là, à Autun. Il lui demande de nous venir en aide, ce qu'il fait dans les deux heures, le temps pour lui de voler un camion plateau afin de nous mettre au chaud.

C'est confirmé, le dieu de la cambriole, toujours lui, doit être en congés cette semaine car un membre de l'entreprise du camion volé par le cousin passe devant nous et, ne reconnaissant pas le chauffeur, trace direct chez les gendarmes. À peine le temps de charger le camion sur le plateau que la sirène d'une estafette des bleus hurle à nos oreilles. Dans ces cas-là, pas de sentiment, c'est chacun pour soi. Louis pique un sprint à travers champs pendant que le cousin et moi prenons la direction de la ville. Les gendarmes, voyant sûrement que la course-poursuite est perdue pour eux, dégainent vite et après une demi-sommation, tirent deux coups de feu en l'air pour essayer de nous stopper. Peine perdue, la cavale, on connaît. Nous courons sans nous retourner et, au bruit, le gendarme à nos trousses semble ne plus nous suivre, mais sans doute a-t-il donné l'alerte. Le cousin de Marco propose de voler une voiture et de foncer sur Autun. Qu'à cela ne tienne, ne connaissant pas la région, je ne peux que lui faire confiance, ma liberté est entre ses mains. Il n'est pas manchot, il stoppe une voiture et dégage manu militari le chauffeur de quatre-vingt-dix kilos de sa Peugeot 504, en l'envoyant balader à cinq mètres de là.

Nous roulons vers Autun sans attendre l'arrivée des gendarmes, passant uniquement par des chemins de brousse qui n'apparaissent pas sur les cartes routières.

27.

Sans certitude de ne pas avoir été vus par quelqu'un, le cousin propose de se mettre à l'ombre pendant un ou deux jours, mais impossible d'aller chez lui si sa bobine a été reconnue. Il a apparemment un casier long comme un jour sans pain. Heureusement, il a un joker dans sa manche. Dinandier de métier, il fait partie de la Cayenne des compagnons du Tour de France d'Autun et c'est là-bas qu'il propose que nous allions nous mettre au vert. Il y a justement une réunion ce soir. Je n'ai pas pour habitude de frayer avec ce genre de confrérie, que ce soit compagnons du Tour de France, Rotary ou Lion's club, ces mondes me sont inconnus et nous courons à être démasqués si je n'en maîtrise pas les codes. Pas le temps de faire un cours, le cousin me donne deux instructions avant d'arriver à la Cayenne : primo, tu es sourd, chose fréquente chez les dinandiers apparemment, et deuzio, tu fais la même chose que moi. Soit, quitte à être dans la merde, autant y être à fond. Mais entre la cavale et la Cayenne j'ai choisi, ce sera la Cayenne.

Dans une petite rue légèrement pentue et en sens unique, se dresse une belle bâtisse de fin XVIIIème, enserrée entre deux immeubles plus récents et sans aucun intérêt architectural. Une porte massive en chêne en barre l'entrée du rez-de-chaussée, sur laquelle sont sculptés une équerre et un compas, complétés en leur centre par un heurtoir travaillé. On pourrait confondre avec des insignes des francs-maçons, mais les pièces en exposition dans la vitrine attenante balayent le doute.

Trois coups francs et massifs sur le heurtoir de la porte et la voilà qui s'entrouvre pour laisser apparaître un demi-visage caché dans la pénombre. Pour ménager le suspense, ils se posent là. Le cousin murmure deux, trois mots et la porte finit de s'ouvrir complètement.

Nous pénétrons dans une entrée monumentale, où un escalier de bois superbement travaillé, dessert les étages supérieurs. Un lustre orné de gouttes d'eau de cristal ciselées éclaire magnifiquement le palier. Non loin derrière nous, dans les rues adjacentes, les gendarmes s'agitent en essayant de ne pas trop faire de remue-ménage. Nous voilà à l'abri. Le cousin me glisse à l'oreille qu'ici les gendarmes ne passent le seuil de cette porte qu'une fois l'an, en fin d'année, pour venir y chercher, avec leurs voitures de fonction, les offrandes sous format soixante-quinze centilitres, douze degrés, en provenance de Bordeaux, offertes par les chefs d'entreprises de la région.

Sur la droite, j'aperçois le musée de la Cayenne, chargé du sol au plafond de pièces d'apprentis, d'aspirants et de compagnons. Étant « en avance » pour la réunion, le cousin me propose pour nous détendre de me faire visiter le musée. Il y a là des pièces hallucinantes de beauté et de savoir-faire de tous métiers. Dommage que les compagnons ne fassent pas dans l'arme de poing. Des maquettes de charpente bois à tenon et mortaise, à paume grasse ou à tenon en mors d'âne, des maquettes de couverture en ardoises, si fines qu'on y roulerait presque une cigarette. Des pièces d'enlumineur avec des mariages de couleurs impressionnantes. Un bureau de menuisier à tiroirs secrets et lampe cachée dans une pièce pivotante. Bref, on en oublierait presque que l'on vient de se faire marron de cinq cent mille francs par les gendarmes et qu'il va falloir aller au mastic pour les récupérer.

La réunion approche, les jeunes et les moins jeunes arrivent, s'embrassent et se tapent dans le dos, comme s'ils étaient de la même famille. Tous convergent maintenant vers la salle de réunion du premier étage. Je serre quelques louches et ça y va du « bonjour Mon Pays, comment vas-tu ? », « Enchanté Mon Pays, soit le bienvenu ». J'y capte rien mais je suis le mouvement sans décrocher un mot, le cousin s'occupant de faire le relais d'information sur ma puissante surdité.

Tout le monde est en place dans la grande salle, rideaux tirés, c'est un silence de cathédrale qui s'installe pour attendre l'arrivée du père et de la mère de la Cayenne. J'apprendrais plus tard que ce sont les deux personnes les plus respectées des lieux, ce sont eux qui veillent sur les jeunes qui résident sur place et pas question de ne pas filer droit. Un pet de travers et c'est la lourde.

La réunion dure presque deux heures et à la sortie, tout le monde file dîner dans la grande salle de réception. Servis par les jeunes, les anciens s'en donnent à cœur joie, ça picole, ça bouffe et ça chante des chansons compagnonniques à la gloire d'Agricol Perdiguier. Mais toute cette bonne humeur et cette bienveillance ne vont pas nous rendre les trois caisses de pièces. Et je ne sais pas non plus ce qu'il est advenu de Louis.

La soirée avance, le cousin me prend à part et me fait part de son plan. Dans un premier lieu, il va organiser une équipe prête à intervenir dans l'heure, des gars sûrs et costauds afin de récupérer les caisses. En parallèle, il prend contact de suite avec une vigie qui loge non loin de la caserne des gendarmes. Si le camion a été transporté chez les condés, il le saura de suite, si jamais ce sont les douanes qui l'ont saisi, on est mal.

Il organise auprès des compagnons ma nuitée sur place. Ils ont la délicatesse de me donner une chambre en solo, ce qui n'est pas fréquent, ils sont plutôt à pioncer à quatre ou six dans la même chambre. Le cousin repassera en très fin de soirée et ira m'attendre au bar non loin de la Cayenne. Il va falloir faire vite car, si après information reçue de la part de la vigie, le camion est localisé chez les gendarmes, il ne risque pas de faire du surplace bien longtemps.

Aux environs de vingt-trois heures, je prends discrètement congé de la Cayenne et me rends comme convenu au bar d'à côté pour y retrouver le cousin. Ces bars de province ont une chaleur particulière. Ici, le néon est roi et tout se sait avant même que quelque chose arrive. Les brèves de comptoirs ne sont pas une légende et l'économie souterraine d'un village passe souvent par là.

Le cousin arrive avec des nouvelles. Le camion est donc bien dans la cour de la gendarmerie. Le souci, c'est que les gendarmes crèchent sur place et cela va nous être difficile, même avec des gros bras, d'aller le récupérer si l'effectif de la caserne est complet à l'intérieur. Étant vendredi soir, il propose d'attendre le lendemain soir pour taper, les gendarmes étant souvent de sortie le week-end, pour des contrôles routiers. La journée de demain servira à s'équiper pour le soir avec le reste du groupe.

Nous nous séparons et nous nous donnons rendez-vous le lendemain matin à 09h00. J'en profite, avant de rentrer, pour me balader un peu dans cette ville qui m'était jusqu'ici inconnue. Ce genre de ville de province est commune à beaucoup d'autres, celles qui ne recensent que très peu d'âmes dans ses rues, passé 19h30. La télé dans les salons, la famille autour de la table de la cuisine, le chien dans le jardin et la 4L dans le garage. Ici, on monte rarement sur de gros bracos, on laisse ça aux grandes villes, au pire, une caisse de supermarché ou une boutique un peu luxueuse. Les banques peuvent dormir relativement tranquilles. La couleur ambrée des réverbères donne une multitude de reflets et d'ombres dans les ruelles. Passé une heure à tourner, je rentre à la Cayenne.

28.

Samedi, 10h00, le cousin passe me chercher et nous prenons la direction du lieudit des chênes couchés, à quelques kilomètres de là, pour nous rendre chez un des équipiers, Émile. Le logement du cousin est sous surveillance. Un sous-marin de la police est en place à quelques mètres de son portail. Il a dû crécher cette nuit chez un ami tout juste sorti des Baumettes, de Marseille, pour recel. Entre-temps, il a eu Marco au téléphone, il est prêt à lâcher vingt mille francs à chacun des équipiers pour la récupération des trois caisses et leur acheminement jusqu'à Paname.

Le cousin a invité sur l'opération trois beaux mecs de sa connaissance. Nous arrivons dans un coin quasi désert sur un plateau des hauteurs d'Autun ; ça souffle fort là-haut et la vue est bien dégagée pour y voir arriver quiconque de loin. Il y a là une grande bâtisse en pierre brute, toute en longueur, avec deux garages attenants. À l'intérieur, une immense cheminée brûle d'énormes bûches pour réchauffer la pièce, pourvue uniquement d'une grande table massive à douze places et de quelques fauteuils répartis çà et là. Une belle bibliothèque, d'un linéaire d'au moins six mètres, s'impose comme seul autre mobilier.

À notre arrivée, les trois équipiers sont déjà en place autour de la table, en train de boire un café fumant. Poignées de mains viriles, ici pas de blagues vaseuses sur la capitale ou les Parisiens, seule la famille voyou et le job priment. Le cousin fait les présentations et le sujet de la réunion est annoncé. Germain, un colosse quadra d'un mètre quatre-vingt-dix et qui vit juste en face de la caserne des gendarmes, annonce que le camion est bien garé dans la cour de la gendarmerie, déchargé du camion plateau qui a dû être rendu à son propriétaire et également sûrement vidé de son contenu, à en voir la hauteur du fond de caisse. Pour avoir fait quelques stages en cellule de dégrisement à la caserne, il sait où est la zone de stockage des gendarmes. Baptiste, le plus jeune de la troupe et ami d'enfance de Germain, est d'accord avec son ami sur l'emplacement actuel des caisses. Quant à Émile, notre hôte et doyen de l'équipe, il ne dit rien, hochant la tête de temps en temps.

Nous articulons la récupération en deux phases. La première consiste à arriver dans la cour de la caserne sans éveiller de soupçon, pour cela, il faudra faire appel à une personne extérieure au groupe. La seconde phase consistera en la récupération des caisses et à leur extraction dans trois voitures. Pour ce faire, et côté armement, la bibliothèque d'Émile apporte son lot de surprises à la réunion. Elle cache en son sein, et sous des doubles fonds, une véritable armurerie. Pas moins de neuf armes de poing sont disposées sur la table du salon ainsi que des cagoules. On se croirait dans un conte de fées.

— Faites votre choix Messieurs, mais ils s'appellent tous revient.

Chacun y va à faire son choix et nous voilà équipés. Pour les véhicules, toute l'équipe se déplacera deux heures avant l'opération pour voler trois voitures sur le parking de la gare SNCF de Chalon-sur-Saône. Nous peaufinons les derniers détails et passons à d'autres sujets plus terre à terre jusqu'au soir. Nous évoquons Mesrine et Michel Ardouin, dit « porte-avions », son lieutenant. Ils font des émules en ce moment avec leurs bracos à répétition. Ils tapent en duo, sans appuis extérieurs, même pour les planques apparemment. Ce qui est sûr, c'est que personne autour de la table ne veut en être, trop voyant, trop médiatisé, donc très risqué. Les condés n'hésiteront pas à les tirer comme des lapins s'ils les croisent.

Vers 19h00, Émile se met aux fourneaux et nous dînons avant de prendre la route vers Chalon. À cinq dans la vieille Peugeot 404 d'Émile, il nous tarde d'arriver à Chalon, ce qui ne prendra heureusement que vingt minutes. Une fois là-bas, il ne nous reste plus beaucoup de choix au niveau des voitures. À 21h00, le parking de la gare est quasi désert. Nous restons cinq minutes dans la voiture et choisissons à distance une Ami 8, une Austin 1800 et une Renault 16. C'est Baptiste qui se charge de les démarrer et de passer les volants à Germain et Émile. Moi, je reste dans la 404 avec le cousin. En moins de dix minutes, nous voilà à nouveau sur la route, en direction de la gendarmerie.

Sur le chemin, Émile s'arrête dans un petit village pour prendre Jojo, un vieil ami, dont l'électricité ne lui a malheureusement pas été installée à tous les étages. C'est lui qui va nous servir de passe muraille pour entrer dans la gendarmerie sans vague. Sa « gentille bêtise », bien connue dans la région, lui ouvre toutes les portes. Émile lui explique qu'il faut absolument qu'il aille remercier les gendarmes qui lui ont retrouvé son chien il y a peu. Jojo en est d'accord, sans trop chercher à comprendre, et monte avec nous.

Après quelques minutes de route, nous voilà devant la caserne, portillon et portail fermés. Le brave Jojo descend et sonne. C'est une jeune gendarme qui lui donne l'accès et l'invite à le suivre. Nous restons en planque dans les quatre voitures pour attendre que Jojo ressorte. Dix minutes plus tard, c'est chose faite, Jojo se fait gentiment reconduire vers la sortie, ses propos sûrement incohérents ont eu raison de la patience de la gendarme.

Sans attendre, Germain bondit, arme à la main et cagoule sur la tête, pour neutraliser la gendarme qui, à la vue du calibre pointé sous son nez, n'oppose aucune résistance. Dépossédée de son arme de service, Germain lui ordonne de rentrer dans la caserne, très vite suivie par le reste de l'équipe avec les trois voitures dans la cour de la gendarmerie, à l'exception d'Émile, resté en appui dans la quatrième voiture, pour dégager en cas de danger. Il ne faut que quelques instants pour localiser le local destiné au stockage de matériel où se trouvent les caisses. Germain reste à la manœuvre et réclame à un second gendarme d'ouvrir le local, qui essaie de gagner du temps, en évoquant le fait qu'il n'en a pas les clés sur lui. Le cousin, sentant le temps passer et l'impatience le gagner, assène un violent coup de crosse de révolver sur l'arcade du gendarme qui vole en éclat, projetant une flaque de sang sur le carrelage.

Bizarrement, les clés sont retrouvées dans l'instant. Reste à charger les caisses et à filer. Sans doute alerté par le niveau sonore de la voix de Germain, un troisième gendarme pointe le bout de son nez, arme au poing, en visant Germain. L'équipe lui répond dans l'instant en pointant tous leurs calibres dans une convergence de direction. À quatre contre un, l'affaire est faite pour le gendarme qui pose son arme à terre et met ses mains sur la tête.

L'équipe charge les trois caisses dans les trois voitures et nous filons dans une énorme gerbe de gravillons poussiéreuse. Émile, quant à lui, a déjà pris la tangente une fois les caisses chargées en direction de notre point de regroupement, à quinze kilomètres de là.

Au point dit, nous transférons une des caisses dans la voiture d'Émile, et brûlons le véhicule. En cas de contrôle, cela nous donnera une chance de plus de ne pas être dans une voiture volée. Nous nous répartissons dans les trois voitures et prenons la direction de Paris.

Cinq heures de route plus tard, nous sommes enfin à la porte du garage de Marco. Restitution des caisses et règlement des dus à chaque membre de l'équipe et nous voilà soulagés d'un poids. Il n'est jamais bon de rater une opération, le doute planant toujours sur les motifs ou la réalité des choses qui ont pu se passer pour mener à un échec. Tout le monde est heureux et chacun reprend le chemin inverse.

Je reste quelques minutes à discuter avec Marco. Il m'apprend que Louis a réussi à remonter après notre séparation forcée et qu'il est actuellement hébergé par Marie-Louise. Elle le garde au chaud quelques semaines, histoire que cela se calme et qu'il puisse à nouveau aller et venir sans craindre de se faire serrer. Il va travailler pour elle dans sa blanchisserie. Il semble qu'il tourne en rond comme un rat en cage, mais il est obligé de passer par là s'il veut se faire oublier.

J'arrive enfin de nouveau chez moi, tout semble y être figé. Le quartier, les immeubles, Gégé le clochard, les filles sur les trottoirs. Manque à l'appel Jiji, sa présence flotte dans l'air, je la cherche, tout en sachant que je ne la trouverais pas. Son mac rode aussi, il a recruté deux nouvelles filles pour palier l'absence de Jiji et Sylvie.

Je traverse la rue pour aller voir Gégé le clodo avant de monter chez moi. Nous échangeons deux, trois mots sur les jours passés. Apparemment pas ou peu de mouvements de képis au pied de mon immeuble, juste quelques allers et venues sur l'hôtel pour l'enquête toujours en cours. Un vieil habitué des filles se serait fait serrer et on ne l'a pas revu depuis. Je vais aller me mettre au chaud quelques jours en province, ce long voyage m'a fatigué.

29.

Mars 1973.

Mesrine a fait parler de lui en ce début mars et ça a chauffé au Dixie, un bar à putes de la rue Godot-de-Mauroy.

Mesrine a débarqué comme un buffle pour faire la peau au patron, apparemment pour un vieux différent de plusieurs années que le Grand a gardé en travers de la gorge. Manque de bol, le patron était absent et il a fait chou blanc, sauf pour l'arrière-bar qu'il a complètement détruit à coups de jet de bouteilles et de verres. Un flic, alerté par une fille du bar, a failli passer l'arme à gauche après que le Grand lui ait tiré un pruneau qui lui a traversé le cou, sans dégât pour lui. Un coup de chance. C'est la quatrième fois que le Grand ouvre le feu sur un représentant des forces de l'ordre. Il y est habitué maintenant, depuis le Canada, mais il a eu beaucoup de chance cette fois de pouvoir se faire la valise par l'arrière du bar.

Quelques jours plus tard, il se fera serrer par les hommes du commissaire Tourre, après qu'ils lui soient tombés dessus à six alors qu'il rentrait de faire des courses, au pied de son appartement Rue Pierre-Grenier à Boulogne Billancourt.

Direction la Santé.

30.

Mars 1973.

Je me suis mis au vert pendant un mois chez un ami dans le Loir et Cher. Il crèche dans un petit village non loin de Romorentin. Peu d'habitants, peu de voitures, presque pas de bruit, l'idéal pour faire une pause et se fondre dans le décor. Mon ami fait dans le trafic de poudre blanche avec une technique toute particulière : la réduction des quantités et de la vitesse. Il m'a expliqué sa théorie un soir d'hiver, autour d'une vieille liqueur locale conçue pour faire tomber les dents de sagesse. Pour passer entre les mailles du filet et ne pas attirer l'attention sur soi, il faut être lent m'a-t-il dit, telle une tortue silencieuse. Ainsi, tu ventiles ta coke par petite dose, régulièrement, sans vagues et sans suspicion de la part des voisins ou de quiconque. Certes, le rendement est moins bon ou moins rapide que celui des jeunes fous furieux qui dealent par tranche de cent grammes, mais c'est tellement plus facile et moins risqué. Pour son moyen de locomotion, c'est pareil, il circule dans une vielle 4L alors qu'il a les moyens de rouler en Jaguar ou en Maserati. Il a même réussi à se faire copain avec les gendarmes du coin. Pour eux, c'est un ancien négociant en vin d'Alsace aux portes de la retraite. Il les rince de temps en temps, histoire d'entretenir la légende. Il fait venir quelques cartons de boutanches par six depuis l'est de la France via un collègue receleur. Un carton de bouteilles, un carton de coke, un carton de bouteilles…

Mais pour autant, la vie n'est pas un long fleuve tranquille, même dans les villages reculés de province. Il arrive que les querelles prennent de l'envergure et persistent pendant des années. C'est ce qui arrive actuellement à mon ami, une vieille histoire de pneu crevé lui pourrit l'existence depuis plusieurs mois. Son voisin d'en face est le proprio d'un petit bar à loulous dans un village à trois kilomètres de chez lui. Il y a quelques mois, il a demandé à mon ami de lui rendre un service en l'aidant à évacuer quelques bricoles entreposées dans la cave de son bar. Des restes pas forcément très légaux issus de la dernière guerre. Le souci, c'est que le voisin du bar, l'ancien maire du village, ne voyait pas d'un bon œil qu'il aille déverser tout son bordel explosif dans la décharge, et pendant une rotation, il lui aurait crevé un pneu histoire de le lui faire savoir. Sans preuves, difficile d'accuser, mais l'instinct de mon ami lui dicte de lui rendre la pareille. Qu'à cela ne tienne, nous avons réglé cela juste avant mon départ. Attendant que toutes les personnes concernées par ce « différent » soient réunies dans le bar pour un apéro, j'en ai profité pour aller déposer un cocktail Molotov façonné maison dans la berline de l'ancien maire. Barbecue gratuit, les merguez en moins, affaire réglée.

Il ne s'était pas passé deux jours après cet épisode qu'un autre problème lui tombe sur le coin du museau. Son chargé de convoyage régulier, adepte de tout ce qui se boit et tout ce qui se sniffe, a fait la rencontre de deux Marseillais dans un bar de Romorentin. Ils l'ont endormi avec la manière en lui achetant « à crédit » deux cents grammes de blanche. Autant dire qu'ils ont emprunté à vie la poudre de mon ami et par ricochets, à son fournisseur, qui, pour le coup, est très près de ses sous. La poudre fournie est pure à quatre-vingt-cinq pour cent, ce qui est une très bonne référence actuellement. Comme les consommateurs aiment à le dire, c'en est une qui passe toute seule et qui ne met pas l'estomac de travers. Mon ami n'ayant ni les moyens ni l'intention de couvrir la boulette de son convoyeur, a décidé de prendre les devants et d'exposer la bévue à son fournisseur radin. Après un long échange téléphonique, ils parviennent à un deal pour restituer l'intégralité de la marchandise pour le jour même. Rendez-vous est pris le soir en vue d'une explication de texte en compagnie de mon ami, de son naïf de convoyeur et de moi-même, comme porte flingue temporaire au cas où cela tournerait vinaigre.

Durant toute la journée, mon ami a rameuté tous ses contacts pour trouver deux cents grammes de lactose et pouvoir ainsi reconstituer le manque de matière première. Lactose trouvée, il a fallu réduire en poudre les huit cents grammes restants au moulin à café à main et y incorporer le lactose pour revenir au poids de base d'un kilo. Le soir venu, nous prenons la route en direction du point de rendez-vous fixé par le fournisseur.

Après une heure, nous arrivons sur site, en pleine pampa perdue, où même un épouvantail ne retrouverait pas son champ. La nuit tombe rapidement et tout devient noir ébène alentour. Nous patientons là deux bonnes heures avant que deux voitures arrivent sur le petit chemin, pleins phares, histoire de nous mettre la pression. Pas moins de huit gus sortent des voitures. Tous sapés par le même tailleur, à croire qu'ils ont eu un prix de gros. Par contre, les calibres, eux, ne sont pas tous identiques, cela va du P38 au 9 mm en passant par le Uzzi, le fusil de chasse et le fusil à pompe, ce qui n'est pas pour me rassurer. L'un d'entre eux nous demande de les suivre, prenant soin de ventiler mon ami et son convoyeur dans leurs deux voitures et je me retrouve donc avec deux grincheux armés jusqu'aux dents sur la banquette arrière. Je ne sais pas si c'est ma tête qui ne leur revient pas, ou si c'est une tradition chez eux, mais ils ne décrochent pas un mot de tout le voyage. Pour plus de sûreté, j'en fais de même.

Notre convoi sort du chemin pour rattraper la route nationale et nous roulons une bonne trentaine de minutes en direction du nord. À chaque nid-de-poule sur la chaussée, je crains qu'un pruneau ne parte de l'arrière et vienne se loger dans mon dos. Je tente de détendre l'atmosphère en allumant la radio, ce à quoi l'un des deux Blues Brothers me lâche un sec « coupe ça ! » qui ne souffre pas la discussion. Notre convoi entre dans une propriété par une grille monumentale. Je pense que nous sommes arrivés en passant devant une très belle maison, mais erreur, il ne s'agit là que de la maison du gardien. Après encore quelques minutes, les voitures s'immobilisent devant un alignement de box à chevaux. Il fait encore nuit noire et seuls les phares des voitures éclairent un peu les façades. Nous sommes escortés par les huit malabars en Smalto et pompes à bascule à l'intérieur de l'écurie où une pièce se trouve éclairée. La surface est seulement pourvue d'une table et de quelques matériels.

Arrivés là, personne ne bouge, personne ne parle. Les minutes sont longues. On se regarde les uns les autres en se demandant comment tout cela va finir. Arrive enfin un patriarche. À pas lents et mesurés, tel un légionnaire, il approche, sans quitter mon ami des yeux. Aucun regard pour le convoyeur ou pour moi-même. Il se plante devant lui sans lui serrer la main ou lui adresser la parole. Il lui tend juste la main droite pour recevoir le paquet d'un kilo de poudre qui lui appartient. Une fois la transaction faite, le patriarche donne le paquet à l'un de ses hommes qui va le déposer sur la table derrière lui. Arrive un autre homme, sorti d'on se sait où dans la pénombre de cette pièce mal éclairée. Il ouvre le paquet et manipule une petite quantité de poudre pour la tester. Après quoi il s'approche du patriarche pour lui glisser quelques mots à l'oreille. L'ancien détourne son regard de mon ami et le plante dans celui du convoyeur, en lui faisant signe d'approcher du doigt. Le convoyeur devient blanc comme un linge et s'approche de son futur bourreau.

— Explique-moi comment je fais maintenant avec cette poudre qui n'est plus pure qu'à quatre-vingts pour cent ? J'ai une réputation à tenir moi et tu viens, par ta bêtise, de la mettre à mal.

Deux hommes de main du patriarche encerclent le convoyeur en le saisissant par les bras et le font avancer jusqu'à la table. Celui de gauche lui fait une clef de bras pour l'immobiliser, pendant que celui de droite pose sa main à plat sur la table. Un troisième homme lui fait face, un marteau à la main et attend le signal de l'ancien.

— Cinq pour cent, c'est beaucoup, lance l'ancien. Tu sais compter jusqu'à cinq sur tes doigts ?

Il lance un rapide regard suivi d'un léger coup de menton à l'homme au marteau qui s'exécute sur-le-champ. Un premier coup violent de marteau sur le pouce du convoyeur lui arrache un hurlement qui réveille quelques chevaux. C'en est fini de son pouce.

— Un, compte l'ancien.

Un second coup tombe sur l'index dont les phalanges explosent sous le poids du métal.

— Deux.

Un troisième coup détruit le majeur du convoyeur dont la tête vient de s'abattre sur la table.

— Trois.

Le vieux saisi les cheveux du convoyeur et lui redresse la tête.

— Tiens-toi un peu mon garçon ou mon marteleur va te rater et percuter ta tempe.

Un quatrième coup de marteau frappe simultanément l'annulaire et l'auriculaire du supplicié qui est à deux doigts… de tomber dans les pommes.

— Nous voilà quittes mon ami, susurre le patriarche à l'oreille du convoyeur qui n'entend déjà plus rien.

Un bonheur n'arrivant jamais seul, l'homme de gauche desserre sa clef de bras et pose à son tour violemment la main gauche du convoyeur sur la table. L'homme au marteau ne laisse pas le temps à quiconque de comprendre ce qui se passe et assène cinq coups de marteau en rafale sur les doigts encore valides, les réduisant en bouillie en quelques secondes.

— Et ça, c'est cadeau de la maison, termine l'ancien, avant de faire évacuer les lieux par ses sbires en un mouvement rapide de la main.

Le convoyeur tombe définitivement dans le cirage, bon pour le compte comme un boxeur au sol. Nous le récupérons et le chargeons dans la voiture. Seuls restent deux hommes armés qui attendent que nous ayons monté le colis inerte dans la voiture avant de nous diriger vers la sortie de la propriété que, bizarrement, je trouve de suite. Mon ami ne décroche pas un mot. Il est clair que maintenant ces deux-là ne feront plus affaire ensemble, mais qu'importe, nous sommes tous les trois vivants. Nous déposons le convoyeur sur le pas-de-porte de sa bergère et filons nous envoyer quelques remontants pour mettre un terme à cette belle journée. Mon ami me remercie pour l'aide apportée en ces moments difficiles.

Un mois, cela passe rapidement et l'on a vite fait de passer à côté de pas mal d'informations sur la vie du réseau et des collègues toujours actifs.

En ce début de mois de mars, Mesrine s'est fait serrer par les condés. Après un interrogatoire sérieux, il a été incarcéré à la Santé. Cela va peut-être détendre un peu la poulaille. De mon côté, je prépare mon retour vers Paris. J'en profite pour convoyer quelques grammes pour les revendeurs de mon ami sur la capitale, histoire de le remercier pour l'hébergement. Je programme mon départ pour le vendredi 30 mars. D'ici là, repos, farniente, PMU, apéro et rien d'autre.

31.

Avril 1973.

Mon retour était attendu par quelques belles gueules du réseau. Mon ami Loris, qui œuvre comme maçon depuis deux ans sur le chantier de la dernière tranche du périphérique parisien, nous a mis au parfum que ce dernier se terminait sous peu et qu'un coup était jouable non loin de son chantier. L'inauguration du dernier tronçon implique des cadences importantes du fait du retard des travaux, une tradition dans le bâtiment apparemment, et la multiplication des heures sur le chantier rendent l'étanchéité de ce dernier plus que légère.

Pour en parler, Loris m'a donné rendez-vous au bar Le Tabou, rue Dauphine. Le Tabou n'est pas forcément discret au sous-sol à cause de la musique mais la petite salle du rez-de-chaussée permet de parler librement. De plus, le videur, Yvon, est un grand ami de Loris. Il filtrera les entrées potentielles des bleus s'ils traînent dans le quartier. Les murs ont parfois des oreilles, aussi bien du côté des bleus que des indics.

L'affaire consiste à taper trois voitures anciennes de collections chez le concessionnaire Alfa Roméo, spécialisé dans la voiture haut de gamme à porte d'Asnières, de stocker les voitures dans l'emprise du chantier, le temps de les charger dans un camion plateau, et de les expédier vers l'Italie. Loris se charge de trouver le camion avec chauffeur et de le faire stationner dans le chantier. De mon côté, je dois faire équipe avec deux gars capables de neutraliser le système d'alarme du concessionnaire et de faire démarrer des voitures sans clés. Je prends le temps de demander à Loris de me faire visiter son chantier afin de me permettre d'évaluer la zone de parking, les grilles, les sorties de secours, bref de repérer les lieux, je ne veux pas finir dans une souricière.

Nous nous retrouvons le mardi suivant en fin de journée. Il me fait faire le tour du propriétaire et me présente comme l'un de ses contremaîtres aux architectes sur place. Le temps est particulièrement pourri en ce moment. L'hiver n'a pas encore définitivement quitté la capitale et traîne derrière lui des flots de journées pluvieuses et grises. Le chantier est très boueux et j'ai peur que le camion plateau ne se trouve planté sur place. Nous aurions l'air fin à ne pas pouvoir nous faire la valise tranquillement.

Nous choisissons l'emplacement où sera garé le camion et Loris va organiser la mise en place d'un lit de gravier pour pallier le risque d'enlisement. Après une bonne heure à tourner dans le chantier, je quitte Loris pour aller à la rencontre de mes futurs équipiers. Je les ai recrutés sur les conseils de Marie-Louise. Elle les connaît bien et pense qu'ils seront parfaits pour cette opération.

Les voitures visées sont une Alfa Roméo Giulia Sprint Spéciale de 1963 ainsi qu'une Giulia 1600 Spider de 1962 et une Giulietta Spider Veloce de 1960, le tout pour un collectionneur Italien fortuné. Nous n'avons pas le droit de nous planter, le collectionneur ayant pris soin de payer d'avance cinquante pour cent de la marchandise à Loris et il semble que le monsieur n'ait pas beaucoup d'humour. Un petit loulou de son village de San Jiordano dans les Pouilles en a fait les frais il y a quelques mois. Essayant de lui refourguer une Maserati 3500 GT Touring de 1959 maquillée, la faisant passer pour quasi neuve, l'ancien lui a roulé dessus avec. La tête du gamin n'a pas supporté la pression et s'est désolidarisée du corps du jeune homme. D'une pierre… deux bouts. Le collectionneur a donné trois semaines à l'équipe pour recevoir sa marchandise, un grand concours de belles charrettes étant organisé non loin de chez lui prochainement.

32.

Au sortir de mon rendez-vous avec Loris, je marche en direction des boulevards des Maréchaux pour y attraper le bus qui me redescendra vers la gare du Nord. Il fait un froid sec comme je les aime, la lumière de ce début de printemps est agréable, elle donnerait presque envie de s'arrêter sur un banc et de regarder passer la vie pendant quelques minutes, mais je n'en ai pas le temps. De plus, il flotte dans l'air quelque chose qui ne me plaît pas. Comme un signal qui bloque mon plaisir.

Je cherche dans les reflets des vitrines et des voitures comme une information ou un détail qui m'aurait échappé. Je sens que j'ai une ficelle au pied. Les condés seraient-ils à mes basques ? Je prends à droite une rue en sens unique, change de trottoir et accélère un peu le pas. Cette fois, c'est sûr, je suis suivi. Un homme d'une quarantaine d'années, assez frêle, m'emboîte le pas. Je tente de le distancer en retombant sur le boulevard, mais il s'accroche. Je marque un temps d'arrêt au passage piéton, il stoppe sa filature à une cinquantaine de mètres derrière moi. Le vert piéton s'allume, je traverse le boulevard au pas de course et m'engage dans une ruelle. Au bout de cette dernière, une enfilade de petits passages étroits dessert deux, trois entrées d'immeubles. Je trouve un renfoncement entre des poubelles et m'y planque, le temps de larguer ma ficelle. Je sens la présence de mon suiveur. Il me cherche. Je l'aperçois dans le reflet de la porte vitrée d'un atelier. Il n'est pas armé. Si c'est un condé, il aurait déjà sorti son calibre. Ce n'est pas le courage d'un combat au corps à corps qui les étouffe. Il se rapproche de moi. Arrivé à deux mètres de ma planque, je lui saute dessus, l'empoignant au col de son blouson de cuir et le pousse violemment dans le recoin encombré de poubelles. L'homme ne se débat pas, il tremble de tous ses membres.

— Stop, stop, me dit-il apeuré, je suis un ami de Sylvie.

Je relâche la pression sur le col du squelette et lui demande ce qu'il me veut.

— Sylvie est partie pour quelques jours et m'a demandé de vous remettre ceci.

Il me tend une boîte en bois, pas plus grande qu'une cassette pour dix cigares, sur laquelle est scotchée une enveloppe. Visiblement soulagé d'avoir rempli son office, l'homme me salue et file comme si le diable le poursuivait. J'observe brièvement la cassette sous toutes ses coutures. Elle n'est pas très lourde, quelques centaines de grammes tout au plus. Je la secoue et il me semble distinguer deux éléments à l'intérieur. Je glisse la boîte dans mon blouson et reprends mon chemin en sens inverse.

Je prends le bus pour rentrer vers la gare du Nord. Je n'aime pas ce mode de transport, impossible de sortir facilement en cas de contrôle. De plus, ils sont toujours pleins d'ouvriers, de nounous chargées de marmaille hurlante ou de petites bourgeoises parisiennes, bref, le monde extérieur m'énerve et je suffoque à l'idée de le savoir collé à moi dans cette boîte en ferraille roulante. Je n'ai pas été doté des fonctions nécessaires à la vie en collectivité ou pour le partage des zones de vie. Faut-il aller chercher dans mon passé les raisons de ce rejet ? Ma mère s'est fait la valise avant mon premier anniversaire et il semblerait que mon paternel ait fait la même chose dans les six mois qui ont suivi. L'assistance publique a été ma seule famille pendant quinze piges et je lui suis reconnaissant de m'avoir gardé en vie. L'enseignement dans le bassin minier du nord vers lequel j'ai été orienté n'était pas des plus poussé ou des plus stricts. J'y ai acquis quelques bonnes notions de démerde et un goût très prononcé pour le café et la lecture. En classe, collé au fond, j'ai peaufiné pendant des années la position inclinée de ma chaise sur les pieds arrière (d'où la bascule…). Cette position a pour avantage de soulager le dos pendant les longues heures d'études ou de bulle, au choix. Mais qu'importe le passé, l'important c'est aujourd'hui et demain. Seule Jiji était au courant de mon passé de gamin de l'assistance. Pourquoi la vision de cette absence de parents refait-elle surface ce soir dans ce bus ? Il semblerait que l'inconscient travaille plus vite que le conscient et que la simple image d'un lieu ou d'une personne peut faire resurgir des souvenirs enfouis depuis des lustres au tréfonds de la mémoire. Le bus a dû passer devant une quelconque façade d'immeuble rencontrée dans mes primes années de vie. Sentiment désagréable tout autant qu'inutile, je dois recadrer mon esprit au plus vite, la chialerie, on verra ça plus tard.

Mon voyage retour touche enfin à sa fin. Les rues de Paris sont de plus en plus encombrées de vélos, de voitures, de camions. À toute heure du jour et de la nuit, c'est un embouteillage permanent, et faisant suite à un braco raté et qui avait failli me faire plonger en cabane, je n'ai plus de voiture.

Souvenir. Un soir de juin 68, nous étions partis à trois sur un braco de supérette lorsque le gars en charge de voler une voiture est arrivé les mains vides. Ne voulant pas laisser passer le braco, j'avais accepté que l'on prenne ma voiture. Les condés n'étaient pas censés être dans ce coin isolé de la Marne et nous n'avons même pas pris la peine de changer les plaques d'immatriculation par manque de temps. Résultat, braco interminable à cause du patron de la supérette qui a voulu jouer les héros pour sauver sa caisse, et alerte générale auprès des policiers du coin par des voisins trop curieux. Course-poursuite dans les petites rues des villages alentour jusqu'à un trottoir un peu plus haut que les autres, où mon pare-chocs avant est resté planté. Après plusieurs minutes, nous avons réussi à fixer les condés sur un rond-point, plantés à leur tour. Mon pare-chocs a été récupéré par la maréchaussée et ils n'ont pas mis longtemps à venir frapper à ma porte. Les réseaux aidants, j'avais, dès le lendemain, fait faire des faux papiers de vente de la voiture, ils cherchent encore le nouveau propriétaire, pendant que ma voiture a fini carbonisée au fond d'une forêt du Loiret, acheminée et cramée par un collègue. Depuis ce jour, je ne possède plus de voiture mais prends plaisir à les voler pour les autres. On fait comme on peut.

33.

Après avoir dîné, j'arrive au Rubis rouge, l'un des bars les plus glauques du 18ème. Ici, côté bagarres, c'est comme les départs d'avions à Orly, une toutes les trois minutes.

L'un des deux équipiers est le fils du taulier, encore un vieil auvergnat monté à Paris dans les années cinquante. Nous nous retrouvons tous les trois dans la cuisine du bar. Il y a là comme une ambiance de Tontons Flingueurs, la gnôle aux degrés d'alcool vertigineux et les répliques d'Audiard en filigrane, les néons et les tables en formica en prime. Les deux loustics sont sur le fil du rasoir entre le poulbot parisien du côté du père et le jeune bourgeois boutonneux du côté de la mère. Je me demande si je dois leur faire confiance, mais Marie-Louise m'a assuré les connaître et m'a fait la liste de leurs états de service. Si tout est vrai, les gamins n'ont pas à rougir de leurs aînés. L'un d'eux s'étant permis de subtiliser une voiture officielle lors d'un défilé du 14 juillet… Couillu le gamin. D'un autre côté, leurs palmarès de présence sous les verrous par rapport à leur âge ont de quoi interroger. Trois ans pour l'un et six pour l'autre. Je n'ai pas l'intention de retourner à la Santé pour trois bagnoles qui vibrent et perdent un litre d'huile et deux boulons à chaque dos-d'âne.

Nous programmons l'extraction des trois voitures pour le dimanche suivant, jour de fermeture de la concession. Nous finissons la soirée dans le bar du papa à coups de bières brunes, de fourme d'Ambert, de saucisson et d'olives vertes, entrecoupé par des altercations de viandes saoules vite éjectées sur le trottoir par le patron des lieux, aidé de son berger allemand et de sa batte de baseball prénommée « cure-dents à cons ». Encore un peu et il faudra prendre un ticket pour atteindre le bar tellement il est rempli de boit-sans-soif et de camés en cours de descente. Les chiottes ressemblent plus à un comptoir à coke qu'à des pissotières. Même les condés en déprime viennent dans ce rade pour s'approvisionner en poudre et remonter la pente. C'est dire si le vieux a le bras long. Ici, tout le monde l'appelle le père Noël. Le crâne dégarni, les quelques cheveux lui restant à l'arrière de la tête aussi blancs que sa barbe de trois mois, des lunettes en écailles de tortues brunes et un sourire planté jusqu'aux oreilles, l'ancien professeur des écoles catégorie mathématiques appliquées à la réalité sociale a planté l'Éducation nationale de Clermont-Ferrand pour grimper à la capitale ouvrir son bar. Il a été aidé en cela par la communauté auvergnate déjà très présente depuis des années et qui contrôle tout ce qui touche aux bars traditionnels de Paris et de sa banlieue. Mais il ne faut pas se fier à son sourire enjôleur, car l'ancien sait sortir les crocs quand il le faut et se montrer plus que méchant parfois. Une seule phrase assassine peut mener à une action froide et sans merci. Plus d'un consommateur en a fait les frais, à trop tirer sur la corde de la patience du taulier, certains ont fini la tête dans le caniveau, option lésion ouverte du cuir chevelu.

Vers une heure du matin, nous plions les gaules, remerciant le paternel pour l'accueil et filons vers nos plumards respectifs. Encore quelques minutes de marche à éviter les barriques pleines qui ont passé la soirée à faire des bars parallèles. Me voici enfin sous les combles du 80. Ce petit appartement où je n'ai pas d'existence légale, le sous-louant à un ami fortuné qui rame à savoir combien de planques il loue pour ses complices de la fauche. C'est là le seul endroit où je me sens à peu près tranquille en ce moment. Trois sorties de secours possibles : par les escaliers, les toits, ainsi qu'une trappe sous le tapis de mon salon donnant sur un local vide à l'étage inférieur et truffé de pièges à condés : ampoule brisée sous un paillasson, marches qui grincent, absence d'éclairage sur le palier, judas dans l'angle de ma chambre donnant sur l'escalier… J'y suis depuis un peu plus d'un an et pour l'instant personne n'est venu frapper à ma porte, ni démarcheur en aspirateur ou religieux quelconque à la recherche d'adhésions à leur groupe d'idolâtrie à un ami imaginaire. La seule alerte ayant été à la suite de la mort de Jiji mais les condés ont trouvé leur bonheur dans l'hôtel de passe voisin.

Je n’ai pas revu ni le mac de Jiji ni Sylvie depuis pas mal de temps maintenant. Il va falloir que je me renseigne auprès de Gégé le clochard et que je passe un coup de fil à Sylvie pour prendre des nouvelles.

34.

La semaine est passée comme une traînée de poudre, quelques rares rayons de soleil ayant eu raison de mon hibernation m'ont forcé à sortir de ma grotte pour quelques heures. J'en ai profité pour refaire à pied la route entre le concessionnaire automobile et l'entrée du chantier du périphérique, repérant les stops, les feux tricolores et les plans B possibles en cas de barrages.

Nous nous sommes réunis par deux fois avec l'équipe pour peaufiner les détails et répartir les tâches au niveau de l'intrusion dans la concession, l'ouverture et le démarrage des voitures, qui prend laquelle et dans quel ordre...

Rien ne semble se mettre en travers de notre chemin. En passant devant l'entrée des travaux de la porte d'Asnières, m'est revenue à l'esprit la dernière fois que j'ai fait une incursion dans ce chantier pharaonique.

C'était il y a quelques mois maintenant, une nuit froide et pluvieuse de décembre 1970 au niveau de la porte d'Ivry. Giorgio m'avait demandé de l'accompagner pour régler un problème de dû avec une petite frappe marocaine. Le gars en question avait depuis trop longtemps oublié de lui donner les dividendes d'une vente de poudre et il lui fallait solder cette affaire. Nous nous sommes retrouvés à son bar vers 23h00 et avions pris la route vers le sud de Paris. Les rues de la capitale étaient quasi désertes. Quelques rares promeneurs se hâtaient pour se mettre à l'abri de cette pluie glaciale. Les bus avaient fini leur service et les taxis roulaient encore sous les lumières ambre des réverbères.

Après vingt-cinq minutes de route, nous arrivions à destination. Le gamin nous attendait à l'angle d'une rue sombre et dépourvue de lampadaire. Me voyant assis à l'arrière et un peu réticent à l'idée de monter dans la voiture de Giorgio, l'ancien lui a fait changer d'avis en lui laissant entrevoir la crosse de son pétard, dépassant de son blouson entrouvert. Regardant aux alentours pour voir si une aide quelconque pouvait le sortir de cette emmerde, le gamin dut se résigner à s'asseoir à la place du mort. Assis derrière lui, je ne pipais mot, histoire d'augmenter un peu le niveau de stress de la situation. À la décharge du gamin, Giorgio, une fois de plus, n'avait pas été très explicite quant au but final de notre sortie nocturne. Mais lorsque moi aussi j'aperçus la crosse du flingue, je me suis dit que mon poing américain n'allait pas faire le poids et qu'il fallait s'attendre à d'autres amusements ce soir.

Nous avons roulé quelques minutes en ville jusqu'à un portail ouvrant à la française sur une large voie de chantier faite de grave ciment. Je remarquai au passage le visage connu du portier du chantier, un aide de camp de Giorgio. J'en déduis que la zone en travaux était sous contrôle des équipes de l'ancien. Rassurant, sauf pour le gamin.

Nous nous enfonçions quelque peu entre les camions toupie, les bennes et les matériaux stockés comme des alignements de tentes militaires sur un tarmac désaffecté. Il régnait une atmosphère lourde malgré la pluie qui ne cesse de tomber. Le niveau d'éclairement devenait de plus en plus bas jusqu'à une quasi-obscurité totale, juste fendue par les rayons jaunes des phares de la voiture semblant traverser un rideau d'eau. Encore quelques mètres avant que nous nous immobilisions. Giorgio descendit le premier, le gamin marqua un temps d'arrêt, le suivant des yeux sans comprendre ce qu'il devait faire. Attendre ou sortir ? Je restais planté dans son dos sans avoir la certitude qu'il se souvienne que j'étais là. L'ancien, déjà trempé comme une souche, se plantait au-devant de sa voiture dans le faisceau des phares et fit signe, d'un léger coup de tête, au gamin de sortir. Semblant retrouver ses esprits dans une légère décharge électrique parcourant sa colonne vertébrale, le jeune marocain sortait à son tour. En quelques secondes, mon intuition me dit que ce jeune va avoir du mal à revoir les grandes dunes de Chegaga et Merzouga, dans la vallée du Drâa. Essayant de décoincer mes jambes pour sortir de la voiture, mes pieds heurtèrent quelque chose sous le siège passager. Je découvris un Colt 45 et un gant main droite. Le pistolet n'avait pas l'air tout jeune et avait sûrement dû voir l'Indochine ou l'Algérie. S'il trônait dans la voiture de Giorgio, c'est que l'ancien l'avait sûrement mis là pour moi ; il ne se serait pas risqué à balader ça pour rien dans sa charrette. Machinalement, j'enfilai le gant, pris le calibre et sortis de la voiture. Dehors, ça devenait une vraie scène de polar américain. L'ancien, le jeune, les phares, la pluie, plus les deux autres aides de camp de Giorgio appuyés contre un conteneur et dont le gamin n'avait même pas remarqué la présence à cause de la peur qui l'envahissait entièrement maintenant.

— Alors gamin, explique-moi, où est mon argent depuis deux mois ?

— Je ne sais pas Monsieur Giorgio, j'lai pas votre argent.

— Tu te fous de ma gueule gamin, je me suis renseigné sur toi. D'où as-tu sorti le fric pour t'acheter ta baraque et ta nouvelle bagnole alors qu'hier tu étais presque à la rue ?

— C'est pas mon argent Monsieur, c'est ma mère qui a acheté la maison.

— Bien sûr que c'est ta mère qui l'a achetée, mais avec MON fric !

— Monsieur Giorgio, je suis marié, j'ai deux enfants en bas âges, jamais je n'aurais osé faire ça.

— Et pourtant tu l'as fait, tu remercieras ta maman de t'avoir balancé. Je ne te cache pas que nous l'avons un peu aidée à nous renseigner. Tu savais qu'elle a les os fragiles ?

Comme un ressort, le gamin, qui s'était mis à genoux pour implorer la grâce de son créancier, se redressa d'un bon et tenta de filer dans le sens opposé au canon de l'ancien qui le tenait en joue.

Je tendis instinctivement le bras à l'horizontale et pointa le Colt 45 à deux mètres du visage du gamin, qui recula de trois pas. Comme une épopée infinie qui dure, les secondes s'égrènaient jusqu'à ce que le gamin tente à nouveau une embardée pour se faire la valise. Quatre coups de feu claquèrent dans la nuit. Le gamin s'écroula à cinq mètres de son point de départ. Les trois aides de camp rappliquaient pour traîner le corps jusqu'à un large trou au pied d'une foreuse gigantesque. Deux traînées de sang étaient visibles sur le gris de la grave que le troisième homme effaçait en rabattant la surface du sol en les suivant. Deux impacts sur quatre cartouches, je ne voulais pas savoir si je l'avais touché. Giorgio balança son calibre au fond du trou et je fis de même avec le mien et le gant. Un vrombissement sourd se faisait entendre derrière nous et je vis apparaître, dans un halo de lumière blanche éblouissante, une pelleteuse au godet chargé de pierres. Décidément, l'ancien avait tout prévu. Le corps et les calibres disparaissaient dans le trou sous un tapis de pierres.

Giorgio nous regardait tous les quatre, tour à tour, pour s'assurer que ce qui s'est passé ce soir ici resterait ici. Nous remontions, Giorgio et moi, dans la voiture et repartions pour son bar. Arrivés là-bas, les trois aides de camp nous rejoignaient et nous finissions la nuit autour de quelques bouteilles d'alcool fort. Nous prenions tous congés de l'ancien vers quatre heures du matin, encore trempés de cette nuit au temps suspendu. La vie reprit son cours avec une grosse migraine. Parenthèse fermée.

35.

Mais revenons à nos voitures puisqu'il va falloir aller au charbon. Le jour J, à l'heure dite, toute l'équipe est parée à l'action. Tout le monde en bleu de travail, sacoche à l'épaule, nous partons pour la concession.

On croise quelques costumes cravates, moustachus ou barbus, à peine remis de leurs soirées du week-end. Des fêtards de bals du samedi soir, accrochés aux basques de gamines à jupettes à carreaux et pulls à cols roulés blancs. Nous passons devant la concession pour un rapide coup d'œil et revenons sur nos pas pour bifurquer dans l'impasse perpendiculaire à la façade.

À l'abri des regards, nous forçons la porte latérale. Les jeunes s'engouffrent à l'intérieur du bâtiment pendant que je reste un peu à l'extérieur pour être sûr que nous ne serons pas dérangés par un quidam. Les jeunes étant pourtant réputés doués, ils n'empêchent pas la sirène de faire des vocalises pendant quelques secondes, ce qui a pour effet de faire sortir de sa tanière une quadragénaire interloquée. Je la rassure en tapant la causette avec elle quelques instants. À l'intérieur de la concession, j'entends déjà les moteurs des deux Alfa qui tournent. Je donne congé à mamie pour aller prendre possession de la mienne. Le temps s'allonge et les jeunes ne parviennent pas à faire sauter les serrures des portes vitrées en façade. Je commence à avoir un mauvais pressentiment sur la suite des événements. Je fais signe aux gamins de s'activer le haricot, me collant à la vitrine pour lorgner si les condés ne sont pas en approche.

Au bout de plusieurs tentatives infructueuses, je donne l'ordre aux gamins de monter dans leurs voitures. J'en fais de même et enclenche la première, pied au plancher, direction la paroi de verre qui vole en éclats, sous le regard ahuri de quelques passants. Nous filons sans laisser d'adresse, avec dans nos rétroviseurs les lumières bleues de deux fourgons de police. Une course-poursuite s'engage pendant quelques minutes. L'un des gamins manque de s'emplafonner un lampadaire et fauche l'étal d'un fruitier. Les grosses productions outre-atlantique n'ont rien à nous envier, sauf que là, il n'y a pas de possibilité de seconde prise. Passés quelques carrefours, nous réussissons à mettre un peu de distance avec les flics et arrivons à la porte du chantier de Loris. Sitôt les trois voitures entrées dans le chantier, Loris referme le double portail métallique derrière nous et pose la chaîne et le cadenas pour le sécuriser. Je suis néanmoins inquiet, car je suis sûr que les condés nous ont filochés longtemps.

Nous chargeons les voitures sur le camion plateau et les attachons, prêts à partir. Par chance, la pluie fait son apparition dix minutes après notre arrivée dans le chantier, mais j'avais vu juste, les condés sont aussi là, au portail. Ils beuglent pour que quelqu'un leur ouvre. Nous restons planqués avec les deux jeunes tandis que Loris part à leur rencontre. Quatre bleus toutes griffes dehors sont devant l'entrée du chantier, radio à la main pour appeler du renfort. Je le sens mal, ça va mal tourner. Loris tente de faire comprendre aux condés que le chantier est fermé, empruntant pour l'occasion un fort accent portugais. Pendant ce temps, nous montons dans le camion et démarrons pour emprunter, sans savoir où elle va nous mener, une rampe en terre battue. Au bas de celle-ci, un nouveau portail métallique nous barre la sortie. On entend, au-dessus, les voix hurlantes des condés en surnombre maintenant. Il nous faut trouver un moyen de faire sauter le cadenas du portail, faute de quoi nous goûterons aux serrures sécurisées d'une maison d'arrêt rapidement.

L'un des gamins réussit à mettre la main sur une masse laissée là, dans une brouette. Quelques coups acharnés et le cadenas cède. Nous laissons Loris derrière nous et partons pour le sud, sans demander notre reste. Pas un mot ne sort de nos trois bouches pendant de longues minutes. Tout est source d'angoisse, la pluie, les bleus, les autres voitures. La sortie de Paris se fait néanmoins sans encombre, le camion plateau n'ayant pas été repéré par les gardiens de la paix.

Dix-huit heures plus tard, nous sommes à San Jiordano. L'Italien collectionneur prend possession de ses nouveaux jouets avec un sourire jusqu'aux oreilles et nous allonge la fraîche dans deux sacs de jute, en rajoutant un bout pour garder uniquement la remorque. Sur le chemin du retour, nous décidons de cramer le camion au milieu des champs pour ne pas laisser de trace et remontons à la capitale les poches bien pleines, en espérant que Loris ne se soit pas fait serrer.

Arrivés sur Paname, je m'empresse de prendre des nouvelles. Les heures qui ont suivi notre échappée belle ont été difficiles pour Loris. En garde à vue pendant 48h et du fait de son passif avec la justice, il a dû puiser au plus profond de lui pour persuader les limiers qu'il était étranger à cette affaire. Depuis, il sait que la maison poulaga l'a à l'œil.

36.

Juin 1973.

Ha, la fin du printemps qui donne des ailes en attendant l'été qui arrive à grands pas. Mesrine, de son côté, a décidé de se faire la valise. Une fois de plus me direz-vous, et vous aurez raison. Il l'avait annoncé et il a tenu parole. Mais surtout avec la manière, après seulement quatre-vingt-dix jours d'incarcération, le voilà dehors. Certes, Michel Ardouin lui a bien dégrossi le travail en lui planquant un feu dans chacun des deux réservoirs de WC des toilettes du Palais de justice où il devait comparaître, mais tout de même. Une fois récupéré le sésame dans les gogues, il est sorti libre du tribunal. Total affiché : trois évasions et cinquième tir en direction des forces de l'ordre. Son curriculum vitæ s'allonge.

37.

Juillet 1973.

Les congés d'été sont enfin de retour et la capitale se vide un peu. La surveillance de tous les instants commence à se relâcher. Les frères Meloucci sont sur la préparation d'un gros coup. Avant d'aller profiter du soleil de l'île de beauté, ils veulent rendre la pareille à un bijoutier de Saint-Germain-en-Laye qui leur a fait quelques misères avec une Mercedes volée. Une vieille histoire d'il y a deux ans. Le vendeur de cailloux est un ami de Giorgio, le patron du bar « la Camargue » et à l'époque l'affaire avait vite été étouffée, mais les frangins ont la mémoire des embrouilles et ils préfèrent que ce soient eux qui enfilent les gens plutôt que l'inverse. Résultat, ils ont décidé d'aller prendre un peu de caillasse brillante chez le bijoutier.

Je suis invité à venir prendre l'apéro dans le baraquement qui leur sert de bureau dans leur casse de Montreuil. Montreuil… Ce gigantesque *no man's land* où les barbouzes n'ont que peu d'emprise sur les résidents. Ici, le trafic est roi, une religion presque. Un enseignement reçu tout petit, de génération en génération. Un héritage en somme. Les braves gens se sont habitués et les pouvoirs publics ont baissé les bras depuis longtemps. Une poignée de familles tient la ville et elle ne vit quasiment que par eux.

La soirée s'annonce chaude, sans un nuage dans le ciel. Depuis la rue, pas trop d'indices sur ce qui se passe derrière la clôture noire. Un long cheminement depuis la rue, avec sur un côté un empilement de pneus usagés et de l'autre une montagne de moteurs en pièces, des pare-chocs, des portes, des pare-brise et des capots. On pourrait presque y croire. Tout ici sent la magouille, même le crissement des gravillons sous mes pieds sonne faux. Ne cherchez pas d'étiquette, votre tronche fera le prix. Un hameçon n'y retrouverait pas son appât.

Les quatre chiens de garde m'accueillent comme à l'accoutumée, me reniflant de partout jusqu'aux couilles. René les rappelle d'un sifflement sec et strident. Dans le baraquement vieillissant et encore à peu près hors d'eau et hors d'air, le doute n'est plus permis : un beau bureau en bois cintré, une machine à écrire, quelques dossiers empilés, une cafetière électrique et une armoire métallique noire, qui semble parler d'elle-même en disant « attention, fusils de chasse ». Une télé en fond sonore retransmet le journal du soir. La pénurie d'eau dans les Yvelines suscite des inquiétudes, mais ici quelques pichets d'eau fraîche suffiront au mélange alcool anisé – eau nécessaire à la discussion. À l'extérieur, sur la terrasse en bois, trônent une table de jardin et quatre chaises en plastique, et un vieux parasol légèrement élimé. Parfait le décor. Un brasero fume à deux pas, avec qui sait quoi à l'intérieur, mais sûrement pas du charbon de bois. La légende dit qu'un après-midi d'hiver, un inspecteur des impôts y a fini sa vie plus vite que prévu.

René m'invite à prendre place avant l'arrivée de ses frangins. L'atmosphère est détendue et j'opte, à la suite de son offre, pour un pastis avec glaçons. Il s'est bien remis de sa blessure et son mollet ne le fait plus souffrir. Les crocs du Berger allemand du pompiste de Vincennes sont toujours visibles malgré tout. Sa bidoche recousue ressemble au rôti du boucher. Souvenir de guerre. Il me raconte ce qu'il veut bien laisser transparaître du bijoutier et du différend qui les a opposés. Là n'est pas le sujet du jour. Ce qui est sûr, c'est que la vengeance est un plat qui se mange froid chez les frangins. Il conviendra juste de rester discret par rapport à Giorgio. Il n'est pas du genre à laisser ses amis se faire déplumer sans réagir.

Vingt et une heures, Louis nous rejoint, suivi de près par Jean. L'équipe est au complet, l'apéro vire à la réunion de travail studieuse. Louis nous sort un plan d'architecte de la bijouterie. Le gars a fait refaire tout son intérieur il y a quelques mois et Louis a réussi à obtenir les plans du permis de construire, par le biais d'une employée de la mairie de

Saint-Germain, qu'il avait accessoirement culbutée sur le capot de sa Talbot, une nuit à la sortie de la fête des Loges. Un bon point pour lui et apparemment un bon souvenir pour elle.

La boutique est une relative petite surface de quatre-vingts mètres carrés. Une entrée principale et une sortie arrière donnant sur une cour commune à d'autres immeubles. Un cul-de-sac pour nous en cas d'évacuation à l'arrache. La disposition du comptoir est en fer à cheval, que du comptoir vitré. Nous optons pour une personne dans la voiture, une à l'extérieur sur le pas de la porte et deux à l'intérieur de la bijouterie. Pas de sas à l'entrée, une simple sonnette, la rapidité d'action pour neutraliser le bijoutier une fois à l'intérieur sera la clef de la réussite de l'opération.

Tout le monde se remémore le braquage sans violence du gang des Lyonnais en 71 à l'hôtel de poste de Strasbourg, une préparation au top, un arrière-plan de retrait finement préparé avec ambulance, camion et camion-citerne modifié pour planquer le milliard de francs dérobé. Du grand art et qui va encore faire parler pendant des années, tant au niveau des méthodes post-braquage et la mort du juge Renaud que pour l'utilisation de l'argent à des fins, paraît-il, politiques. Le gang en était à son vingtième coup au bas mot. Ça permet de causer et, dans la voyoucratie, ces huit gars forcent le respect, sauf pour le règlement de compte de Jean Augé, le parrain de Lyon qui s'est fait dessouder il y a un mois pour avoir refusé de rembourser cinq cent mille francs empruntés au gang pour financer l'achat de came. Ça va faire des vagues dans le Sud, les échos remontent jusqu'à Paname.

Le temps de voir venir, nous devons fixer la date de passage chez le bijoutier. Tout le monde s'accorde pour dans une semaine, le jeudi soir avant la fermeture. Pour le matériel, c'est Louis qui s'occupe de le centraliser. Nous poursuivons la soirée jusqu'à tard. René me propose de me prêter une voiture pour rentrer sur Paris, mais mon instinct me dicte de décliner sa proposition. Les condés sont dans les parages et je ne ferai pas un kilomètre sans me faire serrer.

Je hèle un taxi et remonte vers chez moi, la nuit a déjà recouvert toute la ville.

Je laisse passer les jours et les nuits avant le braco en m'occupant à faire du tri dans mes affaires. Putain d'instinct, que me dicte-t-il encore ? Cette petite voix silencieuse et sournoise qui guide mes gestes et mes pas. Jette ça, range ça, écoule ça, rend ça à son propriétaire... Aucune attache, aucune propriété, aucune appartenance, aucune dépendance, toujours le vide et l'absence de possession. C'est plus sûr et plus rapide pour se faire la valise. La fraîche ne sert qu'à assurer le quotidien, le toit, la bouffe, les fringues, les consos au bar et le PMU. Question de choix dans la vie. Tout le monde peut faire des choix, à part une catégorie : la zonzon. Là-bas, le choix tu ne l'as plus, c'est trop tard, fallait y penser avant. Quitter ta bergère et tes mioches, changer de travail, déménager, braquer, se ranger des voitures, tu as toujours le choix, mais une fois derrière la porte de fer et les barreaux, macache, plus rien. Il te reste la patience et ton directeur de conscience pour l'après, la sortie.

Planté dans mon fauteuil face à la lune de juillet, je repense à la mort de Jiji. Quelle pourriture a bien pu faire ça et pour quel motif ? Elle n'emmerdait personne et ne demandait rien. Une vie simple. Un client, son mac, l'aide de camp de son mac ? Et pourquoi, merde, pourquoi ? L'argent, le cul, une histoire de cœur ? Tout s'entrechoque. Je vois la cassette en bois sur mon bureau. Je me décide enfin à lire la lettre qui y est attachée. Elle est rédigée de la main de Sylvie.

« Jean,

Il y a pas mal de temps de cela, Jiji m'a remis cette boîte en me demandant de la mettre en sécurité pour elle. S'il lui arrivait quelque chose, elle souhaitait que je te la remette. Elle ne m'en a pas dit plus. Simplement que deux choses se trouvent à l'intérieur. Une pour sa fille, que tu voudras bien lui remettre, et une pour toi. Je pars voir la petite chez sa grand-mère. Je ne veux pas amener cette boîte avec moi. J'ai donc demandé à

Marcel de te la remettre. Je ne sais pas comment tu vas pouvoir l'ouvrir ? On se voit à mon retour. Bises.

Sylvie »

Je prends la boîte et l'examine de plus près. Je ne vois aucune serrure, aucune charnière. Elle est en marqueterie fine, très joliment ornée. Je sens à l'intérieur les deux éléments qui bougent individuellement mais nulle solution pour ouvrir. J'ai déjà vu ce genre de boîte, mais je ne me souviens plus où ?

Je me sers un verre de whisky, histoire de m'aérer le cerveau. Sur la platine, je mets l'album « les Poètes » de Bernard Lavilliers et plonge dans une léthargie légère. Toute la face A de l'album passe tranquillement entre mes oreilles lorsque enfin, j'ai le flash ! Mais oui, bien sûr, j'ai vu ce genre de boîte dans le restaurant des Frères Yand à Bagnolet. Une sacrée paire de trafiquants de coke ces deux-là. Il me faut passer les voir pour tirer ce mystère au clair.

La nuit s'étire, longue, interminable, sans sommeil et alcoolisée. Des flash-back me reviennent et je recharge la mule en whisky. Au matin, le corps de travers et la gueule en vrac, j'essaie de remettre dans l'ordre dans ma caboche. Mais ça cogne fort là-haut. Un cachet et un remède de grand-mère vont éventuellement m'aider à me remettre de niveau. J'irai chercher tout à l'heure, à l'extérieur, un semblant de vie sociale. Quelques courses rapides et je remonterai nettoyer finement mes deux calibres pour être prêt. Le jour approche. Un braco, c'est comme un combat de boxe. Tu l'anticipes, tu le visualises, tu le répètes, tu t'entraînes, tu le vois défiler dans ta tête, encore et encore, pour ne rien laisser au hasard. Le diable se cache dans les détails. Une alarme, un bouton d'appel au secours, sous le comptoir ou au sol, une caméra ? Combien seront-ils au final à l'intérieur quand nous débarquerons ? Plus j'y pense et plus je me dis qu'il nous faut une taupe avant l'attaque pour nous renseigner.

J'appelle René en début de soirée depuis la cabine téléphonique de l'avenue de Trudaine et lui donne rendez-vous le soir même « au petit bar », rue Mont-Thabor, dans le 1er, juste à côté des Tuileries. J'aime ce bar, il est minuscule mais chargé d'histoire. Tout y est : le comptoir en formica, les banquettes en moleskine bordeaux, le baromètre thermomètre accroché au mur, les œufs durs et le canard à côté du téléphone. Robert Doisneau y avait ses habitudes. La salle est minuscule, on y tient à peine à une vingtaine.

René débarque à l'heure dite et nous commandons deux demis. Il est d'accord avec mon raisonnement et pense à une fille pour nous aider. La barmaid d'une boîte Topless du quartier de Pigalle qu'il a sorti du pétrin lorsque son mac s'est pris une cartouche dans la tempe, il y a deux ans. La gamine était à la rue, elle était pieds et poings liés avec son mac et du jour au lendemain, plus rien. Il va la contacter dans les deux jours et lui demander ce service, moyennant un retour financier, cela va de soi.

Nous terminons rapidement notre échange, nous nous séparons et fixons de nous tenir au courant au plus vite. Je remonte vers la rue du Delta via les grands axes rue de Rivoli et boulevard de Sébastopol. C'est plus long mais beaucoup plus facile pour se fondre dans le décor.

Hier soir, vers vingt-deux heures, lors de mon passage à l'Esplanade, un mot sous enveloppe m'attendait. Quelques mots, rien de plus, « môme ok, retour dans deux jours ». Patientons encore un peu et nous serons plus informés de ce qu'il se passe dans cette boutique.

Je poursuis ma virée nocturne, passant dans deux autres bars afin de garder le lien avec les amis du mitan. Ce n'est pas que ce dernier soit une grande et fraternelle famille, mais des liens s'y nouent néanmoins, qu'ils soient issus de la galère du quotidien, de bracos, de cavales, de planques ou de séquestrations, voire de contrats sur des têtes, tout ramène quelque peu à l'entraide et au soutien. Le mitan a de la mémoire.

38.

Nous reprenons rendez-vous avec l'équipe, cette fois nous établissons le point de rendez-vous à vingt-deux heures, dans la cave d'un immeuble situé aux angles de la rue Riquet et de la rue Buzelin.

C'est dans cet immeuble à la façade passablement décrépie que loge notre taupe d'un jour. La gamine ne semble pas impressionnée plus que ça, entourée par quatre mecs dans sa petite cave parisienne. Elle nous fait un topo précis, croquis à l'appui, de ce qu'elle a vu dans la boutique. Trois présentoirs indépendants formants un U et un long plateau de bois à l'arrière, servant de bureau pour le téléphone et quelques paperasses. Très attentionnée à son ouvrage, elle s'est penchée plus précisément sur les présentoirs semblant s'intéresser à quelques bagues en particulier et a remarqué deux interrupteurs aux deux angles des vitrines, côté bijoutier. Elle n'a pas su nous dire s'il y avait des contacts au sol. Elle n'a pas su nous dire non plus ce qui se trouvait dans l'arrière-boutique, qui se cache derrière un épais tissu bleu nuit. René, dans un éclair de lucidité guidé par sa mémoire, demande si elle y a vu un chien. Négatif, le voilà rassuré, allez savoir pourquoi... ? La porte en verre d'accès à la boutique est munie d'une gâche électrique, qui se libère après un appel sur une sonnette traditionnelle. Par anticipation, la môme a remarqué que, de l'extérieur, il n'était pas aisé de savoir combien de personnes se trouvaient à l'intérieur au moment où nous allions vouloir y pénétrer.

Nous réfléchissons collégialement avant de décider d'employer la manière forte, pulvériser la porte vitrée à coups de masse. Nous arrêtons un temps de dix minutes maximum entre le début et la fin du braco. Si le bijoutier venait à réussir à déclencher ses alarmes, il ne faudrait pas plus de sept minutes aux képis pour arriver sur place.

Nous clôturons l'entrevue. Jean remet une enveloppe assez épaisse à la môme, dont le sourire illumine la cave.

Nous redescendons vers le bar chez « Jean Jean », juste à quelques dizaines de mètres de là. La nuit ne fait que commencer et nous voulons décompresser avant de passer à l'action. Le calme avant la tempête en quelque sorte.

Jusqu'à deux heures du matin, les chopines s'alignent au comptoir et sur les tables. Le niveau sonore fait des vagues, monte haut et soudain redescend pour quelques instants avant de repartir à la hausse. Les néons crachent leur lumière criarde et les discussions vont bon train. Dans les chiottes, ça deale un peu et ça se rencarde sur les nouvelles et les opportunités. Le mitan est un microcosme.

Trois heures et demie, je me décide à lever le camp, trouvant un prétexte pour abandonner mes camarades de jeu. Je m'effondre, comme souvent, après mille précautions prises sur le chemin du retour. Le jour ne va pas tarder à se pointer.

39.

Le jour du braco est arrivé. Tels des gladiateurs attendant leur entrée dans l'arène, nous nous retrouvons pour déjeuner et passer l'après-midi dans un restaurant aux abords de la casse des frangins. Nous déjeunons léger et essayons de ne pas forcer sur le rouge. Les cigarettes s'enchaînent les unes après les autres, sans discontinuer, pendant de longues heures d'attente. Tout est prêt, les palpitants commencent à monter dans les tours. Chacun est perdu dans ses pensées, son poste, son objectif, son matériel, son calibre. Ne rien oublier, sinon, c'est direction la cabane.

Dix-sept heures trente. Nous mettons les voiles direction Saint-Germain. Peu de monde sur la route en ce jeudi soir.

À dix-huit heures quarante-cinq, nous sommes en poste à quelques rues de la bijouterie, dans une voiture une fois de plus volée par Louis. Jean part faire un passage de la bijouterie. Il revient dix minutes plus tard. Le soleil, descendant au-dessus des immeubles, inonde la façade du bijoutier. Impossible de savoir s'il y a du monde dans la boutique.

Dix-neuf heures, nous démarrons et nous nous garons par chance à deux places de l'entrée. René reste au volant de la voiture, Louis, Jean et moi-même nous nous extirpons vigoureusement de la voiture. Ouverture du coffre. Louis prend de suite le fusil de chasse situé à droite dans le coffre et part se poster en guet devant la porte. Jean et moi empoignons à l'épaule les deux sacs de voyage en toile ainsi que deux masses et emboîtons le pas de Louis.

Le temps se suspend, tout s'enchaîne très vite, chacun déroulant sa partition.

Plantés devant la porte, côte à côte, Jean et moi-même jetons un regard furtif au travers de nos lunettes de soleil et, de concert, balançons un violent coup de masse horizontal dans la porte de verre. Dans un fracas assourdissant, cette dernière vole en éclats et tombe à nos pieds en une quantité de petits morceaux de verre. Nous franchissons l'entrée dans la seconde et hurlons d'une même voix :

— Tout le monde dégage, vite !

Jean met en joue le bijoutier avec son gros Luger 9 mm.

— Toi, si tu bouges une oreille, je te fais sauter le caisson.

Les deux pauvres clients de la bijouterie filent sans demander leur reste, passant, sans même le voir, devant Louis.

Se joue maintenant une partie de poker menteur à trois. Je balance avec rage des coups de masses dans les vitrines en avançant méthodiquement de droite à gauche. Une fois les trois comptoirs de verre explosés, j'empoigne mon calibre pour prendre le relais de Jean et mettre en joue le bijoutier. Sans un mot, Jean ouvre son sac et rafle les bijoux offerts comme des bonbons à des gamins. Aucune notion du temps pour nous à l'intérieur. C'est Louis qui a la charge de nous informer lorsqu'il nous restera une minute pour déguerpir. À la fin de la première vitrine, Jean change de sac et me tend le sien. Mais déjà, à l'extérieur, la voix de Louis se fait entendre.

— J'entends les képis qui arrivent !

Le bijoutier n'a pourtant pas bougé un cil, un quelconque voisin a dû donner l'alerte.

— Faut gicler de là !

Louis s'époumone à travers la porte d'entrée. Nous stoppons net notre action et sortons sans précipitation de la boutique. Jean et moi-même filons vers la voiture lorsque claquent, derrière nous, deux détonations. Louis se retourne comme un ressort, épaule son fusil et décroche deux salves de plomb pour gros gibier en direction d'une voiture de police mise en barrage à quelques dizaines de mètres de nous. Jean s'engouffre dans la voiture pendant que je couvre Louis qui nous rejoint à grandes enjambées. Tout mon chargeur y passe, faisant voler en éclat deux de vitres de la voiture de police. Pendant deux secondes, tout s'arrête. Plus un bruit, plus une tête ne dépasse des capots. René nous arrache de la rue en laissant de la gomme derrière lui. Il enchaîne les rues sans trop savoir vers où nous roulons. Le stress de la fusillade lui fait perdre quelque peu ses repères.

Une rue à droite, une autre plus loin à gauche, tout va très vite. Soudain, je vois une herse en travers de la route. René pile et engage un demi-tour rageur. Nous rebroussons chemin, laissant derrière nous le problème, quand la vitre arrière de la voiture vole en éclats. Un hurlement se fait entendre dans l'habitacle alors que nous roulons à vive allure en direction de la route nationale. Personne ne sait dire à cet instant qui a été touché. Chacun regarde la route, les voitures, les maisons, les feux tricolores, tout défile à vive allure. Après quelques centaines de mètres, la voiture ralentit, problème technique ? C'est René qui a pris un pruneau à la base du cou. Il s'affaisse vers le volant en gardant le plus longtemps possible les yeux rivés sur la route, pour ne pas nous planter.

— Arrête-toi, lui dit le plus calmement du monde Louis, pour ne pas l'effrayer.

René parvient à stopper la voiture contre un platane et tourne de l'œil. J'interviens.

— Louis, prends les sacs et braque-nous une voiture. Jean avec moi, on sort René.

Louis s'exécute sur-le-champ, laisse venir à nous une première voiture, épaule son fusil et envoie une volée de plomb au-dessus du toit d'une pauvre mamie effrayée. La voiture s'arrête à vingt mètres de nous. Louis fait sortir mamie et se met au volant. Nous couchons René sur la banquette arrière. Je prends la place du mort à l'avant et nous redémarrons aussitôt. René est salement touché, Jean essaie de contenir au mieux le geyser de sang qui sort de sa gorge. Il nous faut réagir vite, les barbouzes ne sont pas loin. Louis prend le parti de couper à travers champs. C'est un coup de poker à tenter.

— Faut filer chez Monsieur François, lance Jean depuis l'arrière.

Louis ne lâche plus la route des yeux et enfile les kilomètres à vive allure en direction de la capitale. La route est interminable. Par séquences, René lance de grands râles et nous souffrons pour lui. Allez savoir pourquoi, mais sur les trente kilomètres du retour, nous n'avons pas croisé un seul képi. Louis prend le parti de passer au large par le sud de Paris.

À vingt heures passées, nous sommes avec Louis sur le pas de la porte de Monsieur François. Jean reste avec René dans la voiture. Dès que la porte de l'appartement s'ouvre, le toubib pige de suite que quelque chose de grave se joue.

— Qui est blessé ?

— René a pris un pruneau dans le cou, il est dans la voiture en bas.

Monsieur François fonce dans le fond de son appartement et revient avec une mallette de secours. Il nous emboîte le pas vers le parking de son immeuble. Il passe le corps dans la voiture et estime la blessure de René.

— Ça fait combien de temps qu'il pisse le sang comme ça ?

— Presque une heure, lui répond Louis.

— J'peux rien pour lui, il lui faut un hôpital. Si dans quinze minutes il n'est pas pris en charge, il est mort.

Relevant les yeux vers Jean, il observe rapidement ses deux mains et lui demande :

— Et toi, qu'est-ce qui t'est arrivé ?

Jean ne comprend pas et scrute ses mains, maculées de sang. Une profonde entaille dans la paume de sa main droite laisse filer un flot de sang rouge.

— Putain, j'ai dû me couper dans la vitrine.

Le toubib prend les choses en mains avec une froideur chirurgicale.

— Toi Jean, tu montes chez moi et vous deux, vous débarquez René à la Salpêtrière, sinon dans cinq minutes, il est vide.

Je prends le volant pendant que Louis contient l'hémorragie avec un pansement compressif. Il ne nous faut pas plus de dix minutes pour arriver devant la double porte coulissante des urgences de l'hôpital. Je saute de la voiture pour attraper un fauteuil roulant et y déposer René. Une fois la manip faite, je siffle une infirmière en train de prendre sa pause à quelques mètres de nous.

— Faut qu'on s'arrache Louis, on ne peut pas rester avec lui. Prends-lui ses fafs, son calibre et on dégage.

Louis s'exécute sans un mot. Il sait très bien que si nous restons sur place avec René nous sommes morts. Il jette un dernier regard à son frère et monte dans la voiture. J'enclenche la première et fonce vers la sortie du parking des urgences, en jetant un coup d'œil dans le rétroviseur afin d'être sûr que René est pris en charge.

Nous enquillons les maréchaux pour rejoindre Jean chez Monsieur François. Je décide de garer la voiture assez loin de l'immeuble du toubib. Arrivés sur place, Jean s'est fait recoudre la main avec un bon calva en guise d'anesthésiant. Sept points de sutures bien serrés. Le toubib ne veut pas être payé en cailloux. Nous repasserons plus tard une fois que la fourgue aura été faite.

Nous remercions le toubib et filons vers la voiture, direction Montreuil. Le réservoir de la bagnole est presque à sec, j'espère pouvoir rallier la casse avec ce qu'il reste. Une grosse demi-heure plus tard nous sommes au chaud dans la casse. Nous débarquons les calibres, le matériel et les sacs dans le bureau des frangins. Louis n'allume qu'une seule lampe sur le bureau, histoire de ne pas trop se faire voir depuis la rue. Assis tous les trois dans la pénombre, plus un bruit ne s'échappe de nos bouches pendant de longues minutes. Nous nous regardons à tour de rôle, avec René tous à l'esprit. Nous savons déjà qu'il va se faire serrer, mais le plus difficile est de ne pas savoir dans quel état il est. Vivant ou mort ?

— Faut mettre la voiture en miettes au plus vite, lance Jean.

— Elle est vidée, réplique Louis, je m'en occupe à la levée du jour demain.

Mes yeux ratissent le sol sans but précis, passant des sacs à la masse, puis par les calibres.

— Louis, elle est où la deuxième masse ?

— J'en sais rien moi.

Mes yeux se plantent en direction de Jean. Assis, le tronc affaissé sur ses jambes, il lève uniquement ses yeux vers moi.

— Putain, c'est pas vrai ?! J'ai dû l'oublier dans la bijouterie en filant !

Donc, si je résume : René est à l'hôpital avec une cartouche dans le cou, toi, tu joues au petit Poucet avec ton sang depuis la bijouterie et on a largué une masse sur place avec sans doute les empreintes de nous tous dessus… On n'est pas bien là, les gars.

Dans notre retraite silencieuse, personne n'a l'idée ou l'envie d'ouvrir les sacs pour voir le résultat de notre braco. Mais après quelques minutes, je me décide à ouvrir le premier. Le spectacle est saisissant. Jean a eu la main lourde en ces quelques secondes de rafle. Ça brille de partout, des bagues, des colliers, quelques montres, des pendentifs… Mais néanmoins, nous ne parvenons pas à nous en réjouir. Le second sac est moins fourni, mais l'ensemble forme une quantité assez importante.

Louis nous propose un remontant que nous acceptons sans aucune joie. Il nous faut prendre des décisions rapides. Espérons que l'alcool va nous aider à retrouver nos esprits.

40.

Nous tournons et retournons le problème dans tous les sens. Les condés ne vont pas mettre long feu à faire des rapprochements et pour peu que certaines langues des milieux mal éclairés ne les orientent dans notre direction, nous serons marron en quelques heures, voire quelques jours, tout au plus.

À cause de la perte de la masse, nous estimons que notre sort est scellé. J'exprime pourtant le fait que chacun portait des gants, et que la masse avait alors dû subir pas mal d'effacements des empreintes. Malgré cela et en y ajoutant le sang de Jean, les descriptions du bijoutier, de la conductrice et qui sait peut-être aussi celles des clients éjectés à notre arrivée, et sans compter le cas de René, cela donne pas mal de points d'entrées aux lardus pour nous loger.

Nous décidons de nous séparer. Louis prend en charge la marchandise et fonce chez son fourgue pour la lui confier. C'est un ancien sur qui l'on peut compter. Il mettra le fruit de la vente au chaud le temps que nous puissions individuellement le récupérer. Nous établissons un point de ralliement chez Jean Jean tous les deuxièmes et quatrièmes mardis de chaque mois. C'est le risque à payer pour garder contact. Nous décidons également de ne pas nous informer du lieu de planque de chacun. Si l'un d'entre nous venait à se faire choper par les flics, le passage à tabac, voire la gégène ou d'autres pratiques telle que la serpillière humide dans le sous-sol du 127 Saint Honoré pour obtenir des informations, ne serviraient à rien.

Louis me propose une vieille 4L pour retourner chez moi. J'accepte ce coup-ci, car le temps presse. Déjà vingt-trois heures, il nous faut décaniller au plus vite. Chacun se souhaite bonne chance. Partir en cavale sans prévenir personne c'est plus simple quand on n'a pas de famille, ce qui n'est pas le cas des frangins. Pour ma part, je fonce rue du Delta en espérant que les képis ne m'ont pas devancé.

Sur le chemin du retour, je dresse la liste des affaires qu'il va me falloir prendre. Les conseils éclairés de l'Oncle Marcel me reviennent en tête instantanément. Je l'entends encore me dire :

— Fils, si un jour tu dois te faire la valise, n'oublie pas la règle de trois. Un, ne prends qu'un sac. Deux, ne prends qu'un calibre. Trois, ne dis jamais à quiconque où tu vas.

Vingt-trois heures trente, me voilà garé à quelques portes de chez moi. Je longe les façades d'immeubles en essayant de me rendre le plus discret possible dans cette nuit noire. J'arrive à hauteur du campement de Gégé le clochard.

— Hé bien mon ami, me lance-t-il à voix basse, t'as la tête de quelqu'un qu'a les emmerdes au cul.

— Tu crois pas si bien dire mon ami. J'ai un service à te demander.

Sortant mon trousseau de clés de ma poche, je lui demande :

— Pourrais-tu monter chez moi voir si les condés ne sont pas arrivés avant moi ?

— Pas de souci mon ami, laisse-moi juste le temps de déplier ma vieille carcasse rouillée.

Gégé empoigne mon trousseau et file vers mon appartement. Je prends sa place sous sa couverture qui pue la vinasse et le tabac froid. Après une bonne dizaine de minutes Gégé, revient tout sourire.

— Y a personne dans ta turne mon vieux. Dis donc, c'est coquet pour un appartement de célibataire. Pis t'as une vue sympa sur les toits de Paname, mon z'ami.

— Merci de ton aide Gégé, à charge de revanche.

— Ben, j'me prendrais bien une douche à l'occas' si t'es ok ?

Je lance un clin d'œil à Gégé avant de traverser la rue au pas de charge. Arrivé dans mon appartement je tire mon sac de toile de voyage de sous le lit, vide les trois plaques de fraîche et prends quelques affaires de base. Je choisis de prendre mon 7.62 Serbe à chargeur neuf coups et les deux boîtes de cartouches de réserve. Sur mon bureau, mon regard s'arrête sur la boîte en bois de Jiji, dont je me saisis instinctivement, ainsi que d'un trousseau de clés, un paquet de cigarettes et mon vieux briquet en argent. Je regarde alentour pour voir si rien ne manquera à l'appel. Dans la minute qui suit, je claque la porte de mon appartement derrière moi, sans même mettre un tour de clef, et descends l'escalier tel un chat pressé. Je traverse la rue et retourne voir Gégé.

— Dis-moi mon ami, je risque d'être absent une paire de semaines, alors si cela te dit, j'te confie les clés de mon appart. La douche est libre. T'es chez toi pour au moins cinq mois mais je ne te cache pas que tu risques de voir débarquer les condés un de ces quatre.

— Te biles pas, j'avais pigé. Merci du cadeau l'ami et prends soin de toi.

Je retourne vers la 4L et prends la direction du XIVème arrondissement, laissant derrière moi mon appartement que je ne reverrais pas de sitôt à mon avis. La cavale a ce tribut de laisser pas mal de choses derrière soi. Peu importe. La priorité à ce moment précis est d'éviter les couloirs du 127 Saint Honoré ou du 36 Quai des Orfèvres. Mais de loin, je sens déjà que les commissaires Pellegrini et autre Aimé-Blanc sont déjà sur nos traces.

En 1966, avec mes premiers dividendes de braco, j'ai fait l'acquisition de deux box rue de l'Eure dans le XIVème arrondissement de Paris. Oncle Marcel m'avait fait la leçon quelques mois auparavant sur le fait de me trouver un plan B, une base de repli connue uniquement de moi et de moi seul. J'avais donc joué l'acheteur pour de soi-disant investisseurs de Bordeaux et avais acquis, aux noms de Messieurs Petitjean et Sardouin, deux parkings contigus au troisième sous-sol d'un immeuble fraîchement sorti de terre. Cette petite rue tranquille, non loin des grands axes du XIVème comme l'avenue du Maine, la place d'Alésia et la porte d'Orléans, est idéalement située pour s'éjecter de Paname via les boulevards extérieurs, le périphérique ou l'autoroute du sud et la nationale 7. Les parkings de cet immeuble fonctionnent par paire et je les avais choisis le plus éloignés possible de la rampe d'accès voiture et des escaliers et ascenseurs. Un mur en parpaings séparait les paires de places, elles-mêmes isolées à l'intérieur par une palissade métallique en grillage losangé. Du fait de mon achat, j'étais chez moi pour deux fois dix mètres carrés. Deux portes de garage métalliques fermaient les deux box. Durant toutes ces années, j'avais aménagé ces surfaces pour une éventuelle cavale. Mon installation y était spartiate, mais le strict nécessaire pour pouvoir y passer quelques jours et quelques nuits était opérationnel. Un lit pliable à sangles de l'armée acheté dans un surplus militaire, un réchaud à gaz avec ses recharges, ainsi que des lampes à batteries et des sacs-poubelles. Quelques litres d'eau en bouteille de verre complétaient le paquetage. Le tout planqué dans quelques malles métalliques posées là comme dans une cave un peu plus grande que la moyenne. Je conservais la seconde place vide pour un véhicule le cas échéant. L'Oncle Marcel, du haut de son âge canonique, avait l'enseignement pratique. Avare de mots certes, mais ô combien important. J'allais pouvoir utiliser mon investissement dans l'heure.

Je ne me rendais que très rarement dans ce garage, histoire de ne pas y être vu par les propriétaires de l'immeuble, mais ce soir, je suis comme téléguidé vers lui. J'enchaîne les rues les unes après les autres, et me retrouve devant la rampe d'accès passant sous cet immeuble moderne. Un quart de tour de clef dans le boîtier de commande et une immense double porte métallique se soulève devant mes phares. Premier sous-sol, deuxième sous-sol, troisième sous-sol, l'enchaînement des virages toujours à droite manque de me donner la nausée. Ou bien est-ce la descente du niveau de stress associé au fait de n'avoir rien dans le ventre depuis des heures ?

J'arrive devant mes box. J'ouvre la porte basculante de celui de gauche et gare la 4L en marche arrière, dans le sens du départ, en laissant les clés sur le contact. Je vérifie que personne n'est dans les parages en sortant du box et je referme la porte basculante. J'attends, immobile, que la minuterie éteigne les lumières des circulations et je me translate vers la porte de droite. J'entre en silence, malgré quelques crissements de ferraille, et referme derrière moi. À tâtons, je passe le lourd rideau de tissu violet croisé que j'ai installé pour faire barrage au bruit et à la lumière que je pourrais produire dans le box. Je cherche le cadenas de la première malle métallique. Une fois ouverte, j'en sors une lampe à batterie. Que la lumière soit.

Me voilà à l'Ouest, dans le noir absolu. Je cogite et me dis que tout s'oppose aujourd'hui. Je suis dans un parking en sous-sol alors qu'au-dessus de ma tête la vie s'anime et se poursuit, j'ai un sac rempli de quarante ou cinquante mille francs et je ne peux plus les dépenser, nous étions une équipe et nous voilà dispersés sans nouvelles les uns des autres. Je m'assois par terre, histoire de reprendre mes esprits et d'essayer de faire le point sur la situation, mais après cinq minutes, mon corps me fait comprendre qu'il jette l'éponge pour ce soir. Je déploie le lit à sangles, sors l'oreiller et la couverture de leurs housses. La chaleur dans ce troisième sous-sol en cette fin juillet est étouffante. En slip, torse nu, il ne me faut pas plus de trois minutes pour sombrer dans les bras de Morphée, mon calibre planqué sous le lit. Demain est déjà là, mais pour l'heure, je capitule.

41.

Réveil brutal dès cinq heures trente du matin. Sans crier gare, la voiture d'un voisin de parking démarre dans un vacarme hallucinant du fait de la résonance du bruit dans le sous-sol. La grasse matinée, ce sera pour un autre jour.

J'ai la tête ensuquée. Je reste tout de même immobile pendant une bonne heure, laissant partir au turbin la manne des ouvriers spécialisés qui composent la population de cet immeuble. L'air devient rapidement suffocant, chargé en gaz d'échappements. Les ventilations naturelles du parking ne suffisent pas à les évacuer correctement. Il ne faut pas que je reste trop longtemps dans ce trou si je veux survivre. Le manque de lumière, le bruit, les odeurs, j'ai la sensation de me trouver dans une mine de charbon de mon enfance dans le Nord.

J'attrape mon calibre et décide de remonter à la surface afin d'aller faire des réserves pour les jours à venir. Impossible alors de me rendre dans un quelconque bar pour prendre contact avec des amis et préparer mon exfiltration de Paris. Je dois prendre patience jusqu'au mardi 24 juillet, soit dans douze jours.

Je sors la 4L pour me rendre deux rues plus loin dans une supérette de quartier. Impossible de se garer et je suis contraint de rester en double file le temps de faire mes achats. À ma sortie du magasin, une pervenche est en train d'aligner la voiture. Je ne peux pas me permettre de perdre la voiture en la laissant sur place, je donnerai trop d'informations aux képis sur ma localisation et les attitrerais à moi. J'entreprends un dialogue de sourd avec la pervenche, j'argumente sur le manque de places et embraye sur ce beau mois de juillet ensoleillé. Dans les cinq premières minutes, rien n'y fait, et je vois se pointer au bout de la rue le panier à salade de ses collègues. Dans un dernier échange verbal, elle consent à déchirer la contravention et file vers le camion, me souhaitant même une bonne journée. J'en suis quitte pour une belle frayeur, car si la prune avait été maintenue, l'immatriculation et la localisation de la voiture auraient été enregistrées.

Je charge tout mon barda et redescends dans mon sous-sol. Sur les quelques centaines de mètres me séparant du parking, je sens monter en moi un fort sentiment de paranoïa. J'ai la désagréable sensation que tout le monde me regarde, m'observe, me décrit de haut en bas, comme pour mieux me localiser.

Arrivé dans le box, je débouche une bouteille de JB et me la siffle pour moitié. Le temps n'a plus d'importance. Il faut patienter et patienter encore. Élaborer des plans et une stratégie dans ma tête sans une trace écrite ni un contact avec l'extérieur, porter mon esprit plus loin que demain. Sonder intérieurement à qui je vais pouvoir faire confiance une fois à nouveau là-haut. Et ensuite, aller où ? L'Espagne, le Maroc, l'Amérique du Sud ? Je me raisonne pour ne pas sombrer dans l'alcool, je m'interdis de fumer dans le box, au moindre bruit je coupe la faible lumière de la lampe. Je marche de long en large, comme on peut le faire dans un espace réduit de dix mètres carrés.

Cela me rappelle très vite la prison. Celle d'Orléans en particulier, où j'ai fait mon premier séjour en 1946, alors que j'avais seize piges. Le quartier des mineurs au rez-de-chaussée, les grands escaliers qui menaient au premier étage vers le quartier des prévenus et au second à celui des condamnés. L'angoisse de la cellule n°18, celle réservée aux condamnés à mort. Par deux fois, lors de mon séjour, j'ai entendu que cette cellule était occupée. La première fois pour un condamné à mort civil, passé par la guillotine, et une seconde fois, pour un condamné à mort militaire passé par les armes. Mon second séjour entre quatre murs se passa quelques années après, dans la prison de Bordeaux, pour vol de voiture. Dans la voyoucratie, personne ne veut séjourner en zonzon, mais tout le monde sait que ce sera un, voire plusieurs passages obligés. Aujourd'hui, dans mon box sombre, j'ai la sensation d'être enfermé pour la troisième fois de ma vie. J'oscille entre patience, impatience et solitude, tel un marin perdu en mer.

Dans mon confinement forcé, je ressemble à un naufragé. Je divague entre désir et contrainte, avec cette injonction à ne pas sortir de ma réclusion. Obligé de centraliser en un seul et même endroit tous les espaces de mon ancien appartement, le salon, la chambre, la cuisine. Transformation forcée d'un lieu choisi en lieu contraint, telle une cellule de centrale où les prisonniers transforment leur cellule en chambre.

Recroquevillé sur le lit à attendre que les heures passent, je me remémore les bribes de connaissances littéraires que j'avais reçues pour enseignement à l'orphelinat de la Charité à Béthune. Une citation de Blaise Pascal me revient en mémoire « Tout le malheur des hommes vient d'une seule chose, qui est de ne pas savoir demeurer au repos dans une chambre » et à cet instant précis, j'ai comme une envie soudaine de lui mettre à travers la tronche sa citation. Suis-je en train de vivre une expérience Pascalienne ? Je n'en sais rien, mais ce qui est sûr, c'est que je n'y ajoute pas le facteur « Dieu ». Je serai plutôt en ce moment dans un passage Baudelairien « l'homme ivre du nombre qui passe porte toujours le châtiment d'avoir voulu changer de place ». Comme quoi nous sommes tous des orphelins. Bon, maintenant si les poètes, philosophes, moralistes et autres théologiens voulaient bien sortir de ma tête cela me libérerait de la place.

Ma cellule m'oblige à l'isolement à la différence que je peux aller fumer en promenade quand je le souhaite et aussi longtemps que je le veux. C'est juste un risque à prendre. D'ailleurs, je me rends compte très vite que ma paranoïa me sauve. Lors de ce troisième soir, je sors fumer dans la rue de l'Eure aux pieds des immeubles. Quelques jeunes sont également là, le cul vissé sur des murets près des parcs à vélos. Je sens des regards inquisiteurs rivés sur moi. J'entreprends de rentrer dans le parking et d'en ressortir aussitôt avec deux poubelles chargées que je dépose sur le trottoir. Semblant avoir la réponse à leurs questions, les regards se détournent et les discussions reprennent, mais pour moi, il faut que je trouve un autre point de sortie pour aller fumer, car ne serait-ce qu'avec ce petit détail, je suis déjà repéré dans l'immeuble.

Je reste deux jours supplémentaires sans bouger une oreille dans ma souricière, fumant dans la voiture. J'ai établi dans ma tête un trajet pour mardi prochain. Ce sera une journée à risque, mais je dois impérativement voir du monde pour faire avancer ma cavale. Toute la journée s'est passée dans l'angoisse, arme à la main. Deux ouvriers ont travaillé sur le réseau d'eau de l'immeuble non loin de mes box. J'étais prêt à bondir de mon trou en cas de découverte, mais le danger semble être passé. Encore quelques jours de patience.

42.

Mardi 24 juillet, ce jour sonne comme une libération. Si tout le monde est resté planqué correctement depuis presque deux semaines, notre entrevue chez Jean Jean devrait se passer sans problème.

Je décolle de ma planque vers vingt-deux heures et me gare assez loin du point de rendez-vous pour bien appréhender les environs du bar. Tout semble calme, pas de sous-marin en planque et les fenêtres des appartements au-dessus de la rue me semblent sans risques. Avec la pluie fine qui tombe ce soir, si une voiture planque quelque part avec du monde à bord, elle sera forcément couverte de buée.

Mon estomac se noue au passage de la porte, c'est quitte ou double. Soit les condés nous alpaguent de suite, soit ce sera à la sortie. Le patron me décroche un sourire et m'indique d'un coup de tête la salle arrière. Jean et Louis sont déjà arrivés, je les sens assez tendus. Ils affichent, tout comme moi sans doute, des cernes prononcés sous les yeux, la coiffure relativement en vrac et le teint passablement terne. Nous sommes heureux de nous revoir. Accolades fraternelles. Le patron nous rejoint avec une boutanche à la main et quatre verres.

— Cadeau de la maison messieurs, mon petit doigt m'a dit que vous étiez raides en ce moment.

— C'est pas faux, répond Jean, mais cela ne va pas durer.

Le décor est discret et les tables bien dressées entre nappes à carreaux vichy blanc et rouge et lampes individuelles posées sur des bouteilles de renom. Nous trinquons tous les quatre et le remercions chaleureusement. Je prends de suite des nouvelles de René. Les visages de Jean et Louis se ferment dans l'instant. Un silence long comme un jour sans pain s'installe. Louis se décide à desserrer les dents.

— J'ai eu des infos par un jeune infirmier qui bosse au service de réa que je connais et qui crèche à Montreuil. René est mal en point. Ils l'ont opéré le soir même de son arrivée.

Ils lui ont retiré une balle qui est entrée par le cou et est allée se ficher dans une côte. Ils ont dû le mettre en coma artificiel après. J'ai plus de nouvelles depuis quatre jours. Le gamin a peur d'avoir été repéré par les condés car l'OCRB a fiché René et un bleu est à sa porte de chambre. C'est mort pour lui, s'il remonte à la surface, il filera directement à Fleury-Mérogis.

— De toute façon, on ne peut pas l'arracher de l'hôpital, reprend Jean. Il n'est pas transportable.

J'essaye de mettre de l'ordre dans toutes ces nouvelles et tente de trouver une solution pour René, mais la boucle semble bel et bien fermée. Je m'essaie à leur remonter le moral.

— Si on arrive à l'extraire de l'hôpital avant son transfert en prison, c'est jouable.

— Pour cela, il nous faut des informations précises de la part de l'infirmier pour savoir quand l'arracher. Mais s'il a un traitement, ça sera compliqué pour la suite, rajoute Louis.

Nous changeons de sujet en gardant à l'esprit la galère de René. Louis nous confirme que la marchandise du braco est bien arrivée dans les mains du fourgue. Il estime à un mois minimum le temps nécessaire à tout écouler et recevoir notre fraîche. Chacun d'entre nous est en train de s'organiser pour stabiliser sa cavale. Personne ne semble avoir ressenti le fait d'avoir été filoché par les barbouzes mais il faut se méfier, les condés mettent de plus en plus de lignes téléphoniques sur écoute. Même en utilisant des codes, ils ne sont pas plus cons que nous et finissent par faire des regroupements.

Les deux frangins ont des plans pour les semaines à venir. Une mise au chaud quelque part dans le sud de Paris, histoire de ne pas trop s'éloigner du fourgue quand celui-ci sera prêt. L'affaire est bonne pour lui, il va se goinfrer de trente pour cent sur les ventes. Je leur indique ne pas trop savoir quand avoir un nouveau point de chute, pour l'instant je reste où je suis. Le patron nous fait servir un aligot à tomber. Les frangins fondent dessus comme un poivrot sur un Ricard. L'attention ne se relâche pas complètement malgré le bon moment que nous passons.

L'heure tourne, déjà vingt-trois heures. Dans la salle principale, des voix s'élèvent brusquement et le niveau sonore s'envole. Nous sautons sur nos calibres comme un seul homme. Si les condés sont dans la place, nous sommes faits comme des rats. Pas de sortie arrière dans cette salle. Nous filons droit vers le fond de la salle, où une petite alcôve derrière une banquette va nous permettre de nous abriter. Nos calibres pointés vers la porte de la salle principale, tous nos sens sont en alerte. L'angoisse a fait place à un sentiment d'autosurvie. Les secondes passent lentement, je commence à entendre le rythme des battements de mon cœur dans mes tempes. Mes camarades de galère ne décrochent pas un mot. Concentration maximale. Et puis soudain... Plus rien. Plus d'esclandres, plus de noms d'oiseaux, plus de verre cassé. Le patron pointe le bout de son nez à travers l'encadrement de la porte.

— C'est bon Messieurs, l'alerte est passée, j'ai foutu les emmerdeurs sur le trottoir.

Nous reprenons place à table, mais décidons de ne pas tenter le diable ce soir et écourtons le fromage, le dessert et le digestif. Nous réglons l'addition et filons les uns après les autres, en commençant par Louis. Avec Jean, nous guettons l'éloignement du frangin derrière les rideaux du bar. Pas d'alerte dans l'immédiat. Jean lui emboîte le pas quelques minutes après et je fais de même, retournant à la voiture sans passer par le même chemin qu'à l'aller. C'est au volant que je suis le plus vulnérable, enfermé dans cette caisse en métal, et faisant des manœuvres pour sortir de ma place de parking.

Direction Bagnolet pour aller rendre visite aux frères Yand. Quelques minutes suffisent pour m'y rendre. La pluie est une aide pour passer un peu plus inaperçu dans la circulation, peu dense à cette heure de la nuit. Après une vingtaine de minutes, me voilà devant le restaurant Japonais des Yand.

43.

Août - Septembre 1973.

La jalousie est mauvaise conseillère paraît-il, il n'empêche que Mesrine vient de se prendre quinze millions de francs avec Ardouin et Grangier sur le Crédit Lyonnais de l'avenue Bosquet. De quoi être tenté de postuler pour entrer dans son équipe. Surtout qu'il accrochera à son tableau de chasse deux nouveaux bracos début septembre, en attaquant la banque du square Jessaint près de la Chapelle et ensuite celle du boulevard Gouvion-Saint-Cyr à quelques encablures de la porte de Champerret. De quoi voir venir. Il clôturera son petit tour des banques par la BNP de l'avenue de Villiers fin septembre, avant les impôts.

44.

Les frères Yand sont des cas à part dans le mitan. Ils ont débarqué depuis on ne sait combien d'années, se sont établis on ne sait comment et font du business sans que rien ne transparaisse à l'extérieur. Je ne connais même pas leurs prénoms. La seule chose que je sais de façon formelle, c'est que leur patriarche de père était en cheville avec Oncle Marcel, mais pas assez dans la confidence pour savoir s'ils ont fait du business ensemble. Pour l'heure, j'ai toujours été accueilli avec sympathie dans leur restaurant et Oncle Marcel m'avait glissé à l'oreille qu'en cas de problème pour trouver où crécher dans la région, il fallait s'adresser à eux de sa part. Le vieux n'en avait pas dit plus, comme d'habitude.

À cette heure, le restaurant a fermé ses portes, mais le rideau de fer n'est pas encore baissé et de la lumière filtre depuis le fond des cuisines. Je cogne plusieurs coups aux carreaux de la porte d'entrée. Une silhouette s'approche d'un pas lent. J'entends à travers la vitre que la silhouette échange quelques mots en japonais assez sèchement avec quelqu'un. L'attente dure un peu et je suis à découvert mais la silhouette finie par apparaître. C'est l'un des deux frères, il me reconnaît et ouvre la porte de suite. Après m'avoir laissé entrer, il jette un coup d'œil à l'extérieur et referme derrière moi.

— Monsieur Jean, cela fait longtemps que l'on ne s'est vu, comment vas-tu ?

— J'ai connu des jours plus sexy, mon ami.

— Entre, entre, mon frère est là.

Le restaurant est composé de quelques petites estrades délimitées entre elles par des bambous et des paravents décoratifs japonais, tous très joliment peints et recouverts à la feuille d'or ou d'argent. Ce restaurant transpire la magouille à cinq kilomètres. La triade est dans le viseur de la police depuis des mois, sans résultats apparemment puisque encore debout.

Il me désigne une partie excentrée de la salle dans la pénombre. Je découvre, attablé dans un recoin, le second frère Yand. Sur sa table, un drap tente de cacher grossièrement quelque chose.

— Je dérange peut-être ?

— Mais non, mais non, tu sais bien que tu auras toujours porte ouverte chez nous. Qu'est ce qui t'amène ?

Il s'assoit à une table et me fait signe de l'imiter.

— Je suis venu vous voir pour deux choses. La première, c'est que j'ai quelques soucis de logement en ce moment, j'ai dû me mettre en cavale suite à un braco quelque peu loupé.

Le second frangin a relevé le drap au-dessus de sa table et se remet à l'ouvrage de pesée et d'emballage de doses de cocaïne.

— Nous allons sûrement te trouver une solution mon ami, dans quel coin voudrais-tu loger et à partir de quand ?

— Il n'y a pas d'urgence absolue, mais pour mon équilibre mental, le plus tôt sera le mieux. Quant à la localisation, je m'en fiche, pour peu que le point soit sécurisé.

Les deux frangins se fendent la poire de concert. Du coup, je ne sais pas trop s'ils me prennent pour un con. L'un des deux va prendre une bouteille de saké planquée derrière un duo de Kokeshi posées sur une armoire noire en bois d'acajou. Trois petits verres posés sur la table et l'odeur qui s'échappe de la bouteille sonnent comme le début de la résolution d'une partie de mes problèmes. Un premier tour par petites gorgées et le second cul sec. Voilà mon fond de gorge bien désinfecté.

Le silence se fait. Les deux frangins sont plongés dans leurs pensées. Ils se regardent par intermittence. J'ai l'impression qu'ils se parlent par télépathie. Pas un regard pour moi pendant de longues secondes. Je doute à nouveau. L'un d'entre eux sort de son silence.

— Et la seconde chose, c'est quoi ? Car là, tu sembles déjà bien englué dans les emmerdes.

— La seconde, c'est à propos de cet objet.

Je sors la boîte en bois que m'a transmis Sylvie, de la part de Jiji, et la pose au centre de la table. Les frangins l'observent sans la toucher. Leurs yeux analysent chaque détail et semblent en faire l'inventaire.

— Sais-tu ce que c'est ? demande l'un d'eux.

— Pas du tout. Tout ce que je sais, c'est qu'il y a deux choses à l'intérieur, que je ne sais pas l'ouvrir et que j'en ai déjà vu de semblables dans votre restaurant. C'est pour cela que je suis venu ici.

— C'est pas faux, rétorque le frangin en me désignant du doigt une boîte quasi identique à la mienne sur une étagère.

Les deux bridés repartent sur leurs échanges de regards communicatifs et la patience commence à me quitter.

— Viens avec nous, père est dans la cuisine.

Nous nous levons et nous dirigeons vers le fond de la salle. Passé le rideau, un épais nuage de fumée encombre la pièce et une lumière blanche de néons m'aveugle et m'oblige presque à baisser les yeux. Alors que je nous croyais seulement trois dans le restaurant, je découvre une tablée avec six anciens japonais assis en silence. On se croirait dans l'arrière-salle d'un bordel à Macao. Les anciens sont en train de jouer au Shôgi, deux par deux. Quelques billets de banque sont coincés sous les jeux en bois. Des petits verres de saké, plus ou moins remplis, traînent à côté des plateaux de jeu.

— Bonsoir Jean.

— Bonsoir Azusa.

— Assieds-toi, je t'en prie, me lance le père des frangins que je connais depuis des décennies. Montre-moi ta boîte.

Je tends la boîte à l'ancien sous les yeux des autres japs, silencieux mais attentifs.

— Je vais te dire ce que c'est. C'est une boîte à secrets Japonaise, aussi appelée Himitsu-bako. Elles ont vu le jour au XIXème siècle dans la région de Hakone. Elles sont faites en marqueterie appelée Vosegi. Pour l'ouvrir, il faut savoir enchaîner plusieurs combinaisons sur la marqueterie, parfois plusieurs dizaines, ce qui permet de libérer des mécanismes et ainsi permettre son ouverture. Veux-tu que nous t'aidions à l'ouvrir ?

— Cela m'aiderait grandement, merci.

L'ancien fait le tour de ses cinq compagnons de table pour recevoir leurs validations. Tous semblent d'accord pour s'y coller. Azusa échange quelques mots à voix basse avec son fils.

— Laisse-nous quelques minutes s'il te plaît, me dit-il en m'indiquant poliment la sortie de la cuisine.

Je les quitte en laissant la boîte entre leurs mains, que j'espère expertes, et retourne dans la salle de restaurant pour y retrouver le second frangin de nouveau attablé à son ouvrage.

— En ce qui concerne ton logement, nous avons une solution pour toi. Il s'agit d'une pièce dans un immeuble à Malakoff aux portes sud de Paris. Il est petit mais sécurisé. Une possibilité pour y entrer mais trois pour en sortir. Pour le loyer, tu nous payeras dès que tu pourras, mon père se porte garant pour toi apparemment. Et ensuite, tu veilleras à avoir toujours trois mois d'avance. Reviens nous voir demain soir, nous te donnerons les clés et l'adresse.

Avant de partir, je retourne dans la cuisine où je retrouve Azusa, seul cette fois, par je ne sais quel miracle, avec, face à lui, la boîte ouverte qui laisse découvrir deux tiroirs superposés. Il la pousse vers moi et prend congé pour me laisser seul attablé. Dans le tiroir supérieur se trouve un lingotin d'or de cinquante grammes et dans le tiroir inférieur, une clef grise, avec, sur le haut, un entourage de plastique rouge doté de l'inscription « consigne 352 ». Je reste quelques instants à contempler les objets, essayant de comprendre le message qu'a voulu me faire passer Jiji, mais pour l'heure, je ne trouve pas la répartition entre le lingotin, la clef, la petite Lili et moi. Je regarde dans la boîte si quelque chose d'autre s'y trouve, mais non, la voilà vidée de son contenu.

Je saisis les deux objets, les glisse dans la poche de mon jeans et laisse la boîte sur la table. Je remercie les frangins, quitte le restaurant et retourne vers la voiture sous la pluie qui n'a cessé depuis mon arrivée. J'entends derrière moi le lourd rideau de fer descendre, dans un crissement métallique aigu.

Je me rends compte, une fois au volant, que je n'ai pris aucune précaution sur le chemin du retour vers la voiture, l'esprit déjà occupé à essayer de comprendre la valeur symbolique de ces objets.

Quelques minutes de route et j'engage la voiture dans la rampe vers le ventre de la terre pour y retrouver ma planque. Ces enfilades de stationnements sont interminables. Il ne me faut pas moins de quatre minutes pour arriver jusqu'à ma porte de garage. Les traces d'eau laissées par les roues de la voiture sont visibles sur deux niveaux. L'alternance des néons allumés et l'absence de lumière au droit de ceux hors service font comme les rayons du soleil à travers les arbres dans les landes. L'heure avancée n'arrange pas le niveau de concentration nécessaire à rester invisible. Mais je suis à nouveau cloisonné et à l'abri.

45.

Réveil sans heure le lendemain matin. Ma montre s'est arrêtée dans la nuit, résultat, je ne sais pas si le soleil est levé ou non. Je n'ai pas eu l'impression d'entendre les départs habituels des voitures de mes voisins. La surdose de saké de la veille m'a plongé dans une profonde nuit léthargique de laquelle j'ai du mal à émerger. Il va falloir que je me risque à sortir de mon trou. Je dois attendre jusqu'à la nuit tombée pour retourner voir les frères Yand et récupérer les clés du logement de Malakoff. Très serviable pour le mitan, on n'en demeure pas moins redevable au centuple pour qui demande leur aide. J'ai donc une dette envers eux et ils ont bien su me le faire comprendre hier soir.

— Nous aurons sûrement besoin de ton aide prochainement. Rien de bien compliqué, bien qu'un peu dangereux, mais très important pour nous. Nous savons que nous pourrons compter sur toi le moment venu, mon ami, dixit l'un des deux frères, les yeux dans les yeux, en me tenant fermement l'avant-bras.

Je vais profiter de la journée pour renouveler mon maigre dressing qui, sans cela, va commencer à sentir le chacal. J'en profiterai pour me rendre aux bains douches pour nettoyer la bête. Rangement méthodique, habillement rapide, calibre au ceinturon et me voilà parti pour refaire surface.

J'arrive à attraper l'heure sur l'horloge de la Mairie du XIVème non loin de ma planque. Déjà onze heures trente. Je dois me bouger si je veux faire mon programme avant ce soir. De plus, il faut que je cogite à cette clef et à comprendre ce qu'elle peut bien ouvrir ?

Je fais mes achats dans un magasin branché à la limite du XIVème arrondissement. Il a l'avantage de permettre de se fondre dans une clientèle nombreuse et tourbillonnante. En trente minutes, je ressors avec de quoi tenir trois semaines sans intendance de lavage.

Je poursuis mon chemin jusqu'aux bains douches à dix minutes de là. Enfin un peu de calme et de tranquillité pendant les vingt minutes de mise à disposition de la douche. Le préposé m'indique la cabine 12 au fond à droite. Après une révision totale digne d'un garage Jaguar me voilà propre comme un sou neuf sous le soleil brûlant de ce début de mois d'août.

J'hésite à faire une pause dans un bar, histoire de me rappeler le bon souvenir d'une mousse blonde. Ce n'est pas ce qui manque dans le coin question troquets.

Je marche quelques centaines de mètres vers ma planque, sacoche en bandoulière et lunettes de soleil sur les yeux. Sur le trottoir d'en face, une silhouette attire mon attention. Sur l'instant, je ne sais dire si elle est de mon camp ou dans l'opposition, mais j'ai le sentiment de la reconnaître. Je ralentis le pas afin de la laisser se rapprocher de moi maintenant qu'elle traverse la rue sans m'avoir repéré. Ou bien suis-je bel et bien grillé et un étau est en train de se refermer autour de moi ? Mon rythme cardiaque s'accélère, je le sens au niveau de mes tempes. Je glisse ma main dans ma sacoche et agrippe mon calibre. Je balaye les alentours pour voir les échappatoires qui s'offrent à moi. Plus qu'une cinquantaine de mètres entre nous deux. L'homme ne semble pas du tout me calculer. Je l'ai reconnu. Plus que dix mètres. Arrivé à ma hauteur, je plaque ma main contre son thorax.

— Salut Strasbourgeois.

D'un mouvement arrière, il sort brusquement de ses pensées et analyse la situation en me dévisageant.

— Putain Jean ! T'es con, j'ai failli faire une attaque !

— Qu'est-ce que tu fous ici, c'est pas ton quartier ?

— Le tien non plus La Bascule, tu t'es perdu ?

— C'est une longue histoire. Tu as cinq minutes, on s'envoie une mousse ?

— Ça marche. Suis-moi, je connais un endroit discret pour discuter.

Nous voilà attablés à quelques pas de notre lieu de rencontre dans un minuscule bar où, à coup sûr, pas plus de dix personnes peuvent prendre place en même temps, comptoir compris. Le Strasbourgeois m'explique que le patron est un Corse qui a acheté cet établissement pour avoir une façade sur Paris.

Chacun devant une cinquante de houblon, nous retraçons les mois passés. Les contrats se sont enchaînés pour mon ami. Il a mangé pas mal de kilomètres ces derniers temps, ce qui a été limite avec son travail de maçon. Mais il tient bon et réfléchit à aller s'établir au Maroc. Il pense que sa couverture commence à être grillée et que les condés se rapprochent petit à petit. Deux de ses clients se sont fait serrer il y a peu et les nouvelles techniques des bleus se modernisent très vite. Les mises sur écoute sont de plus en plus nombreuses et rapides. Il a su, dès le lendemain de notre envolée, notre mise en cavale avec les frangins, sans faire pour autant le rapprochement avec le braco de Saint-Germain. Il s'était bien douté que cela n'était pas pour des plumes que j'avais filé à l'anglaise sans laisser d'adresse. Il n'a pas l'indiscrétion de me demander où je planque. Je profite de notre échange pour lui montrer la clef de la consigne, sans m'étendre sur le sujet et lui demande ce qu'il en pense.

— Hum… Consigne 352… T'es pas bien avancé avec ça. Elle peut venir de beaucoup d'endroits cette clef, gare, aéroport, piscine, poste restante voire casier de ski dans une station de haute montagne. La personne qui te l'a laissé cette clef savait forcément que tu saurais où aller pour trouver cette consigne sans avoir à te l'écrire. Ouvre ta mémoire mon ami, je ne vois que ça, car là, je sèche.

— Tu as sûrement raison, je dois chercher au plus simple, sinon il y aurait eu une explication avec.

J'écourte le point et recentre la discussion sur l'avenir. Le Strasbourgeois m'affranchit de quelques projets qu'il a avec ses amis Marocains. Des convoyages de hachich par convois simultanés. Ils se sont rendu compte que les stups avançaient très vite dans les moyens de les contrer et de le localiser en plus des balances de plus en plus nombreuses. Bon nombre de gars retournent leur veste et passent du côté des indics en échange de protection policière et de cash. Ces salopes vendraient leur mère pour du fric comme des commerciaux de grands magasins. En Algérie, on coupe la langue aux balances. Pratique qui ferait bien de débarquer chez nous aussi.

Notre première cinquante terminée, nous enchaînons sur sa petite sœur. Heureusement, nous sommes à l'ombre. Le Strasbourgeois remarque que ma montre est en retard. En effet, elle est en rideau, il me faudra la faire réparer. Dans la foulée, il décroche une superbe Omega Speedmaster de 1968 de son poignet et me la tend. La même série que celle que portait Buzz Aldrin le 21 juillet 1969 en marchant sur la lune.

— Tiens mon ami, elle te sera plus utile à toi qu'à moi. Je ne regarde jamais l'heure et mon fourgue de Saint Ouen n'en a pas voulu. Trop dangereuse à écouler selon lui.

— Merci, je te revaudrais ça.

L'heure tourne justement et le Strasbourgeois a à faire. Je sais où le trouver si besoin en fin de nuit. Nous nous séparons en nous donnant rendez-vous au plus vite. Je règle nos consommations au Corse, dont le regard appuyé trahit quelque peu son appartenance au mitan.

Je décide de redescendre dans mon trou quelques heures avant de ressortir lorsque le soleil sera couché. Sur le chemin du retour, je croise un couple dont je reconnais l'homme comme n'étant autre que Thibault Rendier, celui-là même qui bosse maintenant au 36 quai des Orfèvres et qui était présent il y a des années lors de mon arrestation pour vol de voiture. Cette enflure avait eu la main lourde lors de ma garde à vue, je m'en souviens comme si c'était hier et l'envie de lui défoncer sa petite gueule de premier de la classe m'effleure l'esprit. Nos regards se croisent, se reconnaissent, mais le gus, accompagné d'une bergère maquillée comme une scène de crime, ne bronche pas. Cet enculé va sûrement remonter l'information au 36, ce qui n'est pas bon pour moi. Je dois me faire la valise de ce quartier au plus vite.

Du coup, les quelques heures d'attente qui suivent se font dans le noir le plus complet, associé à un silence de cathédrale, mais pas envie de prier pour autant. J'entends approcher des pas dans les circulations du parking. Calibre à la main, assis dans l'angle de la place, je tends l'oreille pour analyser le degré de risque. Je n'arrive pas à distinguer le sujet de la conversation à voix basse de deux ou trois gars dans un parking tout proche. Sont-ils là pour moi ? Encore quelques minutes d'écoute et j'entends approcher le tintement sec et régulier d'une paire de chaussures féminines, ce qui me rassure. Les femmes dans la police sont peu nombreuses et si elle était là pour me serrer, elle n'aurait pas chaussé des chaussures à talons. Mon analyse semble juste, quelques rires s'ensuivent puis le silence revient. Seules les voix d'hommes se font encore légèrement entendre. La voix féminine semble avoir disparu pour quelque temps, sûrement affairée à une autre tâche. J'en déduis que la dame ne peut pas parler la bouche pleine. Quelques claquements de paumes de mains sur une peau tendue et des gémissements aigus à répétition et espacements réguliers se font entendre. Il semblerait bien que la dame en prend pour son grade, ce qui n'est apparemment pas pour lui déplaire.

Une trentaine de minutes plus tard, le groupe se sépare. Risque éloigné. Je rigole moi-même de la situation et imagine si j'étais sorti, calibre à la main, pour disperser tout ce joli monde pantalons aux chevilles, courant comme des pingouins apeurés. Mais je reste tapi dans l'ombre à attendre patiemment que les minutes s'égrainent jusqu'à l'heure que je me suis fixé.

Elle arrive enfin. Vingt-trois heures trente. Je prends la route pour retourner voir les frangins asiates. J'ai l'impression d'être un apnéiste qui reprend son souffle à chaque sortie après une plongée de plusieurs minutes sous l'eau. Mes poumons se gonflent d'air d'en avoir trop manqué sous terre.

Pas loin de minuit, j'arrive dans le quartier du restaurant des frangins. Une place est libre presque devant le restaurant, ce qui ne me dit rien qui vaille. Espérant que ce n'est que le fruit de ma paranoïa qui fait encore des siennes, je fais le tour du pâté de maison pour m'en trouver une autre. Dix bonnes minutes de perdues, mais me voilà garé. Je temporise un peu avant de sortir de la voiture. Je réfléchis quelques instants, trop longtemps que je l'ai cette bagnole, je vais devoir en changer pour plus de sûreté.

La pluie est encore de la partie cette nuit, elle devient mon alliée. Il reste quelques clients attablés dans le restaurant. L'un des frangins me voit du fond de la salle et m'invite du regard à le suivre dans la réserve. Là, deux vieux Japs sont adossés au mur. Ils ne semblent même pas remarquer ma présence, ou du moins le cachent-ils. Le plus jeune des frangins me tend une petite pochette de velours violette. J'entrouvre la pochette et distingue un jeu de clés et deux fortune cookies, ces gâteaux chinois à message caché à l'intérieur. Je glisse la pochette dans la poche de mon blouson et emboîte le pas du frangin. Avant de quitter la réserve, l'un des vieux Japs me lance un regard en coin dans lequel je lis comme dans un livre : « nous savons où tu loges maintenant ».

Nous partons, filant dans un dédale de couloirs, empruntant un escalier pour descendre au sous-sol, prenant à droite puis à gauche puis à nouveau à droite dans cet enchevêtrement de caves en briques rouge et lourdes portes de bois. Aucune numérotation sur les portes.

Arrivés devant l'une d'elles, le frangin marque une seconde d'arrêt, sort une clef de sa poche et l'ouvre. Nous pénétrons dedans, dans un niveau très faible d'éclairement. Le frangin referme la porte derrière nous et la verrouille par le biais d'un cadenas. Dans le couloir, la minuterie s'arrête et nous voilà maintenant dans le noir absolu. Tel un chat dans son élément, le voilà qui m'agrippe le bras. Par réflexe, je le suis sur quelques mètres. À tâtons, il enclenche une seconde clef dans une serrure de porte métallique. Nous la franchissons et je découvre, dans une lumière aveuglante une immense chaufferie industrielle.

— C'est l'avantage d'avoir des amis dans l'entretien, me lance le frangin, ils ouvrent des portes de replis.

Encore quelques mètres et la rue me tend de nouveau les bras. Impossible pour moi de savoir où se trouve maintenant la voiture. Peu importe, c'est le moment idéal pour la laisser en plan. Je remercie le frangin et prends congé de lui. Je trace tout droit jusqu'à reconnaître mon chemin. La pluie m'alourdit, je relève mon col et file droit devant sans demander mon reste.

Sans trop savoir quelle heure il est j'arrive à la planque, trempé comme une soupe. Je ne lâche rien et sitôt dans le box, je me change et attrape un sac-poubelle pour y fourrer tous les vêtements trempés en ne conservant que le blouson. Je remonte à la surface et me débarrasse du sac. Ma dernière nuit sur place débute.

46.

Lundi 13 aout 1973.

Au matin, je replie mon squat, mets de l'ordre dans mes affaires et me prépare à dire adieu à mes box. Jusqu'à la prochaine cavale éventuellement. Tout est prêt à être déménagé.

Je récupère la pochette violette et ouvre les deux « fortune cookies ». Sur le premier petit bandeau de papier est écrit « 1 900 Frs / mois » et sur le second « 58 rue Francois Coppée / 1er face ». Je suis désormais fixé sur mon loyer et sur mon lieu de résidence. J'engloutis les deux gâteaux et détruis les deux papiers.

Je sors avec ma sacoche en bandoulière, calibre au fond, ainsi que deux tournevis et un chasse-clou de couvreur. Je pars en quête de mon nouveau véhicule. Tout semble calme aux abords de la tour, la vie suit son cours. Je marche pendant une bonne heure avant de tomber sur la perle rare. Un van estafette Renault garé le long de la façade d'une boutique de papiers peints de luxe de la rue des Saint-Père. Son propriétaire décharge du matériel. Je patiente en rôdant dans le quartier, passant devant la maison de Serge Gainsbourg, rue de Verneuil, où je l'entrevois avec Jane Birkin dans le salon grand ouvert sur leur minuscule terrasse plantée. Une maison au beau milieu des hôtels particuliers du quartier, un véritable luxe à Paris. Il est au piano, un cendrier en cristal posé dessus laisse échapper une fumée blanche, tel le résultat d'un vote papal. Elle, de son côté, lit un magazine dans un grand canapé blanc. Il doit se remettre doucement de sa crise cardiaque. Elle doit patienter pour connaître ses prochaines frasques.

Je pourrais rester ici planté à lire pendant une heure le mur sur rue rempli de graffitis et de citations sans que personne ne s'en étonne. Des noms, des numéros de téléphone, des adresses, des messages, des souhaits, des fantasmes, des requêtes, des dessins. Un véritable musée à ciel ouvert, cette adresse est déjà un lieu de légende. Mais j'ai à faire et je passe mon chemin sans m'attarder.

Je fais un large tour par les rues Allent et rue de Lille pour ensuite retourner sur mes pas. L'Estafette est vide. Elle n'attend plus que moi pour partir. Je scrute tout autour de moi pour être certain qu'aucun danger ne me guette. Tout est comme « à l'accoutumée », le quartier semble quasi endormi, même en pleine journée. Je dégaine le chasse-clou de couvreur de ma sacoche et le plante à la verticale entre la vitre côté chauffeur et moi. Je le laisse descendre d'une dizaine de centimètres pour sentir la tringlerie de la poignée. Un léger mouvement vers la gauche et d'un coup sec en remontant, je déverrouille la porte. En moins de quinze secondes, je suis assis à la place du chauffeur, mes mains glissent sous le tableau de bord pour dégager les fils du Neiman. Sans les regarder je parviens à faire démarrer cette Renault rudimentaire, passe la première et file droit devant. Clair, net, et sans bavure, comme on dit.

Je suis sur la route du déménagement. Cette Estafette étant dépourvue de galerie sur le toit, je peux descendre sans encombre au troisième sous-sol du parking. Je charge mes affaires en quelques minutes et referme derrière moi les deux portes basculantes. Nouveau départ vers la proche banlieue.

Arrivé à deux rues de l'immeuble, je décide d'aller voir l'appartement à pied avant de me garer au plus proche de l'entrée. Cette rue est à sens unique, donnant au bout sur le boulevard Pierre Brossolette et la porte de Vanves à quelques minutes. De l'autre côté, c'est la montée vers le Petit Clamart, ville rendue célèbre il y a un peu plus d'une décennie avec la tentative d'attentat contre le Général de Gaulle en 1962. Une ville tranquille où les balles ne fusent que très rarement.

J'arrive au 58, immeuble traditionnel, pas de gardienne. Je monte au premier étage, trois portes. J'enclenche la clef dans la porte de face et entre dans la pièce unique composant l'appartement. Environ 12 m^2, une fenêtre sur rue, murs peints en vert. Un meuble évier avec une plaque de cuisson et un petit frigidaire en dessous. Pas de quoi avoir la folie des grandeurs. Un sanitaire réduit au minimum dans une petite pièce attenante, un bac à douche, un lavabo, un WC et une fenêtre de type meurtrière. Là aussi, ce ne sera pas les bains douches de Marrakech. Je referme derrière moi et m'assieds au sol quelques minutes pour capter les ondes de cet endroit. Je ferme les yeux et écoute les bruits environnants. Peu de bruits issus de la rue, peu également de l'immeuble, mais sans doute n'est-il pas encore rempli de tous ses occupants à cette heure ? Je le sens bien et vais chercher mes affaires pour m'y installer.

Il se passe une semaine et voyant encore traîner là, sur la petite table que j'ai dressée, le lingotin et la clef de consigne, je me décide à élucider l'énigme. Pour le lingotin, je connais sa destinataire et file au PMU de l'avenue Pierre Larousse pour y passer un coup de fil à Sylvie. J'ai la chance de tomber sur elle en direct. Elle va descendre sur Paris dans le courant du mois de septembre. Nous convenons de nous voir, sans que je lui dise pourquoi. Elle continue de tapiner pour son mac parisien et monte souvent dans l'Est pour voir la fille de Jiji, toujours en garde chez sa grand-mère. Elle a réussi à obtenir la garde officielle. Je rentre chez moi en m'arrêtant à la supérette pour acheter une bouteille de whisky. Je peux maintenant m'attaquer à cette foutue clef.

47.

Je m'affale dans mon fauteuil, usé comme moi, défraîchi comme moi, élimé à certains endroits... Armé d'un bon verre, je fixe la clef en essayant de faire le vide et d'aller au plus simple. Si Jiji ne m'a pas laissé d'instructions pour cette clef, c'est que forcément, je dois connaître sa localisation sans chercher. Étant rue du Delta à l'époque où l'on s'est connu, j'opte pour une consigne de gare, celle de la Gare du Nord, la plus proche. N'y tenant plus de connaître l'envers du décor que cache cette clef, je décide de m'y rendre de suite. L'Estafette est trop voyante à mon goût, je chausse une paire de baskets et prends la direction de la Gare du Nord.

Une bonne heure et demie de marche et me voilà enfin dans ce grand hall rectiligne sur des dizaines de mètres. Les consignes sont un peu à l'écart du hall principal. Quelques patrouilles de militaires font des rondes à la recherche de bidasses échappés de leur caserne sans autorisation. Je me fonds dans la populace, en vérifiant que mon calibre ne risque pas de tomber malencontreusement de ma ceinture.

Devant moi se dresse le casier 352. Il va enfin me livrer son secret. J'introduis la clef dans la serrure, la fait tourner d'un quart de tour et... rien. J'insiste un peu mais sans résultat. Une mamie à côté de moi me voit dans l'embarras et me lance :

— Des petits malins s'amusent à intervertir les anneaux des clés. Si cela se trouve votre clef n'ouvre pas cette consigne mais une autre.

— Merci Madame, me voilà bien avancé.

Je prends poliment congé de la sexagénaire et me dirige vers la sortie, place Napoléon III. Le soir avance à grands pas, je rebrousse chemin vers Malakoff, toujours pas décidé à prendre le métro, trop risqué. Sans autre explication, mes pas me guident vers la rue d'Alsace et non la rue de Denain pour filer plein sud. Je me dis que peut-être la Gare n'était peut-être pas la bonne et je tente à nouveau ma chance à la Gare de l'Est toute proche. Même motif, même punition. Pas plus de chance sur le casier 352 de cette dernière.

Dubitatif, je plie les gaules et rentre dans mon nouveau chez moi. Je cogite pendant le chemin du retour sur la localisation de cette consigne. Le point positif c'est que la clef est correctement entrée dans les deux serrures mais je ne vais pas me taper toutes les gares de Paris pour autant ?

Je retrace les quelques soirées que nous avons faites avec Jiji. Elles se comptent sur les doigts des deux mains, cela ne devrait pas être trop compliqué de faire le tri. Quelques verres dans les bars proches de son lieu de travail, d'autres dans mon appartement, un dîner avec elle, Sylvie et une autre de leurs amies, dont j'ai oublié le prénom, au restaurant le Train Bleu de la Gare de Lyon et un apéro dans leur minuscule studio.

Mon esprit s'embrume et ma concentration se relâche, je dois choisir entre laisser mon esprit vagabonder et ma vigilance jusqu'à bon port. Je balaye mes recherches et recentre mon cerveau sur la surveillance de mes arrières. Mais un flash refait surface. Le Train Bleu ! La Gare de Lyon ! Nous nous étions tous donné rendez-vous ce soir-là à l'entrée des consignes situées sous le restaurant. Je regarde ma montre : 23h45. Arrivé à hauteur de la Tour Saint-Jacques, je bifurque à gauche vers la Bastille et la rue de Lyon. Même si cela ne doit rien donner, je veux passer par la Gare de Lyon et en avoir le cœur net.

Encore trente minutes de marche, mes pieds commencent à chauffer. Je vois au loin la tour horloge de la Gare et les couleurs ambrées de ses lumières sous le porche extérieur. J'y suis presque. Comme guidé par mes souvenirs des lieux, je me dirige sans trop chercher vers la salle des consignes. Je trouve le casier 352, y glisse la clef comme un joueur de casino glisse sa dernière pièce dans le bandit manchot qui a englouti toutes ses économies et en arrive presque à prier que cela fonctionne. La clef tourne et la porte s'entrouvre de quelques centimètres avec un « clic » libérateur. J'ouvre la porte et plonge mon regard à l'intérieur de la consigne, rien.

Si c'est une blague, j'ai du mal à l'apprécier. Je regarde de nouveau et distingue au fond une enveloppe adossée contre la paroi d'acier. Je la saisis. Dessus est écrit « Jean ». Ce n'était donc pas une blague, mais je n'ai pourtant pas un sentiment de joie en la voyant. Je la glisse dans la poche de ma veste et reprends mon chemin.

00h55, je ne pense plus qu'à me laisser tomber sur mon lit. J'essaie de marcher rapidement mais mes jambes semblent ne pas être d'accord avec cette idée. J'arrive tout de même au studio sans savoir l'heure qu'il est. Je me désape et m'écroule comme une pierre sur le matelas. Fin de la partie pour aujourd'hui (ou demain façon de voir).

03h32 cette même nuit, interminable et chaude. Mes yeux sont grands ouverts, fixant le plafond et sa belle fissure diagonale. Pas moyen de refermer l'œil. Morphée ne veut pas de moi, le fils d'Hypnos et de Nyx doit guincher quelque part sans se soucier de mon sort. D'autant que je sais très bien pourquoi je ne retombe pas dans un sommeil profond. J'incline ma tête de 45° vers la gauche et fixe ma veste posée sur le dossier de la chaise. À l'intérieur, se trouve la lettre de Jiji. Je me suis fixé d'en prendre connaissance demain matin, mais quelque chose me pousse irrémédiablement à la lire, maintenant. Pourtant, je sais que cela peut attendre. Cela fait tellement de temps qu'elle gisait dans cette consigne que je ne suis pas à quelques heures. Rien à faire, mes yeux ne lâchent pas ma veste et je sais déjà que je vais me lever pour la lire. Tout est une question de temps. Le temps que mon corps réponde à la demande de mon cerveau et se dresse sur le bord du lit pour me lever. Mais pour l'instant, rien ne se produit, mon corps reste comme une chape de plomb horizontale et inerte. Seuls mes yeux, mon cerveau et ma tête sont mobiles. J'en ai envie tout en ne voulant rien presser.

03h47. Poussé par une envie de pisser, ou bien sont-ce les gémissements répétés et rythmés d'une voisine au-dessus qui subit les assauts effrénés d'un amant fougueux (à moins que l'on ne soit en train de l'amputer d'une jambe à l'aide d'un couteau à beurre ?), mais me voilà enfin à la verticale. Je règle le problème de l'autonomie limitée de ma vessie et m'attable, dans le coaltar, la lettre à la main. Sur l'enveloppe rectangulaire toujours ce simple « Jean » qui trône, perdu au milieu de tout ce blanc. Je reluque du coin de l'œil la bouteille de whisky et le verre de la veille resté là, mais l'envie me passe. J'ouvre l'enveloppe et extrais l'unique feuille qui compose son contenu. J'essaie de faire la netteté, mes mirettes ont du mal à cette heure avancée de la nuit. J'entame la lecture.

« Jean,

La vie est faite de surprises et si tu lis ces mots c'est qu'elle m'en aura fait une belle. Je ne suis pas certaine qu'elle soit dans le bon sens du terme, mais qu'importe. Sylvie a forcément respecté ma volonté lorsque je lui ai confié la boîte à secrets japonaise puisque tu es arrivé à l'ouvrir et à trouver ma lettre. J'ai deux services à te demander, car tu es l'un des rares hommes à qui je peux donner ma confiance. Tu voudras donc bien vendre le lingotin et donner l'argent de sa vente à ma mère pour l'éducation de Lili. Il est le fruit de longues années d'économies au nez et à la barbe de mon enfoiré de mac. Lili et sa grand-mère en auront forcément besoin, car même au calme de Molsheim, la vie a un coût. À l'occasion, si tu pouvais veiller d'un œil sur Lili, ma mère n'est plus toute jeune et le temps commence à faire son office sur elle. La petite grandit vite et elle aura à cœur un jour de mettre un visage sur son papa. Hé oui, nos quelques nuits de folies ont laissé des traces. Lili est ta fille. Je suis désolée de te l'apprendre de la sorte mais je ne souhaitais pas mettre la petite sur le chemin de ta vie qui me semble compliquée, du peu que j'en sache. Sylvie est au courant, c'est d'ailleurs la seule à l'être, même ma mère ne l'est pas. À toi de décider ce que tu souhaites faire de ce cadeau que nous a fait la vie ? Je t'embrasse. Ghislaine. »

Je reste cloué sur place de longues minutes, assis à cette table, la lettre entre les mains, les yeux rivés sur la signature de Jiji. Le temps s'arrête. Mon cerveau ne réagit plus. Au-dehors, j'entends quelques rares voitures passer sur le boulevard. Leurs phares émettent des reflets blancs au plafond de la pièce par les interstices des volets de fer. Je n'imprime pas l'information même si je sais qu'elle est là, noir sur blanc, sous mes yeux. Je ne sais pas quel sentiment je ressens ? De la joie, de la peine, de l'interrogation, du déni, de la colère ? Je prends de grandes respirations pour essayer de remettre la machine en marche. Je saisis machinalement la bouteille de whisky et me sers un verre à réveiller un mort. Presque cul sec. L'alcool me brûle l'intérieur sur son passage. Je me surprends à fixer sans aucun but le thermomètre fixé là, sur le mur.

Il me faut du temps pour retrouver mes esprits. J'ébauche dans ma tête une pseudo feuille de route des choses à faire : vendre le lingotin avant de voir Sylvie en septembre ou octobre, monter à Molsheim pour remettre l'argent à la mère de Jiji et... voir Lili. Sans m'en rendre compte, une seconde salve de whisky met mon cerveau sur pause. Je me traîne sur les trois mètres qui séparent la chaise du lit et m'effondre à nouveau dessus jusqu'au matin.

06h34. Je n'ai pas fermé l'œil. En lévitation toute la nuit, j'ai eu l'impression que tout a tourné dans la pièce pendant des heures. Que vais-je faire ? Je n'ai pas l'intention de raccrocher pour cette gamine. Après tout, Jiji aurait pu me mettre au parfum avant qu'il ne soit trop tard. Me voilà mis devant le fait accompli, une moutarde en cadeau de départ, merci bien. D'un autre côté, je ne me vois pas ignorer ce petit être qui n'a pas demandé à venir au monde. Je ne peux pas la laisser seule avec sa grand-mère qui commence à partir en vrille. Aurais-je des élans de paternité ? Il est encore trop tôt pour figer une quelconque décision. Je me laisse un peu de temps, disons a minima jusqu'à septembre, ce qui me laisse encore deux semaines. En attendant, j'ai besoin de café. Disons une casserole pour commencer.

Le temps est à l'orage. Les longues journées de canicule s'enchaînent depuis une semaine et il faut que cela pète. D'une manière ou d'une autre, il va falloir que cela pète. Dans ma tête ou dans le ciel, je ne sais pas lequel des deux va gagner en premier, mais je le sens. Je dois me changer les idées, et faire un nouveau point, mais plus tard. D'ailleurs, la fraîche commence à manquer et je dois monter au mastic pour renflouer ma caisse. Je vais aller faire un tour à L'Esplanade et en profiter pour voir si Gégé le clochard est toujours dans mes anciens murs ?

L'estafette étant garée assez loin de chez moi, je décide de l'abandonner et prends le métro pour remonter sur le IXème. Je passe par deux fois devant l'entrée du 80. Tout semble calme, mais je ne me hasarde pas dans les étages pour aller toquer à la porte de mon ancien appartement, car sur le trottoir d'en face, je reconnais de suite le fatras de Gégé. Je traverse pour aller le saluer.

— Ha, te voilà l'ami. Tu en as mis du temps pour revenir, tu t'es perdu en chemin ?

— Content de te voir également ! Quelles sont les nouvelles ?

— Les képis ont débarqué chez toi une semaine après que je m'y sois installé. Ils te cherchaient pour une histoire de faux fafs. Ils ont retourné l'appartement et m'ont viré avant d'y poser des scellés. Depuis, rien n'a bougé. Ils ont bien planqué quelques jours après dans un appartement en face pour voir si tu débarquerais mais ils ont vite lâché l'affaire.

— Merci pour ces infos l'ami, je repasserai te voir à l'occasion.

— Tu sais où me trouver, je ne bouge pas de là.

Je poursuis mon chemin et arrive à l'Esplanade. Ici, rien ne semble bouger. Tout est figé depuis des années. La même lumière, les mêmes couleurs, les mêmes piliers de bar. Bref, le même bar. Le patron, me voyant, dégaine sur-le-champ un verre à demi et me sert un Picon bière. Je le remercie et le déguste comme un condamné à mort fumant sa dernière cigarette. Ces quelques moments de détente n'ont pas été nombreux depuis ces quelques semaines de cavale.

— Tu nous as fait des infidélités, me lance le patron. On n'est plus assez bien pour toi ?

— J'ai dû changer d'horizon pour quelques semaines, j'avais un peu plus qu'un simple fil à la patte. La maison poulaga a quelques envies de me faire visiter sa demeure.

— Monsieur devient célèbre, on le cherche... me lance-t-il avec un clin d'œil. T'as besoin d'aller au mastic ?

— Un peu oui, ma banque m'a refusé mon crédit.

— Dans ce cas, tu devrais aller voir Gus, il cherche du monde.

Je reste là une bonne heure, retrouvant enfin mon petit havre familier, puis prends congé.

48.

Septembre 1973.

Sur les conseils éclairés du patron de l'Esplanade, j'ai pris contact avec Gustave, alias Gus, un léger doux dingue au physique de Monsieur tout le monde et au visage surmonté d'une paire de lunettes rondes à double foyer. Voiturier depuis des lustres pour le restaurant « Marcelin d'Auvergne », situé à deux pas de « Chez Drouant », qui trône place Gaillon dans le deuxième. Ce dernier restaurant renommé fondé en 1880 accueille des biens sapés, de la haute comme on dit, pas du prolo ou de l'ouvrier. Ici, c'est à coup sûr de l'addition à cinq chiffres minimum. On vous sert du Monsieur et du Madame à tout va et le pourliche doit suivre en conséquence.

Gus n'est pas du genre facile à trouver en dehors des heures de travail. Il aime jouer à cache-cache, se faire désirer comme une vieille chatte sur un canapé de cuir refusant de répondre aux sollicitations de ses maîtres. Il faut s'armer de patience ou bien le prendre à contrepied car Monsieur a ses vices et ses travers. Il aime les canassons et la mafia des hippodromes. C'est donc assez facilement que je devrais lui mettre la main dessus à l'hippodrome d'Évry pendant une journée de trot. Cet hippodrome vient juste d'être inauguré et mon Gus devrait forcément s'y trouver ce dimanche.

Je gare la Renault 16 nouvellement empruntée (à long terme) sur le parking du centre commercial de Montrouge et j'emprunte le beau cheminement bitumé qui mène jusqu'à l'entrée principale de l'hippodrome. Les allées sont bondées de monde. Les files d'attente aux caisses pour enregistrer les paris aussi, mais je vise le bar à l'étage de la tribune principale pour ainsi augmenter mes chances de réussite. Il doit y avoir pas loin d'un ou deux milliers de personnes. Les journées de septembre sont fraîches et tous les hommes sont en pardessus ou en manteau, ce qui n'arrange pas mes bidons, mais le mètre quatre-vingt-dix de l'artiste devrait émerger de la plupart des têtes se trouvant devant moi.

Je prends l'escalator, dont les architectes ont dessiné les flancs intérieurs d'un orange vif très moderne, qui rappelle qu'à ce jour, cet hippodrome est le plus moderne d'Europe. À l'étage, je suis les panneaux indiquant la cafétéria et le restaurant. Les publicités sont légion, tant pour RTL que pour Europe 1 qui se tirent une bourre incessante. Arrivé dans l'immense hall principal, j'entre dans la cafétéria avec son grand comptoir circulaire orange vif lui aussi, garanti 100% formica et pouvant recevoir pas loin d'une quinzaine de personnes. Les plafonds métalliques ornés de plafonniers néons diffusent une lumière douce et lumineuse à la fois. Le sol est en plastique, d'un bleu marine incrusté d'effet de paillettes jaunes résolument tourné vers le futur. Les murs sont plaqués de longs parements de bois précieux dont il a fallu sûrement aller chercher les arbres à des milliers de kilomètres de la métropole. C'est ici que l'on peut louer une paire de jumelles pour vingt francs la journée, ou bien trouver les feuilles de chou spécialisées dans les courses. Mais aucune trace de mon Gus.

J'achète une télécarte et me dirige vers les cabines téléphoniques. J'appelle le standard de l'hippodrome et demande qu'une annonce soit faite. Quelques secondes d'attente et les haut-parleurs haute-fidélité crachent aux oreilles de tous que Monsieur Gus est attendu par Monsieur Jean au bar. Après une petite dizaine de minutes, je distingue une casquette au-dessus d'une forêt de têtes fendant la foule dans un azimut parfait. Voilà mon Gus qui arrive.

— Ainsi Monsieur Jean me cherche, me lance-t-il accompagné d'une poignée de mains virile.

— Comme tu l'as entendu mon ami, comment vas-tu ?

— Je m'amuse à dilapider une partie de l'oseille de ma fortunée maîtresse. Elle commence à sucrer les fraises et j'en profite tant qu'il est encore temps. Et toi ?

— Je sors d'une longue léthargie souterraine, contraint et force, à la suite de quelques bévues organisationnelles.

— Mon petit doigt m'avait mis au courant de tes déboires. Mais tu sembles remis à flot ?

— J'espère et je suis disponible pour reprendre la route.

— Ça tombe bien, suis-moi, on va se manger un morceau pour discuter.

J'emboîte le pas de Gus et nous quittons la cafétéria. Nous longeons de longs couloirs pour nous rendre au restaurant panoramique. Gus m'explique que c'est un endroit très prisé des parieurs blindés de tunes. Il est composé, sur ses deux façades principales, de baies vitrées tout en hauteur, qui permettent d'avoir une vue imprenable à la fois sur les pistes d'un côté et sur le cercle de présentation des chevaux de l'autre, poursuivant plus loin vers les cent cinquante box à chevaux. Nous optons pour le côté cercle de présentation, plus calme et discret. Là, s'enchaînent à perte de vue des tablettes en bois aux angles arrondis et vernis, adossées aux baies et recevant deux personnes à la fois. Des fauteuils enveloppants et couverts d'un tissu bleu marine nous accueillent confortablement. Nous y prenons place un peu à l'écart d'un groupe de personnes au verbe haut. Deux double baby sont lancés par le serveur et nous commandons illico deux bavettes à point et une bonne bouteille de rouge au degré d'alcool frôlant l'indécence. Le soleil inonde le restaurant et la splendide vue finit de parfaire le décor agréable de ce déjeuner. Nous trinquons à nos retrouvailles et attaquons de suite le dossier magouille et compagnie, car Gus est du genre à être sur la brèche 24h sur 24h.

— Par qui as-tu eu le tuyau que je cherche du monde ?

— Le patron de l'Esplanade m'a mis au parfum quand j'ai refait surface.

— Sacré salopard celui-là, il paye rarement sa tournée mais il est fiable.

— C'est clair. Tu vas rire, mais je ne connais même pas son prénom !

— Maintenant que tu me le dis, c'est vrai, moi non plus ! Bref. Je suis en cheville avec mon ami Robert, voiturier comme moi, mais chez Drouant. Il trafique pas mal sur les voitures volées. Il prend des empreintes des clés des voitures de ses clients et retrouve leurs adresses avec la copie de leurs notes de déjeuner. C'est bien rodé mais cela commence à devenir douteux et il doit trouver d'autres moyens de faire du fric.

— Et il a trouvé ce moyen ?

— Oui, mais il a besoin d'aide pour rester propre aux yeux de ses patrons et des clients du restaurant.

Nous poursuivons le déjeuner en faisant de petits retours sur le dossier de temps à autre, histoire de ne pas attirer d'oreilles indiscrètes. Le plan semble tenir debout mais quelques facteurs de risques pourraient survenir pendant son déroulement. L'échange avançant et le vin aidant, nous temporisons jusqu'au dessert afin de profiter au mieux de cette belle lumière associée à l'endroit et à ses multitudes de paires de jambes féminines, toutes plus galbées et haut perchées les unes que les autres. À la fin, nous ne savons plus vraiment où sont les véritables juments ? Les yeux de Gus, tout comme les miens, roulent comme des billes incontrôlables. Arrive enfin le dessert, comme une apothéose en feu d'artifice. Avalanche de calories et de caféine indispensables à nous maintenir en vie.

— Donc, comme tu le vois, c'est relativement simple. Le mec visé par Robert est blindé aux as. Il est connu pour partouzer dans les beaux quartiers du 7ème. Il déjeune tous les jours chez Drouant mais surtout, tous les jeudis, il y invite sa vieille mère à l'accompagner. À nous de lui transmettre des instructions pour qu'il crache au bassinet en lui faisant peur de révéler certaines de ses pratiques à sa vieille mère. S'il ne réagit pas ou s'il refuse, nous détournerons sa daronne de son chemin pour lui mettre un peu plus la pression. S'il le faut avant qu'il paye, on stockera la retraitée dans un studio à deux pas du restaurant. Qu'en penses-tu ?

— Y a de l'idée. Laisse-moi quelques heures pour me décider.

— Ça marche ! Trinquons !

Fort de son intuition que je vais valider sa proposition, Gus commande deux poires Williams, de la distillerie Adrian et un cigare. La serveuse rapplique avec une belle boîte en bois de cèdre espagnol. Gus scrute avec une précision chirurgicale les pièces présentées. Il détaille les petites fiches techniques liées à chaque cigare : la marque, le pays, le terroir d'origine de sa cape et de sa tripe, le nom de la vitole ainsi que ses dimensions et finit par choisir un Hoyo de Monterey de la Maison Davidoff. La belle aux yeux en amande lui sort dont on ne sait où un coupe-cigare en argent et le lui coupe précisément au bon endroit avant de le tendre à Gus, accompagné d'un briquet également en argent, de la Maison Dupont. Mon ami, tel un bienheureux, tire par bouffées régulières sur son Cubain. Il est aux anges. Sachant très bien que je ne fume pas de barreau de chaise, cet enfoiré en profite pour m'emboucaner avec sa fumée sud-américaine. Je sors mon paquet de tiges pour accompagner notre digestif. Le chien-loup pointe au-dessus de la cime des arbres, la nuit approche. Gus fait signe pour obtenir l'addition et règle à coups de billets de cinq cent en me lançant un clin d'œil.

— Encore un bon déjeuner que je dois à ma belle.

Nous quittons le restaurant et nous nous baladons quelques minutes le long des box à chevaux où les équipes s'affairent à ranger le matériel et à nettoyer.

Je prends congé de Gus au pied de son Audi 80 noire. Retour au bercail avec les prémices de l'automne, le raccourcissement des jours et la pluie de plus en plus menaçante. Le plan de Gus me semble jouable. Si, effectivement, nous sommes en présence d'un partouzeur qui veut garder une belle image auprès de sa vieille mère, il y a sûrement moyen de vendre sa tranquillité. Pour une fois que l'on n'aura pas à sortir les pieds de biche ou les calibres, pourquoi s'en priver ? J'ai tout de même demandé à Gus de me renseigner plus avant sur la cible, car il m'a lâché quelques infos comme quoi notre homme aurait des connexions haut placées. Si c'est pour se mettre à dos un haut fonctionnaire ou un protégé quelconque, je préfère le savoir tout de suite. En attendant, j'espère que la nuit va être réparatrice après cette orgie culinaire.

Au matin, ou du moins ce qu'il en reste sachant qu'il est 11h30, le temps a tourné, la pluie et le froid ont poussé de l'épaule le soleil et la chaleur. Bienvenue dans la grisaille pour quelques mois. J'ai cogité sur notre affaire et téléphone à Gus pour mettre quelques détails au point.

Nous nous retrouvons au « Chat bossu », rue du faubourg Saint-Antoine. J'expose à Gus que pour ne pas risquer de perdre du temps, il nous faut avoir de la matière à mettre sous la dent de notre homme. Il en convient. Je propose donc d'infiltrer Sylvie dans la boîte à partouze préférée du gars et ainsi d'en profiter pour faire quelques clichés compromettants. Faire développer les négatifs ne sera pas un problème et cela nous garantira plus de sérieux dans notre demande. Nous tombons d'accord pour que j'organise un rendez-vous avec Sylvie afin de la mettre au parfum et lui proposer une part de la « rançon » qui sera récupérée. Je lui demande une semaine pour tout valider.

Sitôt notre entrevue terminée, je téléphone à Sylvie pour l'informer de ma visite dans quelques jours.

49.

Octobre 1973.

Me voilà prêt à partir plein Est. La vente du lingotin a été rapide et n'a posé aucun problème, sans même avoir besoin de le mettre en gage. L'enveloppe planquée dans la doublure de ma veste, je prends la route, le ventre serré à l'idée de voir la gamine. Je ne sais pas si je réalise l'énormité de la paternité qui m'attend là-bas ?

Je ne prends aucun risque sur la route car je croise pas mal de gendarmes aux entrées des villages traversés. Je suis serein, la voiture est propre mais avec autant de cash sur moi je risque tout de même d'attirer des questions si cela venait à être découvert. Sylvie et moi nous sommes donnés rendez-vous dans un petit bar de la ville de Molsheim, elle ne souhaite pas que je débarque chez la mère de Jiji comme un cheveu sur la soupe.

J'arrive en ville, assez fatigué, en début de soirée. Sylvie m'attend, pareille à elle-même, souriante mais tout de même marquée par les dernières semaines. Nous prenons des nouvelles de l'un et de l'autre et arrivons au sujet central de ma venue : Lili. La petite va bien, sa grand-mère s'en occupe à merveille et Sylvie pense redescendre sur Paris rapidement. Je lui donne l'enveloppe contenant l'argent du lingotin. Cela devrait aider la grand-mère pendant quelque temps. Sylvie m'avoue avoir vendu la mèche au sujet de ma paternité. La mamie ne l'a pas mal pris mais a demandé à me rencontrer. Nous dînons ensemble et j'en profite pour exposer à Sylvie le projet du partouzeur.

— Qu'est-ce que j'aurais à faire au final ?

— Pas grand-chose, tu te faufiles dans la boîte, tu approches le sieur et tu t'arranges pour tirer quelques photos explicites. On s'arrangera pour te passer du cash afin de régler une ou deux bouteilles de champ' afin de le détendre.

— Et cela me rapportera combien cette embrouille ?

— Cinq pour cent du butin.
— On fait ça quand ?
— Au plus vite, avant la fin de l'année.

Nous terminons nos verres et Sylvie prend congé pour passer voir la petite avant qu'elle ne se couche. Elle me donne l'adresse de la grand-mère et me demande d'être là-bas vers 11h00 demain.

J'arpente la ville à la recherche d'un hôtel et tombe sur un à la devanture plus que datée. La chambre y est grise et austère, le papier peint a de quoi foutre le bourdon à un clown. Je n'ai pas le courage de ressortir pour aller boire un dernier verre. Dehors, une pluie fine vient s'écraser sur les toits et le goudron des rues. Les ardoises s'assombrissent, les vasistas sont rincés et de la fumée blanche s'échappe de quasiment toutes les cheminées alentour. Il paraît que la pluie ce n'est rien quand le cœur est heureux. Le mien l'est-il ? En attendant de le savoir demain, je ne suis pas certain de réussir à trouver le sommeil rapidement ce soir. La télévision ne m'y aide pas d'ailleurs et ce n'est que vers 01h00 du matin que je sombre enfin.

Au réveil, c'est une déferlante de bruits de pas dans les escaliers qui me sort du sommeil. 08h00, c'est tôt. Le café de l'hôtel, model XL-XXL dopé au super plombé, me donne un coup de fouet salvateur. Me voilà prêt à affronter cette journée spéciale. Je profite de la salle de bain avant de sortir. Mon séjour dans les sous-sols parisiens m'a donné le goût de ce luxe. Je relève le col de ma veste de cuir et je sors sous un crachin léger pour une paire d'heures à tuer avant la rencontre avec la grand-mère de Lili.

J'opte pour ma direction favorite : l'azimut. Mes pas me guident vers quelques édifices comme l'Église des jésuites Saint-Georges, la Chapelle Notre Dame ou l'église romane Saint Pierre. Que de bondieuseries au kilomètre carré... Je remercie mon scepticisme à la limite du pyrrhonisme de m'épargner l'envie de visiter ces lieux. Oui, on peut être un voyou et avoir une culture critique et de fait, je vous emmerde.

Les minutes passent au fil des kilomètres qui s'enchaînent sous mes pieds. Je demande mon chemin pour rejoindre la maison de la grand-mère située sur les hauteurs de la ville. Une maison sans prétention, de plain-pied et entourée d'un jardin entretenu où les fleurs côtoient quelques plantations de fruits et de légumes. Je fais tinter la cloche du portail et c'est une tête blonde de six ans à tout casser, ornée d'une paire de tresses, qui pointe son nez dans l'embrasure de la porte. Deux secondes plus tard elle a disparu, laissant la place à une dame à l'âge avancé. Elle me fait signe d'entrer, de la main, sûrement pour s'économiser les quelques dizaines de mètres jusqu'au portail. Je m'exécute, heureux de pouvoir me mettre enfin à l'abri.

— Entrez, entrez. Bonjour, je suis Margaux, la maman de Ghislaine.

— Enchanté Madame, Jean.

— Je sais qui vous êtes.

— Je suis un peu déstabilisé par la situation, mais la grand-mère me met rapidement à l'aise.

Nous nous installons dans le salon.

— Sylvie m'a expliqué pour Jiji et vous, et la petite par conséquent. Vous savez, la vie n'a pas toujours été rose pour moi et j'ai très vite appris à ne pas m'arrêter sur tous les points bloquants qu'elle met sur mon passage. Je sais également que Jiji ne vous avait pas dit pour la petite, ce que je peux facilement comprendre connaissant le caractère de ma fille. Le peu qu'elle m'a dit sur vous c'est qu'elle vous estimait beaucoup et avait confiance, mais votre situation n'était pas, à ses yeux, compatible avec une vie de famille. Alors, elle a préféré gérer la petite seule.

— En effet, je suis tombé des nues en apprenant cette nouvelle. Lili sait-elle qui je suis ?

Non, elle a su par sa mère que son papa travaillait loin et reviendrait bientôt. Mais comprenez, elle n'a que six ans et n'a pas encore totalement assimilé ce fait. J'ai encore beaucoup de mal aujourd'hui à lui faire comprendre et admettre que sa maman n'est plus de ce monde, alors de là à lui dire qu'elle a un papa mais qu'elle ne peut pas le voir... Je vous remercie pour le règlement du lingotin, cela va me permettre d'éponger pas mal de dettes. Je pense que cela couvrira l'intégralité de ce que j'ai à régler de-ci de-là. Ma retraite ne permet pas de nourrir deux bouches et l'éducation de la petite, que j'ai décidé de la mettre à l'école privée catholique de Strasbourg.

— Si je peux vous aider, je le ferai volontiers.

— J'espère bien mon ami, car je vous rappelle que nous parlons là de votre fille. Maintenant que vous savez qui elle est, vous vous devez de l'assister.

Sans que nous ne nous en soyons rendu compte, j'aperçois, dans le reflet du grand miroir du salon, les deux yeux marron de Lili, postée là, interrogative à cette discussion de grands. Me voyant, elle file dans les bras de sa grand-mère. Margaux explique à sa petite fille que le Monsieur est un ami de sa maman et qu'il va sans doute revenir les voir prochainement. La petite lance un « bonjour » timide auquel je lui réponds tout aussi timidement. Après quoi elle disparaît à nouveau, courant dans les couloirs parquetés de la maison.

— Je vais faire tout mon possible pour vous mettre à l'abri financièrement avec la petite, c'est le moins que je puisse faire.

— Vous savez, Ghislaine était une mère courage admirable. Son métier était ce qu'il était, mais elle a toujours fait son maximum pour que la petite soit heureuse. Alors oui, je veux bien que vous nous aidiez, mais j'aimerais également que vous me teniez au courant si l'on retrouve le salopard qui a ôté la vie à ma fille.

— Je ferai de mon mieux croyez-moi. Je redescends à Paris et vous tiendrai informée dès que j'aurai du nouveau, ou avant de revenir vous voir.

J'écourte volontairement cette entrevue, oscillant entre l'envie de dire au revoir à Lili et l'envie de partir au plus vite.

Je laisse Margaux et Lili et retourne à l'hôtel. Sur le chemin du retour, je passe un coup de fil à Sylvie depuis une cabine téléphonique afin de la voir avant de reprendre la route vers

Paris. Le chemin vers l'hôtel se fait tel un robot, guidé par je ne sais quelle force directrice. Je ne me souviens que de très peu de choses de cette heure de marche.

Plus tard dans la journée, j'entrevois Sylvie à peine dix minutes. Nous fixons un rendez-vous à Paris dans deux semaines. Elle sera redescendue et sera disponible pour notre prochaine affaire. Pendant ces quinze jours, à moi de lui trouver le billet d'entrée pour la boîte à partouzes ainsi que le matériel pour les photos.

Je récupère mes affaires dans la chambre d'hôtel et prends la route pour Paris. Dans six heures, j'y serai. Je laisse derrière moi la petite et ma paternité.

50.

Novembre 1973.

L'une des boîtes à partouzes préférée de la cible de Gus se nomme « Le Méphisto ». C'est un établissement très classe, tenu par un couple de Marseillais, dont le propriétaire est un Corse de Calvi qui est également un grand ami de René Charier, le propriétaire de la célèbre boîte libertine « Le Roi René », à Ville d'Avray. Cet établissement est un pionnier en France, avec sa façade noire et ses vitres fumées où trônent deux R entrelacés et où, semble-t-il, les langues fourchues indiquent que Madame Pompidou aime aller se faire plaisir. Si le père Charier ne s'était pas fait descendre à la mi-septembre, nous aurions pu sans problème immortaliser les cabrioles de notre cible chez lui, tant son antre est truffé de caméras et d'appareils photos. La brigade mondaine y a ses quartiers pour tracer les séances d'amusement des grands de ce monde. Mais pour l'heure, l'établissement est fermé et nous allons devoir improviser un plan B au Méphisto.

Pour me permettre de glisser Sylvie quelques heures ou quelques jours dans la boîte, il me faut activer les relations de la Corse à Paris. Je passe voir la Mitraille à Ivry pour qu'il éclaire ma lanterne. À mon arrivée, il est là, tel un sphinx égyptien derrière son bureau blanc surmonté d'une gigantesque lampe Pipistrello de 1965 de chez Martinelli Luce. Son symbole de réussite personnel, comme certains exhiberont peut-être un jour une Rolex à leur poignet pour leurs cinquante ans...

Le vieux corse ne desserre pas les dents, pas même un bonjour. Il me fait signe de m'asseoir en désignant le fauteuil de cuir noir passablement usé qui trône devant moi.

— Dépêche-toi mon ami, il est tard et je dois fermer.

Je lui expose le plus rapidement possible ma demande.

— 1 500.

Voilà le seul mot qu'il me renvoie en retour. J'avais anticipé la réaction de ce vieil enculé. Je plonge ma main gauche dans mon blouson et en tire trois pascals. Le vieux roublard griffonne un nom et un numéro sur un bout de papier et me le tend d'une main qui commence à trembler.

— Au plaisir mon ami, me lance-t-il avec un sourire en coin.

Dix minutes, montre en main et je suis dehors. Ça fait tout de même cent cinquante balles la minute, il ne s'emmerde pas l'ancien, c'est pire qu'un tarif d'avocat ça. Assis dans le métro qui me remonte vers le nord de Paris, j'ouvre le papier du vieux. Un prénom, « Toussaint », et un numéro de téléphone y figurent.

Je stoppe mon chemin pour faire une halte à la station Châtelet où je téléphone à ce « Toussaint ». Là, au milieu des quais, de la lumière criarde, des salles d'attente, des quelques boutiques et de tout ce monde, je passe quasiment inaperçu. Au bout du fil, une voix que je situe aux alentours de la soixantaine bien tassée. Je me présente, mais mon interlocuteur sait déjà tout de ma requête. La Mitraille l'a rencardé dans la minute après mon départ. Un bon service après-vente finalement. Je crois comprendre que mon « Toussaint » tient le patron du Méphisto par les couilles. Il me propose de nous retrouver sur place dans une semaine, une heure avant l'ouverture de l'établissement, histoire de rencontrer le patron et de le mettre au parfum.

Je quitte la gare fourmillante de mille personnes et prends la direction de la Bastille. Là, je remonte à pied le boulevard de Beaumarchais pour m'arrêter dans une boutique à hauteur du 53. Plusieurs spécialistes des appareils photos et caméras ont élu domicile sur ce boulevard parisien. L'un d'entre eux est réputé pour avoir du matériel à la fois discret et performant. Le vendeur ne cherche pas à savoir si la finalité des prises de vues est légale ou non. D'ailleurs, pendant notre échange, deux hommes entrent coup sur coup pour lui remettre à la va-vite une enveloppe cachetée. Sans nul doute des pellicules à développer sous le manteau.

Je lui explique ma problématique de manque de luminosité et il m'oriente vers un reflex de marque Hamco pas plus grand qu'un paquet de cigarettes et dépourvu de flash, ainsi que la pellicule particulièrement sensible. Il m'explique également que les photos pourront être développées ici même moyennant le règlement en espèces à glisser dans l'enveloppe qu'il me fournit au passage.

Je redescends à l'appartement afin de faire le point sur l'ensemble de l'affaire. Il me reste encore beaucoup de points à mettre en place : trouver l'adresse de la mère de la cible, organiser l'arrivée de Sylvie, trouver un endroit sûr où coincer la cible pour lui mettre la pression. Tout cela doit se faire rapidement avant les fêtes de fin d'année, afin que tout le monde puisse profiter du fric qui doit en sortir.

Je me sens quelque peu isolé du monde de la nuit depuis mon arrivée à Montrouge. La morosité de l'automne, les journées qui s'écourtent, le froid qui arrive et la pluie qui persiste ne me motivent pas à sortir le soir. Je me retrouve comme un con dans ce minuscule appartement à penser à la gamine et à la suite incertaine de sa vie. Non pas que j'aie en projet de me ranger mais l'avenir de la môme me préoccupe.

Je reste ainsi cloîtré pendant trois jours. Trois jours à ne rien foutre qu'à lire les journaux, à regarder tomber la pluie par la fenêtre sur le bitume, à fumer et à descendre du whisky. Je ne vais pas tarder à fondre un plomb si je ne me ressaisis pas. Demain c'est décidé, je sors.

Enfin une belle journée s'offre à la capitale. Depuis le début de la matinée, le soleil descend lentement le long des façades des immeubles. Il irradie tout sur son passage, à tel point que des lunettes de soleil ne sont pas de trop.

Dans le milieu, il faut avoir un triptyque solide : être indépendant, être inventif et être résistant. Ayant l'adresse où crèche notre cible, je décide d'aller taquiner sa bignole afin de loger sa daronne. Arrivé sur place, j'alpague la concierge alors affairée à passer le balai dans l'escalier principal. Je prends l'attitude et le parler du gendre idéal pour l'interroger.

— Monsieur De Montceau, c'est à quel étage s'il vous plaît ?

— Au troisième, bâtiment A, mais à cette heure, il doit être de sortie. C'est à quel sujet ?

— J'ai une livraison pour Madame de Montceau mère.

— Vous ne la trouverez pas ici, elle réside au 63, rue Danton.

Avec mes remerciements Madame.

Je poursuis mon chemin vers ladite rue Danton. Je m'arrête chez un fleuriste à quelques rues de chez la daronne et achète un bouquet de fleurs. Je parviens à emboîter le pas du facteur pour entrer sous le porche de l'immeuble. La loge de la gardienne est là, au rez-de-chaussée à droite, avant la cour principale. Une belle loge à l'ancienne, aux portes vitrées colorées et aux boiseries épaisses. À l'intérieur de la loge, une femme d'une cinquantaine d'années, souriante au possible (ce qui est rare pour une bignolle parisienne). Elle me félicite pour la beauté du bouquet et je lui demande l'étage de Madame De Montceau.

— Deuxième gauche.

— Avec mes remerciements Madame.

Toutes ces amabilités commencent à me donner mal à la tête mais je pousse le procès jusqu'au bout. Je monte au second par l'ascenseur grillagé et cogne le heurtoir en laiton de la porte monumentale en bois ornée de moulures d'un brun sombre. Une dame d'un âge plus qu'avancé, le regard bienveillant malgré un œil qui dit merde à l'autre, m'ouvre, sans même prendre la peine de mettre la chaîne.

— Madame de Montceau ?

— Elle-même Monsieur.

— Une livraison pour vous Madame.

— De la part de qui ?

— Je ne sais pas Madame.

Je lui tends le bouquet, allumant instantanément chez elle un éclair de bonheur dans ses yeux divergents.

— Entrez donc une minute Monsieur.

— C'est très gentil Madame mais je viens juste vous livrer ce bouquet.

— Entrez, entrez, j'insiste.

Je me retrouve dans le hall d'entrée principal, haut comme trois fois la hauteur sous plafond de mon appartement. Luminaire majestueux de type 1920 et tableaux de bonnes factures aux murs. Mamie loucheuse vient de disparaître dans le salon. Elle réapparaît d'un pas lent et mal assuré, portant son sac à main de cuir marron. Elle y plonge tel un apnéiste et en sort un billet de cinquante francs.

— En vous remerciant jeune homme.

Je remercie platement la mamie et prends congé. C'est fort, non seulement la daronne est logée mais en plus elle vient de me rembourser son bouquet. Je commence à l'apprécier la vieille.

Je repère une cabine téléphonique sur une place et téléphone à Sylvie puis à Gus afin de convenir d'une entrevue le soir même, car demain j'ai rendez-vous avec Toussaint au Méphisto. J'ai une sainte horreur des cabines publique. Elles sont le meilleur moyen de se faire serrer sans pouvoir s'en échapper. Pris au piège comme un rat.

La journée file rapidement et je retrouve Sylvie chez Gus à Saint-Germain-des-Prés. Nous mettons au point les attendus de chacun. Elle n'aura qu'à suivre au caleçon la cible afin de prendre un maximum de photos de ses cabrioles. Peu importe le cadrage, il lui faudra juste être discrète et mitrailler le plus possible. Elle est ok pour cela. Gus et moi serons en appui, nous nous ferons passer pour des clients et récupérerons sitôt disponibles l'appareil photo et la pellicule.

Nous passons la soirée à savourer du champagne et à refaire le monde dans une épaisse fumée mélangeant cigarettes et cigares cubains. La vie serait si simple assis sur un tas de Pascal. Mon milieu ne rentre pas dans les cases, il n'y est jamais entré et de fait, nous faisons ce qu'il nous plaît.

Je prends congé de l'équipe et repars sur Montrouge en taxi.

Le temps passe lentement, les jours traînent et j'ai hâte de lancer l'opération. L'attente me ronge et m'angoisse. Heureusement, demain marquera un nouveau tournant dans notre affaire. Je vais enfin pouvoir entrer dans la boîte et jauger de la réussite de notre entreprise. Je passe le restant de la nuit à vider ma dernière bouteille de whisky, me réveillant, comme souvent, affalé comme une larve dans mon unique fauteuil, la radio crachouillant un vieux jazz en fond sonore.

Toussaint est à l'heure, bonne chose, à notre rendez-vous à deux rues du Méphisto. Nous nous reconnaissons au premier coup d'œil. Il a dans son attitude le dégagement naturel du mitan, le regard aux aguets, le flair affûté et les oreilles grandes ouvertes, tels des sonars. La poignée de mains est virile et nous nous dirigeons sans plus de formalités vers l'établissement.

À l'entrée, il assène trois coups appuyés sur le heurtoir avant que la porte ne s'entrouvre, laissant apparaître une armoire à glace d'un bon mètre quatre-vingt-quinze. Le videur nous scrute de haut en bas en l'espace de deux secondes et nous laisse entrer sans piper mot. L'intérieur est baigné de lumière à cette heure du début de soirée. L'homme de main nous propose de déposer nos vestes au vestiaire mais nous déclinons sa proposition, arguant que nous n'en avons pas pour longtemps. Le fait est qu'un calibre en poche n'est pas des plus discrets.

Il nous dirige d'un geste de la main vers le patron des lieux. L'homme attablé nous invite à nous asseoir et demande si nous désirons boire quelque chose. Trois coupes de champagne sont commandées d'un simple geste de la main au barman affairé à nettoyer ses verres.

— Monsieur Toussaint, vous avez souhaité m'entretenir de quelque chose ?

— En effet Monsieur Marigiano. Mon ami et moi-même sommes venus pour vous informer d'une petite affaire que nous allons réaliser dans votre établissement. Il ne vous en coûtera rien sinon de laisser une de nos filles travailler un soir ou deux chez vous. Il va de soi que cela ne vient nullement interférer dans nos affaires courantes.

— Dites m'en un peu plus, Messieurs.

Toussaint explique brièvement l'affaire au taulier, laissant volontairement quelques zones de flou, histoire de ne pas trop lui donner d'informations.

— Je comprends votre demande messieurs, mais je ne peux malheureusement pas y accéder. Mon établissement a une réputation sérieuse et si cela venait à se savoir, j'aurais la mondaine sur le dos à coup sûr.

Toussaint encaisse l'information en un quart de seconde. Je reste silencieux, ne quittant pas le patron des yeux. Il saisit sa coupe et s'envoie une gorgée de champ' derrière la cravate puis la repose en silence. L'homme en face de nous semble penser avoir gagné la partie et je commence à douter de notre réussite. Quelques secondes s'égrainent lentement. Le patron nous demande si nous souhaitons une autre coupe ? Nous acceptons et il relance un regard à son barman. Au même instant, Toussaint se redresse, fixe le taulier dans les yeux d'un regard vide de toute expression et lui décoche une claque monumentale, tout gaucher qu'il est. Le bruit sec et puissant fait tourner les regards des employés présents.

— Hé l'ami, aurais-tu le courage de me redire cela sans trembler des genoux, s'il te plaît ?

Marigiano met quelques instants à retrouver ses esprits et plante son regard sur la nappe de velours rouge de la table.

— Je te réexplique : nous sommes venus t'informer pas te demander ton aval ! Donc, soit tu valides, soit mon ami ici présent va te clouer au mur avec tes couilles en sautoir. Avete capitu[1] ?

Marigiano fixe Toussaint alors que les nouvelles coupes de champagne sont déposées avec précaution par le barman face à nous.

---

[1] « Compris ? »

— A salute[2], se risque-t-il en levant le cristal d'une main mal assurée.

— A salute, lui renvoie Toussaint en soutenant son regard.

Je trinque avec eux sans perdre du regard le videur campé à quelques mètres, les bras (comme mes jambes) croisés en travers de la porte d'entrée. Si nous devions nous libérer de lui pour sortir, il est clair que seuls nos feux pourraient nous le permettre.

Nous nous informons des jours habituels où notre cible fréquente l'établissement. Le patron nous rencarde et nous fixons le jour de notre présence. Une fois dehors, la nuit de novembre a pris possession de la vie. Toussaint me propose d'aller casser une graine dans un resto insulaire pas loin. J'accepte, sentant d'ici la bonne bouffe et le vin charpenté. L'équilibre alimentaire n'étant pas inscrit dans mon quotidien, à quoi bon résister ?

Nous marchons pendant une petite heure avant d'arriver au Bistrot de Paris, rue de Lille, chez Roland Ferrandini-Pozzo di Borgo, figure très connue du milieu corse Parisien. Une petite table ronde en bois clair, surmontée de dessus de table rouges, nous est proposée au calme, derrière le grand râtelier où sont accrochés jambons et saucissons ainsi que de bonnes cartouches de rouge des Côteaux-du-cap-corse, de Figari, de Sartène ou de Porto-Vecchio. Toussaint se fend de nombreuses anecdotes sur l'île, ce qui est plutôt rare et que je prends comme un gage de confiance. Je découvre alors un homme déraciné, éloigné de sa terre natale depuis des années à cause d'un casier judiciaire trop lourd et des casseroles qui pourraient lui coûter la vie. Il me raconte ses années passées en sous-main dans les bars et les discothèques de l'île. Les règlements de compte, les bastons, les menaces, les coups de pression et les meurtres. Aucun filtre pour cet ancien qui aura vu partir ses amis comme ses ennemis sous le métal brûlant des armes à feu ou des voitures incendiées, avec les gars encore vivants, ligotés dans le coffre, hurlant à

[2] « À ta santé »

la mort au milieu du maquis. La peur au ventre, permanente, omniprésente de jour comme de nuit. L'omerta, les non-dits, les confessions sous la torture, tout cela pour des gains de terrains, des prises d'intérêts, des rachats frauduleux ou des trafics en tout genre. L'alcool, la came, le shit, les filles, pour alimenter les boîtes de nuit, les restaurants à touristes ou les trottoirs. Sans parler des kidnappings, des attentats et des voitures volées. Pas une minute de repos à cause des flics, serré à la loyale ou balancé par un cave. Il sait qu'il ne remettra plus les pieds sur l'île de beauté à moins d'y être enterré dans le petit cimetière marin de Bonifacio. Ses deux derniers fils sont encore là-bas. Le troisième s'est pris une volée de plomb de gros calibre de chasse un soir d'été 1965. Aujourd'hui, il attend que sonne son téléphone pour s'entendre annoncer la mort du prochain.

La soirée file à vitesse grand V et, au final, nous aurons eu la peau de trois cartouches de 75 cl. Une vieille prune vient clôturer le festin et il m'apprend sur le comptoir que c'est la Mitraille qui nous invite ce soir. Je n'arriverai jamais à cerner le vieux.

51.

Décembre 1973.

Jeudi soir 21h30. Sylvie nous rejoint non loin de l'établissement. Elle s'est habillée en Chanel pour l'occasion, jupe noire stricte et haut argenté, bas noirs et talons interminables, boucles d'oreilles et collier assortis, ravalement de façade. Tout ceci ne laisse pas Gus indifférent et déjà, des têtes masculines se retournent sur son passage. Nous l'agrippons par le bras, chacun d'un côté, et poursuivons notre chemin jusqu'à l'entrée de la boîte. Le videur nous reconnaît dans l'instant et nous ouvre sans autre formalité.

Nous passons la caisse sans y déposer la moindre obole et bifurquons à gauche vers le vestiaire. Puis direction le bar afin d'y récupérer trois coupes de champagne. Le barman a reçu ses instructions et nous le fait savoir d'entrée de jeu.

— Bonsoir Madame, Messieurs, pour votre information la Direction vous donne *open bar* ce soir.

Nous sentons dans l'air la présence de Marigiano. Il doit être planqué derrière une des tentures où se dissimule un trou de visu. L'établissement se remplit peu à peu. Quatre couples et deux hommes seuls composent l'assemblée en ce début de soirée. Notre cible n'est pas encore arrivée.

La lumière est tamisée, la musique en fond sonore est discrète. Les regards se croisent, les gens se jugent et s'auscultent, ils se jaugent et imaginent déjà les possibilités de rapprochements et de mélanges. Un couple passe près de nous, la femme effleure le bras de Sylvie en se penchant légèrement pour humer son parfum. Elle termine sa manœuvre par une pirouette ponctuée d'un large sourire. Gus renvoie un sourire et un clin d'œil à la bourgeoise libérée. Il se voit sûrement déjà en train de lui faire la position de la cavalière, de la chaise à porteur ou la brouette tonkinoise. J'essaie de croiser son regard afin de le ramener sur terre, mais en vain.

22h15, alors que Sylvie est en train de galocher la bourgeoise souriante sur la banquette profonde d'une alcôve peu éclairée et sous l'œil d'un Gus excité comme un teckel, notre cible pointe enfin de bout de son nez. Il serre des louches à la pelle et roule des bises par paires à la dizaine de couples présents désormais, dont certaines bergères ont quelques heures de vol. Il semble dans son élément et il ne lui faut pas plus de trois minutes pour repérer Sylvie. Son radar est en marche. Je m'éloigne discrètement d'elle tout en la gardant dans ma ligne de mire. Gus a disparu je ne sais où, peut-être à l'étage inférieur ? Il ne faudra pas compter sur son aide ce soir. Il est un Ulysse perdu par le chant des sirènes.

Sans perdre de vue Sylvie et notre cible, je me pose dans un confortable fauteuil de cuir et laisse s'approcher lentement, à quatre pattes, une petite brune aux cheveux courts coupés en carré qui semble attirée comme un aimant par mon entrejambe. Si cela peut faire plaisir, je ne vais pas faire mon bougre et la laisse me saluer le pontife de sa bouche humide et experte, allant jusqu'à poser un lourd cendrier de cristal sur son cul afin d'y laisser les cendres de ma cigarette. Il faut savoir se tenir. Pendant ce temps, Sylvie et la cible tapent la discute au bar, enchaînent les coupes, les sourires et les baisers dans le cou. Elle ne lui laisse aucune chance de renoncer à ses envies, buvant ses paroles dans le creux de son oreille.

Enfin, le manège s'ébranle. Les voilà partis en direction du sous-sol, main dans la main. Traversant la grande salle, Sylvie alpague le bras de sa bourgeoise du début de soirée, l'entraînant avec elle vers l'étage inférieur. Bloqué dans mon fauteuil, je ne peux que laisser partir Sylvie. De toute façon, je n'ai pas l'intention d'écourter l'œuvre magistrale de ma trentenaire, dont la tête monte et descend avec technicité depuis une dizaine de minutes maintenant. Par moments, elle redresse la tête afin de reprendre son souffle et me jeter un regard soumis attendant l'ordre de poursuivre ou non son ouvrage ? Ce à quoi ma main gauche empoigne ses cheveux pour lui imprimer une légère pression verticale afin de la remettre au travail.

Sur ces entrefaites, voici Gus qui s'en revient, tout guilleret et chaud comme une baraque à frites. Je détecte immédiatement à son sourire qu'il s'est fait vider les sacs à semence, mais il ne peut se retenir de me raconter le tout à grand renfort d'images et de détails, ce qui excite encore plus ma brunette devenue incontrôlable. Dans les trois minutes qui suivent mon compte est bon et ma bienfaitrice d'un soir s'en retourne comme elle était venue, toujours à quatre pattes.

Je relate à Gus le résumé de ce qu'il a manqué et nous convenons d'attendre un petit quart d'heure avant de descendre voir ce qu'il se passe au sous-sol. Mettant à profit ces quinze minutes, nous nous envoyons, à la santé de Marigiano, un bon whisky tourbé dans le gosier et quelques tiges à cancer.

À l'approche de 01h00 du matin, nous amorçons la descente vers les enfers de la boîte. Dès l'escalier passé, des râles et des cris se font entendre. À ce niveau, dans une lumière à dominante rouge, s'alignent de petites pièces ouvertes ou fermées, aménagées de matelas et de coussins en nombre. Certains mâles ont les cartouchières plus longues que le fusil ou arborent des vermicelles de contrebande. Les corps s'y enchevêtrent dans un mélange de chairs et de couleurs. Nous mettons quelques instants à retrouver notre Sylvie dans une pièce dont les quatre murs ainsi que le plafond sont couverts de miroirs. À ses côtés, un homme est en train de présenter ses hommages à Madame la Marquise pendant qu'un autre fait sa petite lessive à la main. Nous apercevant, elle nous adresse un léger pouce levé pour nous signifier que tout est ok. Il nous faut maintenant exfiltrer Sylvie, qui est positionnée à tenir une des jambes de la cible pendant que ce dernier, sur le dos, se fait pomper le dard par une rouquine aux cheveux longs. Quatre de ses doigts de la main droite sont enfoncés profondément dans son fondement. Chacun ses goûts me direz-vous, mais nous avons autre chose à faire maintenant.

Retrouvant ma brunette aux cheveux courts, perdue dans ces mêmes bas-fonds, je l'empoigne par la taille et lui glisse à l'oreille d'aller relayer Sylvie, arguant de vouloir la voir à l'œuvre. Nous parvenons ainsi à libérer Sylvie, pas déçue de soulager ses genoux en feu. Nous récupérons nos vestiaires et rentrons chez Gus, passablement éreintés de cette soirée de « kékettes, biroutes, lampions la ducasse à mes couilles » comme ils disent dans le Nord.

Dans la voiture, Sylvie nous conte les galipettes de notre cible aux goûts plus que bizarres. Elle nous confirme également avoir utilisé toutes les prises de vues disponibles sur la pellicule, en veillant à ce que son visage soit toujours visible. Trop absorbée par son plaisir, il semblerait que la cible ne se soit rendu compte de rien.

Chez Gus, et jusqu'au lever du soleil, nous faisons sauter les bouchons de quelques bonnes bouteilles pour fêter avec un peu d'avance notre réussite.

Un court sommeil d'une paire d'heures et nous voilà repartis chacun chez soi. J'attends 10h00 du matin et file déposer la pellicule boulevard de Beaumarchais. Le vendeur me reconnaît, saisit l'enveloppe sans questions et m'envoie un petit sourire en coin.

— Ce sera prêt pour mercredi soir, me lance-t-il.

— En triples exemplaires couleurs, s'il vous plaît.

— Ça marche.

Je me doute alors que le professionnel en face de moi doit en voir défiler des vertes et des pas mûres sur ces pellicules.

Je rebrousse chemin chez moi et m'affale de tout mon long pour un sommeil profond. À mon réveil, il est déjà 19h30, décalage complet, gueule de bois terrible. La nuit est tombée, les réverbères sont allumés, j'ai du mal à refaire surface. Il va falloir patienter avant de récupérer les photos et passer à la phase 2 du plan. La patience n'est pas mon fort, je considère cela comme pure perte de temps mais je ne peux que m'y soumettre. Dans l'immeuble d'en face, un homme est attablé à son bureau, rideaux ouverts, une seule lampe éclaire la pièce. Il semble écrire. Parfois il se lève, va à la fenêtre, jette un œil dans la rue et retourne à son bureau. Je l'observe. Je me demande si je ne devrais pas faire comme lui, écrire ? Une envie passagère d'écrire à la gamine. Mais pour lui dire quoi ? Sa grand-mère lui a déjà brossé le tableau dans les grandes lignes, alors à quoi bon ?

Le voisin se lève de plus en plus fréquemment. Toujours le même parcours, deux mètres tout au plus, entre le bureau, la fenêtre et retour. Qu'attend-il ? Les minutes passent et je reste scotché à le regarder tourner en rond tel un poisson rouge dans son bocal. J'ai comme le sentiment d'avoir déjà vécu cette scène sans en connaître la fin. Il va bien finir par éteindre la lumière vu l'heure avancée qu'il est maintenant et passer à autre chose. Il se pose une fois de plus devant sa fenêtre, les yeux dans le vague, scrutant la rue en contrebas. J'ai le temps d'aller pisser et de me servir un verre qu'il est encore là à mon retour. Il recule d'un pas, s'avance à nouveau et finalement s'assied sur le bord de son lit, semble prendre quelque chose dans sa table de chevet. Peut-être un médoc pour dormir ? Je sirote mon whisky et le sent enflammer mon œsophage. De l'autre côté de la rue, le voisin porte quelque chose à son oreille, un bref reflet d'une fraction de seconde illumine sa main droite puis un éclair et une déflagration sèche et puissante. Mon whisky finit sur la vitre de la fenêtre en une éclaboussante gerbe aussi soudaine que puissante. Il vient de se faire exploser le caisson. Joyeux Noël Félix. Rideau. Je suis scotché. Mais il me faut réagir ! C'est qu'il va me foutre dans la merde le cadavre à la tête en bouillie. D'ici quelques minutes, ça va grouiller de flics ici et pour peu qu'ils fassent une enquête de voisinage ils vont me tomber dessus.

J'empoigne mon blouson et mets les voiles. Je monte dans un taxi pour filer vers le restaurant des frères Yand. J'en profiterai pour payer mon loyer. À peine arrivés à la porte de Châtillon pour prendre sur le périph', nous croisons les gyrophares bleus des condés. Cela n'aura pas traîné. J'espère qu'ils auront quitté le quartier à mon retour.

Mercredi 19 décembre 1973. Ambiance festive dans les rues. Tout va bien pour le petit peuple. Le travail est là, pour tous ou presque. Seulement quatre pour cent de chômage se vantent les journaux. Encore une année flamboyante diront certains. Une année négative pour les vins de Bordeaux mais positive pour le genre humain. Soit.

Je me rends chez le photographe afin de réceptionner les clichés du Méphisto. Le patron me tend une enveloppe assez volumineuse et me rend un trop perçu sur le règlement. J'ai pris rendez-vous avec Gus pour statuer sur la suite des évènements. Arrivé chez sa logeuse, c'est un Gus dépité que je trouve en face de moi. Sa bergère parle de le foutre dehors et par les temps qui courent et les températures négatives, ce n'est pas une idée qui l'enchante. Sans parler du manque à gagner…

Nous regardons les photos et faisons une sélection disons… parlante d'images et de poses suggestives. Si avec tout ça nous ne parvenons pas à lui faire cracher un bon paquet de billets, ce sera à ne plus rien comprendre de la race humaine. Sur trente-six poses nous en retenons huit, plus sept autres en secours au cas où. Nous répartissons les photos dans six enveloppes et nous nous les partageons pour plus de sûreté. Dans la première enveloppe, nous glissons une lettre rédigée au normographe demandant le versement de quatre cent mille francs sous huitaine, à mettre dans cette même enveloppe et à laisser sur place après son départ du restaurant jeudi prochain, faute de quoi les clichés seront envoyés à certaines personnes de son entourage en commençant par sa chère maman.

Jeudi 20 décembre 1973. Je me rends chez Drouant pour faire passer la première enveloppe à notre cible. Robert la réceptionne et la dépose discrètement sur sa table réservée dans un petit salon à l'étage. Son cadeau de Noël va être de taille.

Quelques heures plus tard, Robert me téléphone pour me faire savoir que « le ver est dans le fruit » et que l'asticot est reparti avec la tête des mauvais jours. Patience. Encore et toujours cette foutue patience. Une semaine, c'est long. Mais il faut relativiser, l'éternité oui, ça, c'est long, surtout vers la fin. Il faut donc temporiser.

Plus tard dans la soirée, je retrouve Gus. J'ai un mauvais pressentiment. Et si notre homme refusait de plier ? Nous devons anticiper cette éventualité et préparer le terrain pour sa daronne, car le studio dont m'a parlé Gus pour la mettre au chaud le temps que son rejeton raque n'est pas opérationnel. Nous y faisons d'ailleurs un saut afin d'évaluer le minimum à mettre en place. Cela nous prendra la journée de demain pour aménager la souricière. Le week-end, je reste à l'appartement. Chez mon ex-voisin d'en face, des hommes s'affairent à ranger, nettoyer, démonter et vider entièrement les lieux. Peut-être était-ce un logement social ou quelque chose comme ça. En tout cas, en quelques heures, il ne reste plus une trace du passé du suicidé. Au suivant.

Je m'aère la tête les jours d'après en me baladant vers le haut du petit Clamart. Une zone que je ne connais pas vraiment. Je file à pied le long de la RD130 jusqu'au plateau. Une bonne heure et demie de marche aller puis retour. Ainsi les jours passent. Je me refuse encore à sortir la nuit dans Paris. Si je me fais alpaguer pour cette grosse affaire de faux papiers que je traîne comme un boulet, je suis bon pour au moins deux ans de placard. D'un autre côté, ce n'est pas avec quelques centaines de milliers de francs que je vais pouvoir finir ma vie. Pour cela, il va falloir sortir le grand coup, réfléchi, mûri, au point, et surtout rentable. Avec l'équipe qui va bien, et ça, ce n'est pas encore pour demain.

Jeudi 27 décembre 1973. Nous allons enfin pouvoir profiter de quelques mois sans être à l'étroit financièrement, du moins je l'espère. Robert est en place, Gus et moi-même sommes à quelques encablures de la rue Danton. Nous avons réussi par chance à garer la voiture de Gus à moins de dix mètres d'une cabine téléphonique. Depuis son poste, Robert doit nous faire un résumé de la situation toutes les quinze minutes. 12h10 la cible arrive, seule. Pardessus beige en pure laine vierge, chapeau de feutre noir et costume sombre, selon Robert. Il lui remet les clés de sa voiture et poursuit son chemin vers l'intérieur du restaurant. Robert prend le volant et va garer le véhicule quelques mètres plus loin, dans un garage privé, loué par l'établissement. À son retour, il décroche le téléphone de son pupitre et appelle la cabine téléphonique. Je décroche le combiné.

— Rien dans sa voiture, me dit Robert. S'il a le pognon, il est sur lui. Je fonce aux vestiaires.

Je raccroche sans même lui répondre. Robert se fait remplacer par un collègue, prétextant une envie pressante. Il passe par le vestiaire et fait les poches du pardessus beige. Rien, que dalle, hormis une enveloppe non cachetée. Au risque de se faire serrer, il ouvre l'enveloppe et lit la petite feuille pliée en deux. Trois phrases écrites à l'encre noire : « La réponse est non. Peu m'importe ce que vous ferez de ces photos, je n'ai ni les moyens, ni l'envie de payer. Je vais en référer à la police ». Pas de signature.

Robert remet l'enveloppe dans la poche intérieure du pardessus et retourne à son poste. 12h30, il nous rappelle.

— C'est mort les gars, il ne paiera pas, il l'a écrit.

Je raccroche une seconde fois sans lui répondre. Je retourne à la voiture et fais signe à Gus de démarrer. Il nous faut attraper mamie au pied de son immeuble avant que son taxi hebdomadaire ne l'amène au restaurant. Nous stationnons en double file au pied du 63 rue Danton et espérons que la vieille ne se soit pas déjà envolée. Après quelques minutes d'attente, la grande porte en fer forgé s'ouvre lentement, laissant apparaître la daronne dans un grand manteau bleu marine. On croirait la Reine d'Angleterre. Je saute de la voiture, laissant Gus lui ouvrir la porte et la charger tel un taxi. Je presse le pas vers la bouche du métro Odéon et prends la ligne 4 en direction de porte de Clignancourt. Huit stations directes jusqu'à Château d'eau. Je devrais y être avant Gus.

Un quart d'heure plus tard, je sors du métro et ouvre notre planque au rez-de-chaussée du 23 rue des petites Écuries. Ils ne devraient plus tarder maintenant. Depuis le studio en fond de cour, je vois arriver Gus et la vieille. Il la tient fermement par le bras. J'ouvre la porte sans attendre qu'il frappe. J'invite mamie à s'asseoir sur l'une des chaises en plastique de camping que nous avons apporté. Cette dernière prend place en me dévisageant longuement et me pointant du doigt.

— Je vous connais jeune homme. Votre tête me dit quelque chose.

— Je ne sais pas Madame, peut-être ?

— Petite enflure, je vous remets. Vous êtes le livreur de fleurs. Vous êtes venu chez moi il y a peu.

— Si vous le dites.

— Pourquoi faites-vous cela ? Pourquoi m'avez-vous emmenée ici ?

— Hé bien Madame, il se trouve que nous avons quelques soucis avec votre fils. Il nous doit beaucoup d'argent.

— Et vous pensez que de m'enlever va lui faire payer quelque chose ? Au contraire Messieurs, si je pouvais mourir rapidement, cela arrangerait bien ses affaires, croyez-moi.

C'est qu'elle va finir par nous mettre le doute la vieille. Nous sortons nous griller une cigarette avec Gus. Nous échangeons sur la suite à donner à tout cela et nous nous mettons d'accord. Si le rejeton parle aux flics, nous serons marron dans quelques heures, quelques jours tout au plus. Il faut donc enchaîner, et rapidement.

Je me rends dans une pharmacie toute proche rue Violet et reviens avec alcool à 90, coton, gaze et sparadrap. Gus profite de ma sortie de courses pour rédiger une seconde bafouille au normographe. Je pose le tout sur la table en formica. Mamie se doute que cela va tourner au vinaigre. Je ne la prends pas en traître et l'informe.

— Madame, nous allons devoir vous sectionner une phalange afin que votre progéniture comprenne rapidement qu'il risque de vous retrouver en petits morceaux s'il ne nous verse pas notre dû.

Grand-mère essaie de contenir sa peur et reste malgré tout droite comme un i.

— Vous ne me faites pas peur jeunes hommes. J'ai vu tellement d'atrocités pendant la guerre que ce n'est pas cela qui va me faire flancher.

— Soit. Dans ce cas, que préférez-vous ? Le coupe-cigares ou le tranche pain ?

— Très drôle, allons-y pour le tranche pain si vous y tenez. Mais ayez la bonté de m'accorder un verre de vin cuit avant.

— Désolé Madame, mais nous n'avons que du whisky.

— Dans ce cas ce sera whisky et je vous promets que mon boulet de gamin va me le payer cher.

Je tente de ne pas laisser transparaître ma peur de réduire d'un tiers un doigt de la daronne. Je la fixe droit dans les yeux pendant que Gus met en place le tranche pain. Elle me tend sa main gauche tremblante, petit doigt en avant. Je lui propose un chiffon à mordre qu'elle accepte. Il flotte dans la pièce comme une terrible épreuve de « cap ou pas cap ? », mais je sais déjà que la vieille ne lâchera pas. Elle s'envoie en trois petites gorgées le verre de whisky et fixe désormais Gus sur sa droite. Je positionne son doigt en travers de la petite rigole métallique recevant la lame du tranchoir à pain. Je lève les yeux en direction de Gus, mais il ne détourne pas son regard. Approchant le creux de son coude de son visage, il éternue fortement, détournant ainsi pendant une seconde l'attention de mamie. J'abaisse violemment la lame du tranchoir sur la phalange qui se sépare du reste du doigt sans résistance, dans un craquement sinistre. Mon sang se glace. Un froid intense remonte le long de ma colonne vertébrale. La daronne émet un long cri étouffé en mordant le chiffon entre ses dents. Gus détourne enfin, par réflexe, ses yeux à la rencontre des miens pour ne pas voir mamie souffrir. Mais c'est trop tard, la plainte ne cesse pas et le sang jaillit du doigt par saccades régulières sur la table et bientôt jusqu'au sol. J'attrape, par réflexe, du coton hydrophile et essaie de stopper tant bien que mal l'hémorragie. Mamie, de son côté, ne tient pas le choc et tourne de l'œil, s'affalant sur la table en faisant valser ses lunettes. Gus la stabilise par les épaules en attendant que je termine le pansement. Je fais une poupée autour du doigt et compresse le tout alors que l'ensemble est déjà rouge sang. Nous décidons de mettre mamie à l'horizontale sur le lit tout proche.

Elle met un bon quart d'heure à refaire surface. J'attrape le bout de doigt et la lettre et fonce au domicile de la cible pour glisser le tout sous son paillasson. Ceci fait, je retourne au studio. Sur le mot, Gus a fait savoir que faute de paiement intégral demain, le puzzle de mamie continuerait. Maintenant de deux choses l'une, soit il casque, soit il nous balance aux Schmitz. Pendant la nuit, mamie ne ferme quasiment pas l'œil à cause de la douleur. Nous nous relayons pour être sûrs qu'elle ne se fasse pas la valise.

Vendredi 28 décembre 1973. Le jour se lève enfin, salvateur après cette longue nuit sans sommeil. Encore quelques heures de patience jusqu'au déjeuner. Mamie est épuisée, son reste de doigt la lance. Nous faisons mine de ne pas nous en vouloir.

Encore une heure, puis une autre. Dans la dernière lettre, Gus a demandé à la cible de mettre l'argent sous enveloppe au nom de Monsieur Popolov et de la laisser au vestiaire. Robert a pris soin de noter sur le grand cahier une réservation pour trois couverts à ce même nom pour 13h00. Il va demander à être en poste au vestiaire, prétextant d'avoir pris froid la veille. Le directeur du restaurant n'est pas trop regardant sur le fait que certains employés changent de poste de temps à autre. 12h00, tout le monde est en place. Nous avons laissé la daronne endormie à l'aide de somnifères et sommes attablés avec Gus dans le petit salon Colette du premier étage. Table ronde et banquette semi-circulaire. Nous sommes assis côte à côte. Porte ouverte, nous avons une vue sur le couloir et le comptoir du vestiaire. Vers 12h20, Robert passe nous voir une minute.

— Tout va bien Messieurs ?

— Pour le mieux merci, nous attendons nos apéritifs.

— Fort bien, notez que Monsieur Camus a deux képis sur la tête. Au plaisir.

Gus et moi faisons grise mise. À deux salons de nous se trouve le petit salon Camus et apparemment deux policiers y siègent. Ils ont également une vue sur le couloir et le vestiaire.

12h35, nous apercevons la cible par la fenêtre. Il dépose son véhicule au voiturier et entre dans le restaurant. Trente secondes plus tard il est à l'étage, remet son pardessus à Robert ainsi qu'une grosse enveloppe. Je lance à Gus :

— C'est une belle journée finalement.

— Il est vrai que j'ai vécu pire.

Nous continuons de bavarder sans quitter le couloir des yeux. La cible, quant à elle, se dirige vers le salon Camus. Cela nous confirme qu'il nous a balancés. De loin, je fixe Robert. D'un petit coup de surin, il entaille l'enveloppe pour vérifier son contenu. Son sourire est révélateur. Ce sont bien des biffetons à l'intérieur.

Nous commandons les entrées. La présence de la maison poulaga dans le champ de vision du vestiaire ne nous aide pas et nous n'avons aucune idée du dispositif éventuel à l'extérieur du restaurant. Nous devons prendre une décision. Agir ou laisser passer ?

Je prends congé de Gus un instant pour me rendre aux sanitaires. Ces derniers, au rez-de-chaussée, m'obligent à passer devant le petit salon Camus et à emprunter l'escalier, manquant au passage de déchirer ma chemise en m'accrochant dans la poignée de l'extincteur suspendu sous la rambarde de l'escalier. Personne n'a bougé une oreille dans le petit salon Camus.

À mon retour, je fais mon rapport à Gus et nous décidons de passer à l'action. Il se lève et va d'un pas calculé vers le vestiaire. Il y retire son blouson laisse un pourboire à Robert, empoigne sans plus de discrétion l'enveloppe et se dirige vers la sortie. Sitôt son vestiaire retiré, Gus se fait filocher par l'un des deux policiers en civil. Je laisse passer une minute et fais de même. Je retire ma veste et ramasse une enveloppe.

Ceci fait, je sens déjà la présence du second képi derrière moi dans l'escalier. Nous nous retrouvons tous les quatre alignés côte à côte sur le trottoir à attendre le premier taxi qui se présentera. Une Renault 12 bleu nuit arrive devant le restaurant, Gus n'a pas le temps de monter dedans que le voilà à terre avec deux flics sur le dos.

— Par ici ma salope, tu pensais te faire la malle tranquillement ?

À dix mètres de là, je ne peux que contempler la scène et serre mon enveloppe fortement contre mon flanc en attendant le prochain taxi, qui se présente enfin à moi. J'ouvre la portière et me voilà plaqué contre le coffre du taxi.

— Bouge pas connard !

Une poigne de fer s'empare de mon enveloppe alors que je me retrouve en un éclair le cul sur le trottoir avec les poignées d'argent dans le dos. Gus et moi sommes éberlués par la situation et regardons, les yeux ronds, les inspecteurs à leur victoire. Ils se regroupent pour ouvrir les enveloppes et en sortir tous deux… le livre de Jacques Chassex, « L'Ogre », prix Goncourt 1973, offert par le restaurant. Comprenant leur bévue, ils nous redressent et se confondent en excuses.

Le directeur du restaurant arrivant à grands pas nous propose de nous mettre au calme dans le restaurant mais nous déclinons l'invitation. Deux des inspecteurs montent au vestiaire pour récupérer l'enveloppe mais ils redescendent aussi vite, les bras ballants, informant leur supérieur que Monsieur Popolov s'est volatilisé avec l'enveloppe à son nom. Sa note ayant été réglée en espèces, pas de chèque, pas d'adresse, l'impasse.

Gus et moi prenons sans plus attendre deux taxis distincts. Gus vers chez lui et moi vers le studio pour libérer mamie raccourcie que je mets, encore quelque peu embrumée, dans le même taxi vers chez son fils adoré. Je fais table rase des effets dans le studio au cas où la Daronne réussirait à orienter la police vers l'endroit de séquestration.

Samedi 29 décembre 1973. 21h00. J'arrive chez Gus avec quelques cartouches et un peu de solide, sa bergère est partie pour les fêtes chez des amis dans le Limousin. Nous discutons de l'opération jusqu'à ce que 23h30 sonne à l'église de son quartier. Robert nous rejoint enfin, paré d'une belle barbe blanche de père Noël et les bras chargés de quelques paquets cadeaux ainsi que de cartouches issues de chez son liquoriste préféré. Telle une bande de gamins, il nous distribue à chacun un cadeau joliment décoré d'un papier brillant. Nous laissons planer silencieusement quelques instants un sentiment de joie dans la pièce avant de nous lancer à l'ouverture des paquets. À l'intérieur, cent mille francs pour Robert, cent cinquante mille pour Gus et cent cinquante mille pour moi. Les jeux sont faits. Robert avait planqué l'enveloppe dans le faux plafond des vestiaires du personnel au moment de l'arrestation et l'a récupérée ce soir à l'heure de sa fin de service.

L'année se termine bien. Nous faisons sauter quelques bouchons et nous nous arsouillons jusqu'au lendemain matin à la santé du partouzeur et de cette amputée de grand-mère.

52.

Février 1974.

Gare de Lyon au matin. Arrivée par le train couchettes de nuit pour un retour de vacances à la montagne. Deux semaines aux frais de la princesse. Le soleil, la neige, l'hôtel, les restos, les bars, le ski. Enfin du calme et du repos loin de la capitale. Contraste saisissant entre ma solitude d'un côté et les couples ou les familles de l'autre. Pas les mêmes problèmes, pas les mêmes envies, pas les mêmes vies.

Gus est parti en Espagne, Robert en Italie. La p'tite Lili va venir passer la semaine prochaine chez Sylvie à Paris, histoire de soulager un peu sa grand-mère pendant les vacances scolaires. Nous convenons de nous voir avec Sylvie et la petite pour se faire un déjeuner ensemble. Je passe chez elle demain soir.

20h00 le lendemain. Je débarque chez Sylvie dans son minuscule deux pièces qu'elle partage avec Marjorie, une fille qui fait le trottoir comme elle. Marjorie est en pleine descente après quelques heures passées sûrement sous cocaïne. Elle est affalée dans le canapé, les yeux dans le vague, pas un mot, pas un mouvement.

20h30. Sylvie rentre de sa dernière passe avant de reprendre son « service » vers 22h00. La serpillère n'a pas bougé d'un iota. Sylvie m'explique que Marjorie est en galère ces derniers temps, le manque de fric pour ses doses quotidiennes, les descentes de plus en plus dures, son mac de plus en plus virulent. J'interroge Sylvie sur la présence de Marjorie dans l'appartement la semaine prochaine pendant les vacances de la gamine. À sa réponse positive, j'émets une vive protestation. On ne peut pas laisser une gamine de sept ans côtoyer une toxico sous le même toit.

— Dans ce cas, prends la petite chez toi, mon ami puisque tu es si fort en organisation de vacances.

— C'est impossible, tu le sais bien.

— Hé bien alors, prends Marjorie.

Je dois me résigner à exfiltrer la junky car je ne supporterai pas de savoir la gamine exposée ainsi à une telle déchéance humaine. Nous convenons de son déménagement temporaire à compter de samedi, si elle s'est réveillée d'ici là…

Marjorie n'est pas une mauvaise fille. Elle s'est juste fait embringuer il y a quelques années dans une spirale infernale avec perte totale de contrôle. C'était une jolie fille, pleine de joie et de gaîté de vie. Une grande brune d'un mètre quatre-vingt aux longs cheveux noirs d'encre et au visage fin. Un soir d'été, chez Jiji, elle nous avait relaté son histoire. Montée à Paris au matin de ses dix-huit ans pour finir ses études en mathématiques appliquées, elle avait atterri dans une soirée entre amis. À cette époque, l'alcool, l'herbe et le shit étaient déjà présents dans sa vie mais elle maîtrisait la chose et connaissait ses limites. Durant la soirée, un gars du groupe était parti quelques minutes pour faire une course, comme il disait. À son retour, il avait un pochon de cocaïne avec lui. Marjorie n'avait jamais touché à la coke mais à cette période, elle n'était pas au mieux de sa forme, quelque peu mal dans sa peau et mal dans sa tête. Ajoutée à cela l'envie de passer à l'âge adulte, le vrai, elle avait accepté cette initiation à la vie parisienne par une petite sniffette, sans se douter que derrière le généreux donateur de poudre blanche se cachait un mac qui allait bientôt la tenir en laisse pendant des années.

D'entrée de jeu, elle s'est sentie plus forte, plus vaillante, invincible et plus motivée pour ses études. Mais la sournoise poudre avait très vite envahi sa vie. Elle l'aidait à tenir les cadences certes, mais devenait de plus en plus présente et au fil du temps était devenue impérative à sa vie. C'est à ce moment-là qu'elle a commencé à yoyoter du bulbe. Les doses augmentaient, allant jusqu'à deux grammes par jour en plusieurs prises entre le petit-déjeuner et jusqu'au dîner. Marjorie devait trouver des parades pour cacher ses trous de piqûres. Elle en était arrivée à se piquer sous les ongles de pied ou sous la langue.

Les finances de papa et maman ne suffisaient plus, la dope lui prenait presque sept cents francs par jour. Jusqu'à la proposition de celui qui était devenu entretemps son dealer : tapiner pour lui et ainsi payer ses doses. Très vite emmurée dans un labyrinthe sans sortie, elle n'avait pas pu, ni su, refuser l'offre et s'était retrouvée sur le trottoir aux côtés d'autres filles, toutes aussi paumées qu'elle. Adieu les études. Les clients, eux, étaient aux anges car elle était créative au plumard. Son refuge hédoniste était devenu son piège. Mais en plus de sa dépendance, les passes ne suffisaient jamais à son mac. Il la rationnait et la faisait tomber dans des descentes terribles parfois pendant deux, trois ou quatre jours. Elle se comparait à une fan de ligne blanche. Le plaisir de se préparer un rail ou une seringue comme le geste du fumeur qui allume sa clope. Son mac entretenait son manque en la faisant participer à des soirées entre consommateurs réguliers et de fait lui rendait impossible la possibilité de décrocher. Elle voyait des filles tomber comme des mouches autour d'elle, aussitôt remplacées par de nouvelles. Elle n'était plus désormais que l'ombre de cette ancienne belle jeune femme. Partis ses beaux cheveux et sa peau de pêche. Envolée son allure élancée et sa fraîcheur. Elle ne luttait plus que pour sa survie ou du moins repousser au plus tard l'instant où elle irait faire du charme aux asticots. Marjorie était un robot au service du pognon et du profit d'un seul homme, peu importe son état de santé.

Sylvie l'avait retrouvée un soir, inanimée dans son lit, une seringue plantée dans le bras, à la frontière entre overdose et arrêt cardiaque. Elle avait réussi à la faire revenir à elle à grands coups de baffes appuyées pendant plus d'un quart d'heure en attendant l'arrivée des secours.

Hospitalisée pendant deux semaines, on lui avait proposé une cure de désintoxication mais le mâle veillant lui avait mis la pression pour la voir revenir de suite à son poste sur le bitume. Et l'engrenage infernal continuait. Désormais, elle comptabilisait les ravages et les séquelles. L'insomnie, la perte de l'envie de manger, la dépression. Sans oublier la sensation de mal aux os permanente et son nez devenu une autoroute à poudre, totalement anesthésié et insensible à toute odeur.

Quand elle eut enfin émergé de sa léthargie, je l'ai rencardée sur son déplacement temporaire chez moi. Elle ne s'y est pas opposée. Je lui ai donné mon adresse et nous avons terminé la discussion avant que Sylvie ne reprenne son taf.

Le samedi suivant je suis resté à l'appartement pour attendre l'arrivée de Marjorie. Toute la journée, j'ai tourné en rond comme un combattant dans son bocal, descendant toutes les heures sur le trottoir pour la guetter.

À 21h00, je lâche l'affaire. Je téléphone à Sylvie qui me confirme qu'elle était partie avec son sac à dos et ses affaires depuis le matin. Où est-elle ? Je n'en sais rien. Peut-être s'est-elle fait ramasser par un mataf de passage ou s'est-elle ramassée la tronche dans un caniveau, allez savoir ? En attendant, plus de nouvelles et je ne pense pas que cela va m'empêcher de dormir pour autant. Éventuellement, cela va me faire quelque peu cogiter sur les méfaits du trafic de drogue mais il faut bien se placer entre l'offre et la demande et comme la demande augmente…

Le jour du déjeuner est arrivé, j'ai les genoux qui font bravo. Comment une jeunesse de six piges et demie arrive-t-elle à me faire flipper ? Mais j'y vais.

Il fait un froid sec supplanté par un beau soleil rasant. Pas de raison que cela se passe mal. Je rejoins les filles à la Brasserie « Le Vaillant », près de l'Opéra. Peu de monde. Nous choisissons une table dans un coin calme. Lili est toute souriante, semblant découvrir en moi un nouveau « jouet » dans sa vie. Je me force à trouver des sujets de conversation. Les hommes ne sont pas réputés pour être des puits de sujets intéressants. En filigrane, Sylvie me glisse que la grand-mère n'est pas au mieux financièrement. Certes, la petite ne manque de rien, mais tout de même les fins de mois sont difficiles et il serait bon que j'allonge un peu de cash et que je la mette à l'abri du manque de fraîche. Le lingotin a bien servi mais le fruit de sa vente arrive à épuisement. Je demande à Sylvie de faire savoir à la grand-mère de Lili que je vais faire le nécessaire au plus vite. Nous terminons notre déjeuner et décidons d'aller faire un tour dans le jardin des Tuileries. Je surprends la môme à me prendre la main pendant la balade. En fin d'après-midi, je prends congé des filles et promets à Lili que nous allons nous revoir bientôt.

— Je sais que ton travail te prend beaucoup de temps, me dit-elle, et je saurais être patiente.

Je suis quelque peu retourné par cette journée particulière et hors du temps. Sur le chemin du retour, je cogite aux moyens de fournir à la grand-mère de quoi honorer les factures. Arrivé près de chez moi, je me détourne cinq minutes pour appeler Sylvie et être sûr que les filles sont bien rentrées. Sylvie me répond d'une voix à peine audible.

— Nous sommes bien arrivées. J'ai croisé mon voisin qui m'a dit que la Police est passée à l'appartement... Marjorie s'est jetée sous les roues du métro ce matin.

53.

Mars 1974.

Je n'ai volontairement pas pris de nouvelles de la gamine depuis plusieurs semaines mais les retours de la part de Sylvie ne sont pas bons en ce qui concerne les finances de la grand-mère. Je prends mes responsabilités et je sais que je dois m'organiser en conséquence.

Je fais le tour des popotes afin d'appréhender si quelques membres des équipes sont disposés à monter sur un gros coup avec moi ? Tous y passent ou presque et cela me prend pas mal de temps. Dans l'ordre d'apparition je commence par les plus aguerris tels Mimo, Jacky le fou, Loris, Gus et le Strasbourgeois. Chacun a ses affaires en cours ou plus ou moins de disponibilité.

Après ces entrevues et mûres réflexions, j'en arrive à la conclusion que les frères Meloucci me semblent être les plus appropriés à répondre à ma problématique, associés au Strasbourgeois. Je rappelle Jean pour lui faire savoir que je souhaite les voir rapidement. Sans attendre, il me donne rendez-vous à la Brasserie Lipp du boulevard Saint Germain pour y partager une choucroute. J'invite le Strasbourgeois à notre dîner de travail.

Cette brasserie est l'endroit quasi idéal pour une entrevue, pour peu qu'il n'y ait pas trop de monde et que l'on aime les décors Art nouveau. Par contre, la lourde porte tambour n'est pas un gage de sortie rapide en cas de danger, bien au contraire. Mais les glaces situées au-dessus des banquettes sont inclinées de quelques degrés ce qui permet à tout le monde de voir d'un simple coup d'œil ce qu'il se passe dans son dos.

À l'heure dite, nous sommes quatre assis à la table numéro 6. René n'est pas des nôtres, il reste désormais en base arrière depuis son épisode avec le berger allemand qui lui a valu de presque perdre une guibolle. Après avoir fait les présentations et sentant que le courant passe bien entre les frangins et Le Strasbourgeois, j'expose aux trois comparses mon projet. Le fait que chacun d'entre nous étant plus ou moins dans la dèche en ce moment renforce le projet.

L'entrée passée et en attendant LA choucroute, Jean lance, comme un pavé dans marre :

— Une banque ?

Tout le monde se regarde comme des poissons rouges autour d'une côte de bœuf.

— Tu t'en sens les épaules ? lui lance le Strasbourgeois.

— Pourquoi Mesrine aurait les couilles d'en enchaîner deux dans le même quart d'heure et pas nous ?

— Pas faux, lui rétorque son frère, surtout que le Grand ne va pas s'en faire une avant un bon bout de temps à mon avis.

Prenant la parole j'ajoute :

— Côté armement ce ne sera pas un problème, mais il faut localiser une banque discrète et si possible éloignée d'un centre-ville.

— J'ai bien deux trois lieux à vous proposer mais il faut que j'en réfère à René avant pour être sûr que le coup est jouable, dit Jean.

Nous validons l'idée de base et poursuivons notre dîner dans la bonne humeur. À la fin de celui-ci, Le Strasbourgeois nous propose d'aller prendre un pousse-café au café de Flore juste en face.

01h30 du matin sonne déjà à l'horloge de l'église de Saint-Germain-des-Prés lorsque nous nous quittons, nous laissant une semaine pour cogiter chacun de notre côté au montage de l'opération avant de nous retrouver à nouveau à Montreuil dans la casse des frangins.

Dès le lendemain, je réfléchis au moyen le plus rapide pour connaître les banques des alentours afin de me rendre sur place et évaluer leurs potentiels. Au culot, je pousse les portes des agences BNP et du Crédit Lyonnais de mon quartier afin de récupérer l'annuaire des succursales de France. Le risque de taper dans une petite succursale de province est qu'il n'y aura pas forcément de grosses sommes de disponibles. J'approfondis la réflexion en espérant que mes comparses feront de même et en arrive à la conclusion de taper l'agence du Crédit Lyonnais toute proche de Mantes la Jolie, dans les Yvelines.

Je me rends sur place le lendemain et je m'aperçois que le quartier compte pas moins de trois autres banques. Je reste sur ma première idée et compte bien la soumettre au groupe.

Au retour, je passe par chez la Mitraille pour lui commander quelques armes mais sans garantie de résultat car je n'ai pas une thune à lui mettre sous la main à l'achat. Les frangins sont déjà armés et nous n'avons besoin que de deux fusils à pompes pour Le Strasbourgeois et moi-même. En espérant que le Corse acceptera de faire crédit ? Je lui explique mon souci et après deux bonnes minutes, figé à me regarder droit dans les yeux, le vieux accepte de m'avancer la marchandise qui sera disponible sous huitaine. Je ne demande pas mon reste et remonte sur Paname.

Passent trois jours et nous nous retrouvons tous à la casse des frangins pour mettre nos idées en commun. Le Strasbourgeois n'a clairement réfléchi à rien, quant aux frangins, ils avancent deux succursales près de Limoges. Trop loin à mon goût. Je leur présente le fruit de mes recherches et après quelques échanges l'affaire est entendue pour tous. Nous nous répartissons les planques à mettre en place pour connaître les horaires des employés et du personnel de ménage, les heures de rotation des camions blindés, les pics de fréquentation de la banque et son intérieur, les issues de secours, les rues alentour et leurs débouchés en cas de repli en dehors du parcours prévu, la recherche du positionnement optimal de la voiture, les travaux dans le secteur, la localisation du commissariat le plus proche, etc. Chacun a sa feuille de route et du boulot pour les trois prochaines semaines, avec un point d'avancement commun toutes les semaines.

Je suis en charge des planques de 18h00 à 00h00, Jean de 00h00 à 06h00, Louis de 06h00 à 12h00 et René de 12h00 à

18h00. Le Strasbourgeois ne prendra pas de planques en semaine du fait de son travail mais nous relaiera les week-ends. Côté véhicule, les frangins finissent de retaper une R8 Gordini de 1963 pour pouvoir arracher rapidement cinq personnes.

Nous passons ainsi trois semaines en planque dans un camion Peugeot D4 trafiqué en sous-marin pour l'occasion. Trois longues semaines à bouffer des sandwichs, à se retenir de chier pendant des heures et à pisser dans des bouteilles pour ne pas sortir. Trois semaines à crever de chaud la journée, à se peler les miches la nuit et à lutter contre le sommeil. J'en viendrai presque à avoir du respect pour les condés qui planquent aussi.

Mi-avril nous stoppons nos planques. Tout le monde est rincé mais nous avons de bonnes informations à disposition. Tout d'abord, les approvisionnements en cash sont répartis en deux fois dans la semaine, avec deux jours d'écart à chaque fois. Pendant les planques, ils ont été les mercredi-vendredi, puis jeudi-samedi la semaine suivante et vendredi-mardi la troisième semaine. Les pics d'affluence sont les mercredis et les samedis mais ça, nous nous en doutions déjà. Les horaires d'arrivée et de départ des employés sont 09h45 et 19h15 avec une pause déjeuner entre 12h30 et 14h00. Les plages horaires les plus creuses sont entre 15h00 et 16h00. Et surtout, nous connaissons maintenant l'intérieur de la banque, dépourvue de sas de sécurité et de plexiglass sur les comptoirs. Avec tout cela, nous choisissons de taper un jeudi à l'ouverture après l'approvisionnement de la veille. Entre-temps, j'ai déposé chez les frangins un sac de sport contenant les deux fusils à pompe à canon scié récupérés chez la Mitraille ainsi que cinq gilets pare-balles et des cagoules. Nous fixons le braco à dans deux semaines.

54.

Mai 1974.

Une belle journée de printemps pour monter un braco. Tout est calme, l'été approche, les esprits affairés à leur travail commencent à se détendre grâce au soleil. L'accalmie avant la déferlante. Juste un moyen d'essayer de cacher sa trouille et de se persuader que tout va bien se passer.

Nous avons répété plusieurs fois le scénario, nous sommes passés dix fois devant la banque, avons emprunté toutes les rues avoisinantes avec des véhicules différents pour s'extraire du quartier jusqu'à la nationale qui nous ramènera vers Paris. Chacun connaît son emplacement et son rôle. Pas de place à l'improvisation même si le braco commence à entrer dans nos habitudes. La confiance règne, pas trop tout de même j'espère, il ne s'agirait pas de refaire le coup du diamantaire et que quelqu'un se prenne à nouveau un pruneau.

Nous nous retrouvons à 05h00 à la casse, la machine à café des frangins tourne déjà à plein régime et une bouteille de gnole trône sur la table à côté du sucre et des tasses. Le soleil n'est pas encore levé. René a pris soin de mettre au rancart ses chiens pour ne pas ameuter le voisinage de bonne heure. On pourrait presque croire à un départ pour la chasse si chacun n'avait pas déjà chaussé son gilet pare-balles. Trois sacs en toile de jute sont mis dans le coffre de la R8 ainsi que les deux fusils à pompe. Le Strasbourgeois et moi-même remplissons nos poches de cartouches. Les armes de poing sont chargées et rangées dans leurs holsters sous nos vestes de cuir.

Encore un café. L'heure n'avance pas. Nous avons prévu de partir à 07h30 pour rejoindre la banlieue de Mantes-la-Jolie, distante de soixante kilomètres. Énième vérification, plein d'essence ? Fait. Pression des pneus ? Faite. Je propose la vérification des portes opposées et l'armement des toboggans mais mon trait d'humour matinal fait un flop.

Sonne enfin l'heure du départ. Nous nous entassons dans la R8 et prenons la route. Je vois défiler le paysage comme si le temps se suspendait. Et pourtant la vie continue pour tout un chacun. Les lumières dans les appartements s'éclairent une à une. Les voitures s'amoncellent sur la route. Pas trop de bouchons, nous arrivons sur zone aux environs de 09h00. Encore une heure à tuer.

René gare la voiture au niveau du 20 boulevard Voltaire. La banque est au 16, un peu en aval. Nous descendons dans une brasserie à quelques pas de là pour prendre un café ainsi qu'un sandwich pour éviter une hypoglycémie. Arrive l'heure. Malgré la montée d'adrénaline, le visage de chacun est fermé. René reprend place dans la voiture. Je traverse l'impasse des Sources, perpendiculaire au boulevard, et passe devant la banque pour jeter un coup d'œil à l'intérieur. Trois clients y sont, plus les employés. De visibles, cela fait sept personnes. De retour à la voiture, j'en informe l'équipe d'un simple :

— Sept.

Chacun regarde sa montre. 10h05. Nous avons fixé à sept minutes le temps maximum d'action avant retrait au cas où une alerte serait donnée.

Je lance le top départ. Cagoules baissées, nous sortons de la voiture, Le Strasbourgeois, Jean, Louis et moi-même, tels un seul homme. Ouverture du coffre, prise des sacs et des fusils et chacun court à sa place. Le Strasbourgeois actionne le bouton d'appel de la porte vitrée de la banque qui libère sa gâche électrique sans plus de vérification. Nous nous engouffrons avec Jean et Louis à l'intérieur, pendant que le Strasbourgeois reste sur le trottoir à la porte. À l'intérieur, deux mamies sont assises à attendre leur tour sur les fauteuils disposés le long du mur de droite et un jeune homme se tient devant le long comptoir orange sur la gauche.

— Tout le monde par terre, c'est un hold-up ! hurle Louis.

Je tiens en joue l'homme du comptoir et les mamies pétrifiées sur leurs fauteuils ont les mains en l'air, pendant que Jean et Louis passent derrière le comptoir et tendent les sacs aux deux employés assis. Ils prennent les liasses présentes dans les trois tiroirs-caisses et remplissent deux des trois sacs. Le troisième employé rapplique du bureau jouxtant le comptoir et se voit gratifié d'un coup de crosse de la part de Louis. Lui pointant son arme dans le dos, il le pousse vers le bureau d'où il vient.

— Le coffre du Directeur, vite !

— J'ai pas la clef, c'est le Directeur qui l'a. Il n'est pas là, rétorque l'employé d'une voix tremblante.

Les deux sacs sont remplis de tout ce qui est disponible au comptoir et dans les armoires en retrait. Je regarde ma montre, déjà pas loin de quatre minutes et je soupçonne le second employé du comptoir, malgré ses deux mains sur la tête d'avoir déclenché une alarme. Je lance à l'équipe :

— On dégage !

Dans la précipitation du repli, Louis ne peut s'empêcher de tirer une balle dans le faux plafond, ce qui provoque une panique générale des deux mamies avec cris et larmes. Arrivé à hauteur du Strasbourgeois sur le trottoir, il regarde sa montre.

— Quatre minutes trente, on est bon, lance-t-il.

Nous courons à en perdre haleine vers René et la voiture, coupant sans regarder l'impasse des Sources. Dans la course, Le Strasbourgeois voit les deux sacs et remarque de suite le troisième sac vide.

— Y a que dalle là-dedans ?!? dit-il en pointant le sac.

— Non, lui renvoie Jean.

Tout en courant vers la voiture et sans raison apparente, il alpague Jean par le bras et lui lance :

— On a le temps, viens, on tape celle d'en face.

Jean marque une seconde d'hésitation et lui emboîte le pas sans réfléchir. Je vois les deux lascars traverser le boulevard Voltaire pour se diriger vers l'agence du Crédit Mutuel situé au 23, juste à quelques mètres et leur lance :

— Non les gars !!!! On n'a pas le temps !!!

Se retournant vers moi, je vois à travers sa cagoule que Le Strasbourgeois se marre comme un taré.

— Reste dehors, me lance-t-il, je rentre ce coup-ci.

Je ne peux que leur emboîter le pas pour ne pas les laisser sans couverture. Louis est arrivé à la voiture et monte dedans sans se rendre compte de ce qui se passe sur le trottoir d'en face. René, qui a tout suivi dans ses rétroviseurs, a la présence d'esprit de démarrer en trombe et de couper le boulevard Voltaire à contresens pour venir placer la voiture à quelques encablures de la devanture de la banque, sous une pluie de klaxons.

À l'intérieur de la banque, des hurlements se font entendre et quatre ou cinq balles sont tirées. Tout va très vite, deux ou trois minutes tout au plus. Au loin, j'entends une sirène approcher sur le boulevard. Je vois dans le rétroviseur de la voiture que René l'a entendue également. Je pousse d'un coup d'épaule la porte vitrée de la banque et hurle à l'intérieur.

— Les condés, on s'arrache !

Voyant rappliquer du fond de l'agence Jean et Le Strasbourgeois, je remonte à reculons le trottoir du boulevard jusqu'à la voiture pour couvrir leurs arrières. Mais déjà une voiture des flics s'est mise en barrage sur le boulevard et trois agents pointent leurs flingues dans notre direction, toutes sirènes hurlantes, masquant leurs voix. Je ne suis plus qu'à trois mètres de la voiture que je contourne pour monter à la place du mort. Louis en est sorti pour mettre en joue les flics. Mon regard passe de la voiture des flics à Jean et Le Strasbourgeois qui cavalent vers nous. Plusieurs coups de feu sont tirés par les flics. Aucune sommation audible. Ça canarde de partout. Louis riposte sans discontinuer, explosant la calandre et le pare-brise des flics. Les gars ne sont plus qu'à une quinzaine de mètres de nous. René a enclenché la première et fait fumer l'embrayage de la Gordini. Soudain, j'ai comme l'impression de revivre le 22 novembre 1963 à Dallas. Je vois, dans sa course, la tête du

Strasbourgeois basculer en avant et une partie de sa cervelle voler en morceaux contre la devanture d'un coiffeur. Il s'affale face contre terre dans une mare de sang.

— Ils l'ont buté, hurle Louis, ils l'ont buté !

Il canarde de plus belle, les condés sont contraints de se replier à l'arrière de leur voiture, sauf un jeune flic qui, tremblant de tous ses membres, lâche son flingue et reste figé sur place derrière la portière avant.

Je vide mon fusil sur la voiture des flics puis le lance dans la voiture. J'empoigne mon flingue pour continuer de les canarder. Par réflexe, Jean s'arrête net et revient de quelques pas vers Le Strasbourgeois pour lui porter secours, mais voyant sa boîte crânienne explosée, il ne peut que le laisser sur place après lui avoir arraché le sac des mains. Une fois dans la voiture, nous détalons en direction du rond-point du 18 juin 1940, laissant derrière nous le cadavre du Strasbourgeois et les flics figés sur place. René emmanche le boulevard à contresens sur une centaine de mètres avant de se rabattre sur la file de droite pour prendre le rond-point. Dans l'axe, il nous faut prendre le boulevard de Lausanne mais un accident bouche son accès depuis le rond-point. J'indique à René de prendre de suite à droite le boulevard Alexis Soumachedchi, puis à vingt mètres, de prendre à contresens la sortie de la station essence. René s'exécute sans réfléchir, uniquement guidé par ma voix. Nous remontons la file des pompes à essence pour nous retrouver à nouveau sur le boulevard de Lausanne par l'entrée de la station. De là, nous fonçons à tombeau ouvert jusqu'à la nationale. Nous croisons une estafette de police, gyrophares allumés, qui ne se rend pas compte de qui nous sommes. Les kilomètres défilent. Je demande à René de se la jouer discret en levant un peu le pied. Dans la voiture, personne ne décroche un mot et personne ne se regarde. La tension est énorme. Je suis sûr qu'aucun d'entre nous ne pense au pognon que l'on a dans les sacs. Tous pensent au Strasbourgeois. Au bout d'un temps interminable, Louis ouvre la bouche, à demi-mot.

— Qu'est-ce qui vous a pris les gars ? C'était pas prévu ça.

— J'en sais rien, répond Jean, presque dans un murmure.

Puis le silence revient pour ne plus nous quitter jusqu'à Montreuil. René, volontairement ou non, fait des tours et des détours sur le retour. Nous mettrons près de deux heures à rentrer. Nous n'avons pas allumé la radio pour savoir si l'information était diffusée par les médias.

À la casse, il est déjà midi passé, mais personne n'a le cœur à aller manger quoi que ce soit. Nous nous enfermons directement dans le bureau de René. Volets fermés, porte verrouillée, les chiens montent la garde. Louis saisit les armes et sort du bureau pour aller les fondre et les passer à la presse hydraulique. Un quart d'heure après, il revient dans le bureau. C'est fait. Plus de traces des armes ni des cartouches restantes. Entretemps, nous avons commencé à compter le butin des deux banques. Neuf cent soixante-quatorze mille francs et des poussières. Lorsqu'un membre d'une équipe se fait serrer lors d'un braco ou d'un cambriolage avant d'avoir reçu sa part, cette dernière est mise de côté par l'équipe. S'il tombe en opération et qu'il avait femme et enfants, sa part leur est donnée. Dans le cas du Strasbourgeois, je ne lui connaissais ni femme, ni enfants ou autre compagne. De fait, sa part est absorbée par l'équipe. Nous divisons donc le presque million de francs en quatre, ce qui nous fait deux cent quarante-trois mille cinq cents francs chacun. Nous ne mettons pas loin d'une heure à faire la répartition.

À l'issue, René sort trois bouteilles de champagne du tiroir de son bureau. Après quelques secondes à se regarder les uns les autres, je prends la parole.

— Il est parti en se fendant la poire ce con, alors je pense qu'il aurait voulu qu'on leur casse le cul à ces deux boutanches.

— Je suis d'accord avec toi, répond Jean.

— Haut les cœurs et à la santé du Strasbourgeois, termine René avant que le premier bouchon ne saute.

Nous descendons les trois bouteilles dans l'après-midi puis décidons d'aller dîner avant de nous séparer. Je remonte vers mon appartement, tout de même heureux d'avoir pris cette fraîche dont une bonne partie va aller à la gamine.

J'ai passé deux jours à profiter clairement de mon fric. Je suis sorti deux nuits de suite, à la limite de me mettre d'équerre en tisant plus que de raison avec des connaissances retrouvées dans les bars et les boîtes. J'ai fait la tournée des Grands-Ducs, à voir jusqu'où l'ébriété pouvait me porter, avant de m'affaler comme une merde face contre mon matelas pendant dix-huit heures. Au matin, j'ai clairement le visage bordé de jambon.

Depuis, je me suis rendu à Molsheim les bras chargés de cadeaux pour la gamine. J'y ai vu la grand-mère à qui j'ai remis cent mille francs. Elle n'en croyait pas ses yeux mais s'est bien gardée de me demander la provenance de cet argent.

Lili grandit et change à une vitesse folle à l'approche de ses sept ans. Nous avons passé plusieurs heures ensemble à nous raconter notre quotidien. Je lui ai embelli le mieux forcément. Je lui ai dit que je reviendrai la voir mais que, du fait de mon travail, je ne savais pas quand. Elle a fait mine de comprendre en cachant sa peine.

Je suis reparti sur Paris le lendemain, avec un sentiment ambivalent de joie et de tristesse. Arrivé à Paris, je suis passé voir les frères Yand et leur ai laissé soixante-quinze pour cent de ma fraîche. Ils font office de « banque » et sont toujours friands de fraîche pour financer leur achat de coke. Ils rémunèrent ce prêt à un pourcentage acceptable et en cas de pépin, ils mettent l'argent à l'ouest jusqu'à ce qu'on le récupère.

55.

Juin 1974.

Pendant mes récentes virées nocturnes, j'ai recroisé Jacky le Fou. Portant toujours aussi bien son surnom et toujours sans profession mais la tête pleine de projets dont il m'a affranchi.

Son principal objectif est le cambriolage d'un magasin spécialisé dans le matériel CB de radio amateur mais qui réalise également dans son arrière-boutique des scanners de fréquences police. Un de ses contacts de province lui aurait commandé pas moins d'une dizaine de radios et quelques scanners. Il serait partant pour faire équipe juste à deux avec moi, à l'ancienne, avec une camionnette et un pied de biche. Le magasin est situé dans une zone industrielle près de Meaux. Il s'est déjà rendu sur place pour repérer les lieux, le système d'alarme, le positionnement des caméras et savoir précisément où sont entreposées les radios à prendre. Pour ce qui est de l'arrière-boutique, elle semble ne faire que quelques mètres carrés et n'a pas de porte blindée côté magasin.

Le tableau semble parfait, peut-être trop beau ou trop facile à mon goût. La rémunération n'est pas énorme mais pour une nuit, ça reste intéressant. Je lui ai donné mon accord de principe, il doit se rencarder sur la date de livraison demandée par son client et revenir vers moi, ce genre de matériel ne peut pas être stocké indéfiniment au risque d'une descente de police.

En attendant, je sors un peu plus en journée malgré la présence policière sur la capitale. Je me suis même risqué à aller au cinéma. Il n'y a pas plus souricière qu'un cinéma, c'est comme si on me donnait directement les clés d'une cellule en m'indiquant l'étage.

Après cogitations, je revois Jacky et lui fais savoir qu'une équipe de trois ne serait tout de même pas de trop mais il semble avoir les portugaises ensablées sur ce point. Question de budget, me dit-il. Nous taperons la dernière semaine de juin, là où le stock sera au plus haut avant les départs en vacances. Et ce jour arrive vite. À peine le temps de me rendre sur place moi-même pour évaluer le site que nous sommes déjà embarqués tous les deux vers Meaux.

Jacky est excité comme un chien fou. Sûrement sous cocaïne, il a plus de pêche qu'Hermann Panzo avant un départ d'un cent mètres. Sur place, la zone industrielle est quasi déserte. Quelques marcheurs, quelques rôdeurs sont là mais rien de risqué, si ce n'est que la camionnette que nous garons au plus près de la porte arrière du magasin fait clairement tache sous les lampadaires de ce paysage désert du parking.

Nous enfilons nos cagoules et attrapons sacs à dos et pieds de biche, laissant les deux battants arrière de la camionnette ouverts. Jacky se charge du point haut de la porte métallique et moi de celui du bas. Après une bonne série d'efforts, la porte lâche et le magasin nous ouvre ses portes. Nous nous dirigeons droit sur les radios et chargeons nos sacs à dos des unités commandées. Sitôt fait, tout le magasin s'illumine tel un feu d'artifice du 14 juillet. Je crois à une mauvaise blague de Jacky, qui est sorti de mon champ de vision, mais en regardant autour de moi je le retrouve, plaqué au sol avec trois flics autour de lui et deux de plus qui me mettent en joue. Nous sommes piégés comme des lapins de garenne. Je m'en veux immédiatement d'avoir accepté cette mission trop simple pour être honnête. Il y a quelque chose qui cloche. Je vois le regard interrogatif de Jacky dont l'effet de la drogue se stoppe immédiatement.

Nous ne décrochons pas un mot et nous nous laissons embarquer sans résistance dans les Sinca 1 100 des flics, Jacky dans une, moi dans une autre. Il est 01h30 du matin, la soirée s'arrête là pour nous, direction le commissariat toutes sirènes hurlantes. La route prend des plombes et je ne comprends pas pourquoi nous remontons vers Paris ? Dans la voiture, les flics ne m'adressent pas la parole, quelques regards tout au plus. Ils sont à la radio et informent qu'ils ont serré le poisson. Me cherchaient-ils ? Ils ne m'auraient pas filoché à ce point pour une vulgaire histoire de faux papiers qui date de Mathusalem ?

Nous entrons dans Paris par l'est et remontons les quais de Seine joliment éclairés. Les sirènes se sont tues et nous piquons à droite vers l'île de la Cité pour nous engager sous le porche du 36, quai des Orfèvres. Qu'est-ce que je fous là pour un simple cambriolage ? Je me doute déjà que je ne suis pas près de rentrer chez moi ou de me bouffer un jambon fromage sur les bords de Marne. On nous débarque sans trop de ménagement et nous entamons l'ascension de l'escalier monumental à quart tournant, aux paliers verts et aux marches grises, jusqu'au troisième étage. Tout en haut de l'escalier, une immense verrière laisse passer un fin filet de lumière de lune. L'éclairage des locaux est criard. De nombreux flics s'affairent çà et là, malgré l'heure avancée de la nuit. Une véritable fourmilière assez bruyante. Des odeurs de clopes, de sueur et de café.

Nous empruntons des couloirs sans fin, des demi-paliers et à nouveau des enfilades de bureaux jonchés de casiers métalliques le long des couloirs. Un tiers des bureaux est occupé et apparemment, nous ne sommes pas les seuls à nous être fait serrer cette nuit.

Nous stoppons notre progression devant un bureau, le 312. Le flic me plante devant la porte d'entrée en me demandant de ne pas bouger. Facile à faire avec les poignées d'argent dans le dos et un flic tous les centimètres carrés dans la maison poulaga. Je jette un regard à Jacky qui se trouve dans la même position que moi devant le bureau d'à côté. Son regard est flou, il capte à moitié ce qu'il se passe et doit se demander comme moi où cela a merdé. On m'installe sur une chaise métallique devant un bureau tout aussi métallique et des cassiers métalliques eux aussi. Ici tout est métal. L'effet cage de Faraday doit jouer sur le cerveau des condés.

On prend soin de me détacher une menotte et de la repositionner entre les barreaux de la chaise au cas où il me viendrait l'envie d'aller me promener. S'ensuit une longue attente ponctuée de passages répétés de flics dans le bureau jusqu'à l'arrivée d'un « chef ».

— Alors, Monsieur Perret Jean, né le 23 juillet 1932 et résidant 80, rue du Delta à Paris 18ème. Que nous vaut l'honneur de votre visite ?

Je ne suis qu'à moitié étonné que le fanfaron en face de moi me déroule mon curriculum vitæ.

— À vous de me le dire, je suppose que ce n'est pas pour l'emprunt de quelques radios de ce soir que vous vous êtes donné tout ce mal ?

Je vous rassure, en effet, non, ce n'est pas pour cela. Ce n'est pas non plus pour votre participation au trafic de faux papiers, car sinon croyez bien que nous vous aurions serré depuis bien longtemps. Il se trouve Monsieur Perret, que vous n'avez pas de chance. C'est votre copain à côté que l'on visait. Il s'est fait balancer par un de ses ex-amis et du coup on vous a eus tous les deux pour le même prix. C'est ballot pour vous. Mais tant que vous êtes là, ne vous inquiétez pas, on va bien s'occuper de vous. Ne bougez pas, je reviens.

— Pas de risque, je ne bouge pas, je suis bien là. Par contre, si je pouvais aller pisser, ce serait pas mal pour votre lino.

— Je vous envoie une hôtesse.

Et voilà mon fanfaron qui se fait la valise du bureau. J'entends dans le bureau d'à côté que les questions fusent pour Jacky et pas forcément avec tendresse. La nuit réserve encore des surprises quand je vois débarquer dans le bureau une tête qui ne m'est pas inconnue.

— Jean-Martial Rigodot ! Qu'est-ce que tu fous là, enfoiré ?

— Jean ? Ben merde, ils t'ont serré finalement ?

Jean-Martial était la pire des petites frappes lorsque j'étais à l'assistance publique. J'étais sûr qu'il allait finir en cabane le restant de sa vie. Apparemment non.

— Comment t'as fait ton compte pour finir dans la maison poulaga ?

J'ai peut-être croisé les bonnes personnes au bon moment avant de partir en sucette.

— Faut dire que t'es gaulé comme un sandwich de bal musette alors t'aurais eu du mal à percer dans le mitan.

— Tu as sans doute raison, mais il me semble qu'à l'instant présent je suis placé du bon côté de la barrière par rapport à toi.

— C'est pas faux, mais ça me fait plaisir de te voir, enfoiré. Tu ne pourrais pas te rencarder sur ce que me veulent tes chefs, ça calmerait mon ulcère ?

— Ne bouge pas, je reviens.

— Vous êtes quand même très attentionnés au 36, pour des enculés de poulets.

J'essaie de mettre ma chaise sur les pieds arrière mais je sens que je vais me ramasser par terre. Un bon quart d'heure se passe, les coups continuent de pleuvoir dans le bureau d'à côté. Jacky ne doit pas être à la fête. Plus personne ne vient me voir et j'ai toujours mon envie de pisser jusqu'à ce que mon Jean-Martial pointe à nouveau le bout de son nez.

— J'ai des infos pour toi mais tu ne me balances pas, ok ? J'ai pas envie d'avoir des problèmes avec la police.

— Très drôle...

— En effet, t'as pas eu le bol ce soir. C'est ton pote qui était visé pour une affaire de stup. Mais du coup, le chef va se faire mousser en te gardant parmi nous à cause de tes casseroles. On va commencer par une garde à vue de quarante-huit heures et ensuite te déférer devant le juge pour tes dossiers en cours.

— Qu'est-ce que je risque ?

— Cambriolage et les faux papiers, je dirais une année de zonzon. Je ne peux rien pour toi car ce n'est pas mon chef que tu as sur le dos, moi je suis à la Mondaine, à l'étage du dessous. En plus les chefs ici ne sont pas du genre romantique, alors leur faire savoir que l'on se connaît de l'enfance, ils s'en tamponnent l'oignon. Je peux juste te souhaiter une bonne continuation et essayer de te trouver une cellule individuelle au sous-sol pour cette nuit.

— Te donne pas cette peine l'ami, j'aimerais juste aller pisser.

J'ai été transféré au sous-sol, dans le quartier des hommes, dans une cellule miteuse à trois lits superposés avec un lavabo crasseux et une chiotte turque. Les murs et le plafond beiges y sont recouverts d'inscriptions en tous genres à l'attention de mères, de femmes, de sœurs, de Dieu. J'y suis pour l'instant seul et prends possession de la paillasse du bas pour essayer d'y dormir un peu. Je ne pense pas que Jacky soit prêt d'y descendre s'y reposer. La nuit se passe.

Le lendemain, la journée est entrecoupée de montées et descentes dans le bureau 312. Plus de traces de Jean-Martial, ni de Jacky. Je suis seul face à mon avenir. Le fanfaron me rappelle mes histoires anciennes et m'indique que je passerai devant un juge demain ou après-demain. Il me colle un avocat commis d'office pour m'assister. Le lendemain, je suis transféré devant un juge qui m'informe, en l'espace de trente minutes, des casseroles que je traîne. Sanction à application immédiate : une année de réclusion ferme. Direction la maison d'arrêt.

56.

Juillet 1974.

En l'espace de quatre-vingt-seize heures, je suis passé de la liberté à l'enfermement, sans moyen de m'y soustraire. Je suis ballotté comme un sac de riz d'une cellule à une autre. Des heures interminables d'attente pour des enregistrements, des prises d'empreintes, des séquestres d'affaires, des interrogatoires. Continuellement les mains attachées dans le dos, assis sur des chaises ou des bancs inconfortables, à attendre et attendre encore que mon cas avance jusqu'à sa destination finale. Désinformation permanente pour palier d'éventuelles fuites de renseignements vers l'extérieur qui viseraient à m'extraire de là. Un coup je suis destiné à la Maison d'arrêt de Rouen, avant de connaître que non, ce sera celle de Loos dans le Nord, et finalement à la dernière seconde, c'est Fleury-Mérogis. Les vieux démons du passé des prisons d'Orléans et de Bordeaux où j'ai fait mes classes me reviennent sans tarder.

J'ai demandé à mon avocat de prévenir la grand-mère de Lili sans mots couverts de ma situation. Le transfert vers Fleury-Mérogis est rapide, une trentaine de kilomètres maximum. J'y arrive en soirée. Passé l'imposante porte métallique de l'entrée principale que j'arrive à peine à distinguer entre les interstices des vitrages fumés de la camionnette, le mot numéro prend d'emblée tout son sens. J'en deviens un dans la seconde où je pose un pied sur le sol de l'un des plus grands centres pénitentiaires d'Europe. Oublié là, dans une cellule d'enregistrement durant deux ou trois heures pendant que les matons regardent un match de foot à la télévision. Assis là, menotté à une chaise pendant des plombes en attendant que le médecin chef prenne son service et m'examine avant mon acheminement en camion jusqu'au bâtiment où se trouve ma cellule. Puis quasiment traîné le long des couloirs aux murs tantôt verts, tantôt orange selon les étages, en empruntant l'escalier central raide comme la justice. Des alignements interminables de portes métalliques aux serrures imposantes donnant sur des coursives où un tiers des néons est hors service, ce qui rend d'autant plus sombre l'atmosphère générale. Les puits de lumières au dernier étage sont tellement sales que la lumière de l'extérieur a du mal à pénétrer à l'intérieur. Et enfin, après cette visite guidée, je suis littéralement jeté par un maton, qui souhaite sans doute imprimer sa marque de supériorité sur moi, dans une cellule de neuf mètres carrés déjà occupée par deux détenus. L'heure de la ronde du café du matin est déjà passée, pas de chance, pas de second service pour les retardataires, mon estomac, qui émet des bruits caverneux, attendra jusqu'au déjeuner.

Mes codétenus sont plutôt accueillants, comme on peut l'être en prison. Je prends possession du dernier lit disponible, forcément le plus crade et le plus défoncé. À l'extérieur, par la fenêtre, le soleil est plus que timide, il veut marquer d'une journée à dominante grise mon retour dans la maison zonzon. La cellule est dans un état de délabrement avancé, les murs écaillés, d'un blanc-beige-marron, sont couverts de graffitis, voire d'éléments que je classe très vite dans la rubrique excréments du côté du WC. Il y règne un mélange d'odeurs de tabac froid et d'odeurs corporelles à vous donner des haut-le-cœur. Sous la fenêtre, une table et une unique chaise. Pour les autres, c'est le matelas qui fait office de chaise. Pas de radio, pas de télé, deux journaux et trois magazines posés là sur le coin de la table à côté du cendrier plein de mégots. Dans les zones « privatives » des lits superposés, quelques photos personnelles de mes deux codétenus, Philippe, la trentaine et Samuel, la cinquantaine bien tassée.

L'un d'eux me propose une clope, que je lui rendrais obligatoirement quand je pourrais cantiner. Je l'accepte et la savoure comme une libération à l'arrivée d'une marche sans fin, le corps et l'esprit fatigués.

Après quelques heures pour me familiariser à nos neuf mètres carrés, ils m'affranchissent du fonctionnement de la prison. Ici, il y a un fort taux de suicides, ce qui explique les hurlements sans fin durant la nuit. L'endroit le plus dangereux est la cour centrale. Nous passons entre vingt-deux heures et parfois trente heures en cellule avant de pouvoir aller en promenade pour une heure, voire une heure et demie dans les bons jours. Néanmoins, pendant les promenades où nous nous retrouvons à près de trois cents détenus dans la même cour, tout n'est que racket, harcèlement, dépouillement et bagarres en permanence. Nous sommes près de quatre mille cinq cents détenus à Fleury et mieux vaut rester dans son coin, si possible en groupe, à marcher sans croiser de regard ou à jouer aux cartes dans l'herbe tout simplement.

Côté matons, c'est fermeté maximale. Ils font chier tous les détenus du matin au soir, allant jusqu'à réveiller tout l'étage plusieurs fois par nuit en tapant à coups de matraque sur les portes pour vérifier que tout le monde est vivant dans les cellules. Ajoutez à cela les révoltes des détenus qui grondent dans toute la France en ce moment, et vous obtenez une bombe à retardement.

Arrive l'heure du déjeuner, salvateur et réparateur malgré la médiocrité de la qualité du repas. La première journée s'écoule assez rapidement. Il m'en reste plus de trois cent soixante encore à faire, peut-être un peu moins si je me tiens à carreau. La semaine passe sans plus ni moins. Elle se passe, point. Mais le jeudi suivant, je suis extrait de ma cellule dès le matin et conduit à nouveau en camion chez le juge qui m'a planté à Fleury. Il me signifie que je vais être transféré à la Centrale d'arrêt de Saint-Martin-de-Ré dès le lendemain.

Retour à Fleury en début d'après-midi, en ayant raté le tour du déjeuner, cette fois. Il ne me faut pas beaucoup de temps pour rassembler les trois affaires qu'ils m'ont autorisé à garder dans la cellule et j'attends patiemment mon départ pour le grand ouest.

À la fraîche, je me tape le parcours inverse des enregistrements et levée d'écrou, long comme un jour sans pain, avant de monter dans le camion cellule qui va me transporter avec quelques autres détenus, tel du bétail, vers Saint-Martin-de-Ré. Le voyage est long et fatigant. Enfermés dans des cellules grillagées de moins d'un mètre carré, les menottes aux poignets en permanence et de trop rares haltes pour marcher dix mètres et aller pisser avec deux gendarmes au cul.

Le périple dure une douzaine d'heures, et c'est à la nuit tombée que nous franchissons le sas d'entrée de la Centrale d'arrêt. Changement de décor et pourtant tout est identique, à commencer par les matons. L'homme reste une pourriture quand il a un petit pouvoir sur son prochain. L'air de la mer qui n'est pas très éloignée ne les détend pas pour autant. J'y gagne néanmoins un peu au change en intégrant une cellule de deux places, mais mon colocataire, Joël, quarante-sept ans, braqueur multirécidiviste, me fait savoir que souvent un troisième détenu loge sur un matelas à même le sol pendant quelque temps. Surpopulation quand tu nous tiens. Heureusement que nous ne payons pas de loyer.

Je prends la température de la Centrale pendant les premières promenades. L'ambiance générale est électrique, ça sent la poudre. Les esprits s'échauffent, ça va exploser dans quelques heures, voire quelques jours. Des groupes se forment pendant les promenades et les matons ne se risquent pas à aller casser ces regroupements. Des détenus sont désignés pour porter les revendications auprès de la direction. Ils sont renvoyés immédiatement sans être reçus par quiconque de responsable. Lors d'une promenade, je retrouve Axel, dit l'anguille, une petite frappe parisienne qui œuvre dans le racket de buralistes. Nous nous sommes reconnus tout de suite. On se raconte nos vies passées pour tuer le temps. Il en a pris pour trois ans. Il m'affranchit du moyen de cantiner et des matons à éviter comme la peste. Il sent comme moi que cela ne va pas tarder à exploser dans les coursives ou dans les ateliers et le feu d'artifice tiré à quelques centaines de mètres de la Centrale en ce 14 juillet ne va pas calmer les foules, bien au contraire. Je le mets au parfum de mes dernières années à Paris. Il travaille dans l'atelier bois de la prison et je vais sans doute y demander mon inscription pour le rejoindre.

La semaine suivante, ma balade du mardi ne se révèle pas comme celles des autres jours. Un décalage dans les rotations des promenades fait que je me retrouve non seulement en compagnie d'Axel mais également… du mac de Jiji. Il est là, à quelques mètres de moi. Je le reconnais comme je reconnaîtrais ma mère. Sitôt reconnu, je demande immédiatement à regagner ma cellule, prétextant des maux de ventre. Lui ne m'a pas vu, du moins je l'espère.

Le lendemain, Axel m'interroge sur mon état de santé et je lui raconte mon histoire avec Jiji, la môme et le mac. Axel se met en quête auprès de ses amis détenus de l'identité du gars, en demandant la discrétion la plus totale. Quelques heures plus tard, la confirmation nous est donnée, c'est bien lui. Il est tombé pour proxénétisme aggravé il y a un mois. Détail de circonstance, il s'est fait tatouer une larme au coin de l'œil gauche, signe distinctif des proxos ou voyous ayant tué dans leur vie. Il se vante d'avoir liquidé une partie de son cheptel, comme il l'évoque, en réduisant les effectifs dans un bain de sang. Apparemment dehors, on lui obéit ou on crève.

Axel lance à nouveau l'un de ses mecs à la chasse aux informations. En ce 30 juillet, la Centrale est en effervescence. Depuis le matin, ça hurle dans tous les coins. Un détenu a réussi à subtiliser les clés d'un maton et a ouvert pas loin d'une centaine de cellules. Ça cavale de partout, ça commence à mettre le feu dans les couloirs et les ateliers. Suivant le mouvement avec Axel, nous nous retrouvons au troisième étage du Bâtiment A. Nous sommes avertis de l'arrivée des gendarmes en nombre. Quelques-uns proposent d'aller faire voler les tuiles des toitures sur les condés. Dans le petit groupe des révoltés, je reconnais encore le mac de Jiji.

Nous retournons dans nos cellules respectives avec Axel et en ressortons avec un tee-shirt déchiré posé sur notre nez et notre bouche pour se protéger des gaz lacrymogènes. Au détour d'un couloir mal éclairé, nous tombons sur l'ami d'Axel qui en profite pour nous informer de ce qu'il a pu tirer comme information du mac de Jiji. Il nous raconte que c'est une grande gueule qui aime à ce qu'on l'écoute vomir ses paroles de haine. Il n'a aucun regret sur ses actes passés, sur les rixes, les bastonnades ou ses décisions de vie ou de mort sur ses subalternes. Apparemment, il aurait beaucoup de sang sur les mains. Rapidement, nous devons nous séparer afin de ne pas nous faire alpaguer ensemble.

Nous rattrapons le petit groupe monté sur les toits en brisant une vitre du puits de lumière au faîtage de la toiture. Nous sommes à l'équivalent du quatrième étage et sous nos pieds, une horde de gendarmes a pris place dans la cour principale. Une véritable armée Romaine. Ils commencent à titrer des grenades lacrymogènes pour tenter de nous faire redescendre des toits. Je ne quitte pas le mac de Jiji des yeux. Je sais maintenant pourquoi sa voiture avait tant de kilomètres au compteur en si peu de temps. Il avait sûrement fait un aller-retour en province pour s'y faire voir et se donner un alibi le soir du meurtre de Jiji. Lui ne m'a toujours pas calculé. Il fait voler les tuiles jusqu'au sol en prenant soin de viser les gendarmes. Axel me suit, sans dire un mot, il sait déjà quel est mon objectif. Nous commençons à entendre des balles fuser autour de nous. Nous devons être une vingtaine là-haut. La fumée blanche tout autour de nous devient de plus en plus présente et irritante. Mes yeux pleurent mais restent rivés sur mon objectif. Je viens de prendre la décision à l'instant. Je ne croise aucun autre regard. Les tuiles volent telles des frisbees et le groupe descend petit à petit vers la gouttière du versant. Je suis à une dizaine de mètres du mac. J'attends le moment propice pour passer à l'action. Je vais lui apprendre à voler. Je ne dois pas me faire griller par les autres détenus présents sur le toit. D'en bas personne ne peut savoir qui est là-haut. Deux violentes détonations se font entendre du côté des ateliers, entraînant un léger tremblement du bâtiment. C'est l'étonnement général. Au même instant, je fais un pas en avant, mon bras gauche légèrement tendu. À moins d'un mètre du mac, c'est le moment. J'entends alors un craquement sourd, la tuile et le liteau de bois sous mon pied droit viennent de casser et je me retrouve à passer la jambe entière à travers la toiture. Ma jambe frotte le chevron sur toute sa longueur et une douleur terrible m'envahit. Écartant les bras pour me rattraper tant bien que mal, je constate que mon pantalon est déchiré sur toute sa longueur et que ma jambe pisse le sang. Axel m'agrippe sous les bras pour me relever. Assis sur le toit dépourvu pour moitié de tuiles, nous sommes submergés par la fumée des lacrymogènes et n'y voyons plus à un mètre. C'est raté, nous devons rebrousser chemin, au risque de faire un beau vol plané de quatre étages. Axel m'aide à me redresser et à remonter le versant jusqu'au puits de lumière.

Arrivé à notre point de sortie, je suis abattu par la douleur et l'occasion manquée. Je m'en veux terriblement. Je demande à nouveau de l'aide à Axel pour descendre du toit. Il me demande cinq minutes et je le vois repartir vers l'épaisse fumée blanche. J'essaie de le distinguer et de le suivre des yeux mais je le perds de vue en quelques secondes. Des cris et des hurlements fusent de partout autour de moi et les tirs redoublent. Dans tout ce bordel assourdissant, je distingue à peine un long cri suivi d'un bruit sourd d'impact en bas du bâtiment. Après trente secondes, Axel réapparaît, l'œil malicieux mais avec une expression noire dans le regard. Sans un mot nous descendons avec difficulté du toit et filons sur trois jambes jusqu'à ma cellule. Les gendarmes prennent peu à peu possession des étages barricadés par les détenus. Je propose à Axel qu'il me laisse là et qu'il rentre dans sa cellule avant l'assaut. Il accepte. Je lui empoigne la manche avant qu'il ne parte.

— Qu'est-ce que t'as foutu là-haut ?

— J'en sais rien, j'ai heurté un truc.

Nos regards sont appuyés. Le mien est plein de reconnaissance. Il quitte ma cellule dans un brouhaha énorme en hurlant :

— Omerta, Omertaaaaaa !!!

Il nous faudra attendre cinq heures avant que le calme ne revienne complètement. Durant toute la nuit, les matons passeront dans les cellules les unes après les autres pour compter les présents, les blessés et lister les quelques irréductibles qui sont encore repliés au dernier étage du bâtiment.

Au matin, l'information circulera comme une traînée de poudre, on dénombre deux morts parmi les détenus. J'ai un rictus heureux au coin des lèvres en apprenant la nouvelle. Je suis envoyé à l'infirmerie et suis bon pour sept points de sutures.

Trois jours plus tard, et après plusieurs détenus, c'est à mon tour d'être interrogé sur ma participation aux émeutes et sur l'origine de ma blessure. Au Directeur, mon récit sera bref : j'ai essayé de monter sur le toit mais ma jambe est passée à travers le toit. Je suis redescendu immédiatement dans ma cellule. Je nie avoir balancé la moindre tuile. J'écope de quarante-cinq jours de mitard pour rébellion en bande organisée. Axel, lui, aura réussi à faire passer la pilule comme quoi, par peur, il est resté tout le temps des heurts dans sa cellule. Mais comme tous les détenus du bâtiment, il aura droit à ses quarante-cinq jours de mitard.

57.

Août 1974.

Je prends mon tour de mitard pour un mois et demi. C'est beaucoup par rapport à l'année que je dois effectuer au total.

Ce mois d'août 1974 est particulièrement chaud et affreusement sec, mais j'ai pour moi une consolation qui m'aide à tenir, du moins la première semaine. Cette crevure est canée. Nous ne sommes que deux à nous en réjouir mais qu'importe, la mémoire de Jiji est sauve. Même sans être particulièrement rancunier, il en est allé d'une vie à jamais perdue et d'une gamine qui reste sur le carreau sans sa mère. Je ne reverrai pas Axel de sitôt entre mon séjour et le sien.

Il a beau n'être constitué que de béton, le mitard est étouffant. La lumière y est constamment allumée, sans interruption. Les matons se vengent du mois dernier. Vérification après vérification. De jour comme de nuit. Plus aucune notion du temps. Quel jour sommes-nous ? Quelle heure est-il ? Frôlant parfois la folie, je suis persuadé que les repas, si l'on peut appeler ça des repas, ne sont pas servis à heures régulières. Le manque d'eau est constant, mais je ne laisserai pas mon esprit perdre pied. Je sais que je sortirai de ce trou. Je sais que je reverrai le soleil. Je sais que je quitterai cette prison. Par contre, je ne sais pas si je n'y remettais pas les pieds un jour. Je me force à laisser toujours ma tête en éveil. Je creuse dans mes souvenirs, ceux de dehors, ceux d'avant. Ils ne m'auront pas. Pas juste avec du mitard. Et un jour, enfin, on me sort de ce trou.

Je réintègre ma cellule. Joël n'y est pas. Nos affaires ont été mises à sac, retournées, fouillées, jetées à terre. Cela me passe au-dessus. Nous sommes mi-septembre et il me reste neuf mois et demi à faire. Je remets de l'ordre dans la cellule. Trouve dans le tas de fatras un vieux livre appartenant à Joël, de Serge Netchaïev, Le Catéchisme du révolutionnaire. Cela me fait sourire intérieurement. De quoi tenir le temps de son retour car tous les autres livres ont disparu.

Une bonne semaine se passe avant le retour de Joël. Je retrouve un homme cassé, usé jusqu'à la corde. Le mitard l'a brisé et il mettra des semaines, voire des mois, à s'en remettre.

Nous filons doucement vers l'automne. Une année dans la vie d'un homme n'est pas grand-chose, mais enfermé, les jours comptent double. Tu te crois jeudi et nous ne sommes que mardi. Les week-ends n'ont aucun intérêt sinon celui de ponctuer une semaine de plus au compteur. Mais après tout, en une année de zonzon, il n'y aura qu'un nouvel an, qu'un solstice d'été, qu'une fête nationale, qu'une vendange, qu'un solstice d'hiver, alors ce n'est pas si catastrophique.

La grisaille revient, le froid également. Les jours se suivent et se ressemblent, tous. Le travail à l'atelier permet de sortir de sa cellule et de cantiner un peu. Les visites au parloir sont inexistantes pour moi. Les connaissances de l'extérieur, toutes fichées, ne se risquent pas à venir me voir. Les Frères Yand me font passer régulièrement de la fraîche via mon avocat pour que je puisse cantiner du café ou du tabac.

Sonne enfin le nouvel an. Enfin l'année 1975 est là, synonyme de retour à la vie civile si tout va bien. Les matons me tendent des pièges afin que je sorte de mes gonds et pour me faire plonger au mitard. C'est un amusement pour eux, mais je ne flanche pas. Je garde ma haine intérieurement.

J'ai reçu de bonnes nouvelles de Lili et de sa grand-mère et cela maintient mon moral au beau fixe.

Je reste sur mes gardes pendant les promenades, les altercations ne cessent pas. Certains détenus se font tabasser à un contre cinq, parfois à coups de boules de pétanque ou de pierres. Les matons ne bougent pas et récupèrent ce qu'il reste du gars à la fin de la promenade.

L'été est de nouveau de retour et lorsque arrivera sa fin, il sera enfin temps pour moi de sortir de cet enfer. Je ne me promets pas de modifier ma vie au-dehors car je sais que cela me sera impossible.

Je compte les semaines, puis les jours et enfin les heures. Me voici sur le départ. Je laisse derrière moi Axel et Joël. Nous nous retrouverons derrière les murs d'enceinte, bientôt.

Je franchis la haute porte métallique d'entrée, comme un jour de renaissance. Je suis seul mais pour autant, même sans pouvoir partager ce bonheur avec quelqu'un, je suis heureux. Je respire l'air de la liberté. Me voilà quitte avec l'administration, lavé de mes dus à la société. Mais j'ai de la mémoire et ce qu'il se passe à l'intérieur de ces zones d'enfermement n'est pas digne de l'être humain. Je sors et de suite l'odeur n'est pas la même. À l'intérieur de ces murs de béton, l'air y était vicié, partout. Même dans les cours de promenade, l'air est pourri par le manque de ventilation, les plaques de verre ou de plexiglas qui empêchent le renouvellement de l'oxygène. Dehors, c'est un autre air que je sens dans mes poumons. L'air de la liberté.

Je me délecte d'un simple mais vrai repas, avec du vrai pain, du vrai vin et du vrai café dans un petit bar restaurant à quelques kilomètres de la prison. Je marche encore pour m'éloigner de la Centrale, de plus en plus, jusqu'à la tombée de la nuit. Peut-être vais-je dormir à la belle étoile cette nuit mais qu'importe. Je suis libre.

58.

Septembre 1975.

Chassez le naturel et on connaît la suite. Le milieu parisien fait grise mine. Les proxos sont à la rue et les Corses de Paris se replient depuis la fermeture du Laetitia, dernier bastion des insulaires de la capitale après la fusillade de janvier dernier. Un nouveau visage de la voyoucratie s'installe petit à petit dans les banlieues dures et vient déborder sur l'Île de France. Il va falloir se moderniser faute de quoi ce sera la baisse inévitable du rideau.

Tout s'accélère, les banques se protègent, les patrons de boîtes ou de bars prennent des gros bras pour barrer les entrées des établissements. Il reste la drogue, mais les flics progressent également, dans la recherche et les investigations, les planques, le matériel et les filatures.

Je décide de descendre à Marseille pour quelque temps, histoire de changer d'environnement et de renouer des liens avec quelques vieilles connaissances phocéennes. Je garde néanmoins mon pied à terre Parisien au cas où. Me voici dans le train de nuit, regardant par la fenêtre, comme absent, s'éloigner lentement la ville lumière. Je sais déjà ce que je vais trouver en bas, la même chose que là-haut. La même violence, la même intransigeance, les mêmes gueules, les mêmes mafieux, les mêmes règlements de compte et les mêmes morts. L'Afrique du nord offre encore de belles perspectives côté drogue. Il faut juste y mettre un peu plus de moyens techniques et aller toujours plus vite pour échapper aux stups. Malheureusement, à contrecourant, les balances sont de plus en plus nombreuses et la confiance se perd davantage tous les jours un peu plus. Il faut multiplier les membres dans les équipes, savoir s'entourer et ne pas hésiter à liquider en cas de doute. Les anciens, ceux de la vieille école, filent tranquillement vers une retraite à l'étranger mais la nouvelle génération ne sait pas faire perdurer les traditions du milieu. On trahit à tout va pour peu que cela arrange quelqu'un ou rapporte quelque chose.

Je ne ferme quasiment pas l'œil de la nuit. Toujours sur le qui-vive, même en étant en règle pendant ce voyage. Les gares défilent, les villes, les villages, les lumières dans les maisons, les phares des voitures sur les routes. Mal au dos, mal aux jambes, envie de boire, envie de pisser, envie de dormir. Bref, une nuit de merde. Au petit matin, le soleil se lève, redonnant vie à toutes choses. Je touche au but. La Bonne Mère est toujours là et le vieux port s'anime déjà. Les bateaux rentrent de pêche et les voix commencent à monter dans les bars et sur les terrasses. Le long kilomètre de la rue de la Canebière, allant du quai des Belges à l'église Saint-Vincent de Paul, est en effervescence.

J'ai rendez-vous avec le fils du père Raymond, Jo. Il a pris la suite de son paternel derrière le comptoir, après que ce dernier a malheureusement calanché il y a quelques mois. Les retrouvailles sont fraternelles. Il était présent, planqué dans un coin, en 1952 lors de mon initiation dans ce même bar. Nous avons le même âge. Il affiche quelques centimètres de moins que moi mais aussi quelques kilos de plus. J'ai le sentiment de retrouver un frère plus qu'un ami. Il me propose d'aller au stade Vélodrome ce soir pour voir l'un des matchs de foot les plus importants de la saison entre Marseille et Saint Étienne. Nous en profiterons pour croiser quelques beaux gars du mitan. En attendant, il me fait accompagner par un de ses aides de camp vers un appartement qu'il me met à disposition pour quelque temps. Un petit deux-pièces dans les quartiers nord de la ville.

Je passe l'après-midi à récupérer de ma nuit d'insomnie. Je le retrouve vers 19h00 et nous dînons dans l'arrière-salle de son bar. À Marseille, la cuisine n'a rien à voir avec le football. Elle, au moins, elle met presque tout le monde d'accord. Nous dînons d'une merveilleuse soupe de poissons, bien arrosée, avant de nous rendre au stade. Ici aussi, comme au centre-ville, c'est une cocotte-minute. Les supporters se chambrent à la limite d'en venir aux mains.

Nous accédons au stade par une porte dédiée aux VIP pour prendre place dans une loge qu'il loue à l'année. Dans les coursives, c'est un autre monde. Les caïds locaux y croisent les hauts gradés de l'État venus sur invitations. Petits arrangements entre amis. Je me fais alpaguer le bras par une gueule cassée, un jeune d'une trentaine d'années tout au plus, balafré de l'œil droit jusqu'à l'oreille. Il me pousse d'un bon mètre contre le comptoir où l'on nous sert une coupe de champagne. Il me fixe d'un regard pénétrant.

— C'est toi qui étais d'équipe avec le Strasbourgeois sur la banque de Mantes ?

Je sens, en une fraction de seconde, monter en moi une puissante envie d'étaler par terre ce jeunot impoli.

— Tu sembles connaître déjà la réponse alors pourquoi me la poses-tu ?

— C'était un copain, le Strasbourgeois et j'ai le mauvais pressentiment qu'il n'a pas eu la couverture qui s'imposait, si tu vois ce que je veux dire ?

— Faut avoir des burnes pour balancer ça sans perdre une dent, gamin. Renseigne-toi mieux la prochaine fois au lieu de balancer des conneries.

— Je veux savoir qui a merdé dans le groupe et lui trouer la peau.

— Tu as les portugaises ensablées ? Personne n'a merdé, alors tu passes ton chemin ou je m'occupe de te faire une seconde rayure sur la gueule.

Jo fait signe, du coin de l'œil, à l'un de ses troisièmes couteaux, de venir afin de libérer la place de cet excité juvénile, non sans lui faire savoir au passage que je suis son ami et qu'il ne souhaite pas le croiser de nouveau avant un bon bout de temps. Le gamin s'en va tête basse et le regard noir.

Le match est tendu et l'ambiance électrique. Les Stéphanois prennent le large aux dixièmes et vingt-neuvièmes minutes grâce à ce diable de Rocheteau, mais les Marseillais rentrent aux vestiaires à la mi-temps en ayant remonté le score à 3-2.

Jo me présente un gradé de la police dont il me tait le nom. Ce dernier m'explique qu'il a de gros ennuis avec un proxo connu de la région et qui a réussi a enrôler la gamine de son meilleur ami dans les rangs de ses filles. Il la tient par la came qu'il lui fournit et la planque dans un de ses bars. Le père n'a plus de nouvelles de sa fille depuis presque deux mois. Le problème, c'est que le proxo est protégé par l'un de ses supérieurs à qui il fournit à l'œil des filles pour des partouzes le week-end. Il demande à Jo de la récupérer contre la perte inexpliquée d'un gros dossier où Jo pourrait être fortement impliqué. Après deux coupes de champ' et quelques amuse-bouches, Jo accepte le deal.

La mi-temps est terminée, le match reprend. Huit minutes de jeu et le Marseillais Emon plante le quatrième but pour les Phocéens. Le stade explose. Les chants redoublent. Tout le stade tremble sous les sauts de joie des supporters. Dans une loge voisine, Jo aperçoit une armoire à glace qu'il me désigne discrètement du doigt.

— Viens, je crois que j'ai trouvé notre homme pour récupérer la gamine.

— Le bûcheron là ?

— Oui, c'est Ari. La première fois que je l'ai rencontré, c'était pendant une bagarre dans un bar, il avait mis une gifle à un gars… avec une table.

— Intéressant ce garçon.

Nous attendons la fin du match et rejoignons le colosse dans sa loge. Je reste en retrait pendant que Jo tape la converse quelques minutes avec lui. Rapidement, l'affaire semble entendue. Jo me fait signe de les rejoindre et une superbe créature nous apporte des coupes pour trinquer à la victoire de l'Olympique de Marseille.

Jo me présente comme un ami « du grand nord ». Je ne sais pas ce que Jo lui a proposé en échange de son aide mais le gars affiche un sourire jusqu'aux oreilles. Il plante son regard noir dans les yeux de Jo et lui lance :

— Je connais le proxo dont tu parles. Ce n'est pas quelqu'un que j'apprécie.

— Ça tombe bien, notre ami commun le policier non plus apparemment. Il ne se formalisera pas outre mesure de le savoir à l'ouest.

— T'inquiète, je vais me faire une joie de l'émasculer avec un cure-dents.

À l'entendre, je me dis qu'il vaut mieux avoir ce genre de bas de plafond dans son équipe que contre soi. Il enchaîne les coupes comme du petit-lait. Les gradins sont désormais totalement vides et seules quelques loges sont encore allumées.

La nuit avance et le déménageur nous propose de finir la soirée dans son bar à quelques centaines de mètres du stade. Nous lui emboîtons le pas et c'est dans une ambiance de supporters survoltés et fortement alcoolisés que nous terminons la nuit entre cigares et alcools forts.

Au petit matin, nous nous quittons et Jo me dit revenir vers moi dès qu'il aura logé la gamine.

Deux semaines se passent et lors d'un passage au bar, Jo m'indique avoir localisé la jeune fille. Elle serait embastillée dans un bar à bouchon, Le Riviera. Il a envoyé deux de ses hommes pour le confirmer avant de passer la récupérer. Ils en sont revenus avec une réponse positive. La gamine est bien dans ce bar, elle tapine avec ce qu'il lui reste de forces et de conscience à cause de la came qu'elle s'envoie. Son mac vient relever les compteurs tous les jours vers 23h00.

Jo prévient son contact chez les poulets et appelle l'armoire à glace pour planifier notre intervention. Nous décidons de nous rendre sur place dès ce soir. Les deux hommes de Jo prennent deux voitures disponibles pour nous y conduire. À minuit, nous sommes stationnés devant le bar dans une rue à sens unique. Les lampadaires aux ampoules de couleur ambrée donnent à cette rue un côté coupe-gorge saisissant. Mais malgré cela, la rue est déserte.

L'un des chauffeurs descend pour dévier les rares voitures qui voudraient emprunter la rue. Ari ouvre la marche. La porte du bar est barrée par un judas de bois derrière une grille en fer forgé. Après quelques échanges verbaux, il semblerait que le portier ne veuille pas nous laisser entrer. Ari assène plusieurs coups de poing sur la porte en invectivant le portier.

— Ouvre cette putain de porte ou je te défonce la gueule !

Sous la pression, la porte s'ouvre. Nous nous engouffrons tous les trois dans l'établissement, sachant pertinemment que le proxo risque de se faire la valise par derrière. Jo et moi-même nous occupons de récupérer la gamine, que nous trouvons affalée sur un canapé de velours rouge, pendant qu'Ari contourne le bar pour saisir par le cou le proxo et l'exfiltrer. En moins de deux minutes, nous montons avec la gamine dans la première voiture pendant qu'Ari monte dans la seconde avec le proxo. Les chauffeurs démarrent sur les chapeaux de roues et prennent deux routes distinctes. Je ne sais pas où Ari entraîne le proxo.

Dix minutes plus tard, nous stoppons la voiture devant un immeuble cossu du 8ème arrondissement. Jo sonne et la lourde porte cochère s'ouvre dans un grincement qui déchire la nuit, laissant apparaître une paire de bras qui se saisit de la gamine. Mission terminée de notre côté. Nous rentrons au bar de Jo. Ari nous y rejoint une heure après. Il tient, excité comme une puce, à nous raconter par le détail ce qu'il a fait du proxo.

— On l'a emmené avec ton gars dans la forge du père Harvet, un ami ancien légionnaire dans les hauteurs d'Aubagne. En arrivant, j'ai raconté à mon ami ce que le méchant Monsieur faisait dans la vie et pourquoi il était là. On a attaché le proxo sur l'un des établis de la forge, les bras en l'air accrochés au porte-outil avec du fil électrique, et les jambes écartées fixées à chaque pied de l'établi. On s'est presque engueulé avec Harvet pour décider qui allait régler son compte à cette salope. Au final, on l'a joué à pile ou face et j'ai perdu. Harvet a pris un couteau pour ouvrir en deux le pantalon du proxo qui commençait à se pisser dessus de peur. Quand tout le futal fut arraché et que le service trois pièces de cette lopette fut à l'air libre, le légionnaire a saisi une tenaille de grande taille bien rouillée et l'a glissé à la base de ses bijoux de famille. Ça lui rappelait des souvenirs à l'ancien. C'était tordant de rire, le proxo en avait le souffle coupé. Plus un mot ne sortait de sa bouche. Et en prenant bien son temps, il a refermé la tenaille pour détacher les couilles et la nouille du corps. Là par contre, le proxo s'est mis à hurler comme un porc en regardant entre ses jambes pendant qu'il commençait à se vider de son sang. J'ai dû lui coller un chiffon au fond de la gorge pour ne pas qu'il ameute tout le quartier. Je ne sais pas combien de temps cela a pris pour qu'il se vide entièrement mais qu'est-ce qu'on a ri ! Bref, ça en a foutu de partout et on a dû mettre de la sciure de bois pour éponger. Ensuite, on a pris la viande froide et on est allé le cramer dans une fosse dans le terrain vague de Harvet.

Nous avons laissé Ari finir son récit avant de proposer de porter un toast à la réussite de notre affaire. Jo m'a confirmé que le flic lui était reconnaissant de notre aide.

Je rentre vers l'appartement, la tête farcie des images du proxo sur l'établi. En remontant vers l'appartement, je me rends compte que Marseille et Paris n'ont rien de commun. À la nuit tombée, les trottoirs se couvrent de sans-abri. À chaque pied d'immeuble, à espacement régulier, une poubelle, un sans-abri. Gégé le clochard en viendrait presque à me manquer.

Je reste jusqu'à la fin de l'année dans le Sud, donnant des coups de main à Jo de temps en temps et organisant des convoyages de blanche pour les frères Yand entre Skikda en Algérie, Marseille et Paris. Je passe Noël et le jour de l'an aux alentours d'Arles, chez un ami armurier. Cette deuxième moitié de l'année est passée très vite, trop vite. Il me faut remonter sur Paris. Je dois poursuivre les mises en place des ponts entre l'Algérie et la France. Quitter la cité phocéenne n'est pas chose facile mais il me faut avancer, remonter, revoir Lili, entre autres choses.

59.

Mai 1976.

Mercredi 5 mai. Cet après-midi, j'ai reçu un coup de fil de Jo. L'Île de beauté est en ébullition. Ce soir, les membres du Front paysan corse de libération, du Parti corse pour le socialisme et de Ghjustizia Paolina ont annoncé la création du Front de libération nationale corse (FLNC). Cela présage de nombreuses actions, vengeances, attentats et liquidations. Il s'ébruite qu'ils vont avoir besoin de portes flingues et de seconds couteaux. Je ne peux que décliner l'offre que me propose Jo de les rejoindre dans l'immédiat car j'ai un convoyage important à réaliser pour les frères Yand. Pas moins de trois kilos de pure blanche à faire remonter jusque dans les mains du vieux Giorgio pour revente et financer une caisse noire afin d'acheter des armes et des explosifs pour l'Île de beauté justement. Les frangins me donneront l'adresse et l'heure de prise en charge de la marchandise à la dernière minute. Je me tiens prêt. Joueurs, ils m'ont dit de ne m'étonner de rien. Qu'à cela ne tienne, je patiente en attendant leurs instructions.

Les heures passent et pour le coup… rien. J'essaie de ne pas m'impatienter, cela va finir par arriver. Trois jours durant, je fais le pied de grue en face de leur restaurant jusqu'au moment où enfin ils se décident à m'envoyer quelqu'un. Un p'tit chétif, lourd comme deux sacs de patates, me donne une petite enveloppe. À l'intérieur, un faire-part de décès au nom de Madame Yvonne Fournier, née Bertholier, décédée dans sa quatre-vingt-sixième année et dont la mise en bière se fera à l'Institut Médico-Légal de Paris ce lundi 10 avril à 10h00. Effectivement, il vaut mieux ne s'étonner de rien. J'en déduis que je dois m'y rendre.

Le jour J, je préfère y aller à pinces. J'ai regardé sur une carte, j'en ai pour sept kilomètres. Dans ces conditions, impossible pour les poulets d'éventuellement me filer le train. Me voilà parti pour cette petite randonnée, sac US en bandoulière et 9 mm à l'arrière de la ceinture. Pied de nez au destin, je passe Boulevard Arago devant la prison de la Santé.

Arrivé à l'institut, c'est une petite foule qui patiente devant la double porte métallique de l'entrée. J'ai chaussé mes lunettes de soleil pour garder un anonymat relatif. J'ai du mal à comprendre ce qu'il va se passer pour pouvoir récupérer la marchandise. Je patiente avec les proches de la défunte dans cette cour où le corbillard est déjà garé, coffre ouvert et prêt à partir après la levée du corps.

Une longue demi-heure s'écoule et la petite foule s'ébranle vers l'intérieur du bâtiment aux facades grises et ternes. Juste au-dessus passe le métro aérien, chargé de personnes à mille lieues de savoir ce qu'il se passe en contrebas. Je suis sur mes gardes et pas très rassuré à l'idée de m'engouffrer dans cette bâtisse close que je ne connais pas.

Passés les deux grandes colonnes extérieures, nous cheminons à pas lents dans une enfilade de couloirs et d'escaliers en direction de la chambre funéraire. Un peu plus loin sur la gauche, un grand escalier plonge vers le niveau inférieur du bâtiment. Le panneautage à cette intersection indique les salles d'autopsie au sous-sol. Un Asiatique stoïque en blouse verte se tient au sommet de l'escalier, semblant vaguement consulter un dossier. Arrivé à sa hauteur, il me heurte légèrement d'un coup d'épaule discret. Je comprends immédiatement qu'il me faut quitter la procession et descendre avec lui dans les entrailles peu éclairées.

Il presse le pas sans se soucier si j'arrive ou non à le suivre, mais en l'occurrence je n'ai pas envie de me perdre ici. Après quelques droites gauches dans un couloir jonché de brancards dont certains sont pourvus de ce qui semble être des cadavres recouverts de draps blancs, il stoppe sa progression. Je navigue en plein film d'épouvante et je me rends compte que je serai bien en mal de retrouver seul la sortie en cas de pépin. Mon guide marque l'arrêt devant une porte vitrée sur laquelle on peut lire « salle 3 ». Il jette un coup d'œil de chaque côté du couloir et tire un trousseau de clés de sa poche, ouvrant rapidement la porte. À l'intérieur, c'est la maison des horreurs : armoires, bocaux, instruments, pèse morceaux, tableau de travail, lampe sur pied, tout y est. Mais le pire, c'est l'odeur. Une odeur de rance, d'humidité, de moisissure et de mort. Une envie de poser une galette ne me lâche pas depuis l'entrée.

Tirant tout droit vers une armoire métallique, il en sort un récipient cylindrique en plastique et me tend une poche d'environ vingt centimètres de côté. Je la mets dans ma besace et il m'indique la sortie d'un geste de la main, sans un mot. Les Orientaux savent cultiver le suspense et l'hospitalité. Poussant devant lui une porte de secours, me voilà expulsé directement sur le Quai de la Rapée, sans ménagement, avec mes trois kilos en poche. Je rassemble mes esprits et traverse la grande artère pour remonter vers le bar de Giorgio.

Ces quelques minutes m'ont plongé dans un univers hors du temps, à la fois glauque et morbide. J'essaie de ne plus y penser et me concentre sur mon objectif. Il faut que je me reprenne à plusieurs fois pour me concentrer et vérifier que je n'ai pas un fil à la patte. Marchant comme un robot et n'y tenant plus, au bout de quinze minutes de marche, je prends un taxi pour me faire déposer à quelques rues de ma destination finale. Pendant le voyage, fenêtre grande ouverte, j'ai le temps de remettre mes idées en place. Je suis à quelques minutes de me libérer de ce boulet de trois kilos qui pourrait m'envoyer au trou pour une décennie.

À deux rues du bar de Giorgio, l'atmosphère change radicalement. Le quartier semble comme vide de vie, comme suspendu. Rien à voir avec d'habitude. Je ralentis le pas et découvre deux femmes en larmes, assises sur un banc de bois en face du bar de Giorgio. Avec un étonnement que j'essaie de contenir, je distingue des scellés de police sur la porte du bar. Je marque un bref temps d'arrêt devant le scellé et y lis, en date d'hier, qu'à la rubrique « nature de l'infraction » il est noté « homicide ». Je risque un œil par la devanture et lorgne à l'intérieur. Tout y est dévasté, ne laissant aucun doute sur une bagarre ou un règlement de compte qui vient d'avoir lieu. Au pied du bar, une grande trace de sang mal nettoyée atteste de l'issue fatale. Je me risque à rester quelques secondes sur place afin de capter le dialogue des deux femmes et comprends très vite que c'est de Giorgio donc, dont elles pleurent la perte.

Sans plus attendre, je repars, droit devant, sans réfléchir. Je presse le pas sans me retourner, réalisant à peine ce que je viens d'apprendre. Giorgio au tapis. Le fait en lui-même est vite acquis mais je pleurerai sa perte plus tard, car pour l'instant, c'est maintenant moi qui suis en sursis. Si je ne livre pas la marchandise, je serai immédiatement considéré comme voleur et traqué, car à ce moment, les frères Yand sont censés avoir reçu la fraîche correspondante à la vente de la poudre. Je dois mettre la main sur le bras droit de Giorgio, Alfonso Di Stephano. Ce gars est l'opposé même de Giorgio, impulsif, arrogant, sans filtre et sans limite. Il ne donne aucune chance à ses ennemis et si je ne lui livre pas son dû sans délai, je deviendrai son ennemi dans l'instant.

L'homme a ses habitudes et je pense le trouver attablé à une table de jeux du casino d'Enghien-Les-Bains. Mais je ne peux pas me pointer comme une fleur là-bas, et de plus, l'homicide du bar a sûrement modifié son emploi du temps. Je prends donc la direction de l'Embuscade à Paris 12ème, près de Bastille, où ses hommes de main ont l'habitude de se rassembler. J'enchaîne les moyens de transport, métro, bus, taxi pour brouiller les pisteurs, car je suis sûr que les poulets planquent autour du bar depuis la tragédie d'hier. Je le sens, ils sont là, pas loin. Mon palpitant s'accélère, ma poitrine s'oppresse violemment, j'en ai presque le souffle coupé. Je fais des détours, je planque quelques minutes dans des halls d'immeubles. Je reviens sur mes pas.

Au final, j'arrive en fin d'après-midi, passablement lessivé, à l'Embuscade. Je reconnais au comptoir l'un des hommes de Di Stephano et lui demande de me conduire à son patron. Avec autant d'expression sur le visage qu'un contrôleur des impôts en dépression, il m'indique du doigt une porte sous tenture dont l'entrée est barrée par un porte-flingue aux yeux exorbités par une surconsommation de caféine. Je demande audience au boss via son portier, qui disparaît derrière la porte sous tenture. Quelques longues secondes plus tard, je suis introduit auprès de l'un des nouveaux seigneurs de la capitale. Calife à la place du calife, il trône fièrement derrière son bureau de ministre. D'entrée de jeu, il me met la pression.

— Tu es venu à cloche pieds ? Cela fait des heures que tu devrais être là, dit-il en tapant du poing sur son bureau. J'étais à deux doigts de mettre un contrat sur ta pauvre petite tête de loubard.

— C'est que je n'ai pas vraiment été prévenu de ce que je devais faire de la marchandise.

— De MA marchandise, rectifie-t-il nerveusement. Si tu ne t'adaptes pas immédiatement aux conditions du terrain, tu es un homme mort. Tu le sais ça pourtant, non ?

Je reste muet à ses attaques verbales en lui déposant la came sur la table. Il saisit la poche en la soupesant.

— Tu ne l'as pas reconditionnée, j'espère ? S'il en manque, gare à toi. Tu sais ce qu'il advient des voleurs.

N'ayant confiance en rien ni personne, il pèse la poche. Je ne vois pas le poids affiché sur la balance mais vu qu'il n'a pas dégainé son arme j'en conclus que l'affaire est faite. Il me propose de m'asseoir deux minutes en commandant deux verres à son homme de main.

— J'ai quelques idées sur les gars qui ont fumé Giorgio, me dit-il, mais je n'ai aucune certitude pour l'instant. Il n'avait pas que des amis dans le milieu et ça lui pendait au nez, comme pour nous tous d'ailleurs. Néanmoins, par chez moi, on n'a pas pour habitude de laisser ce genre d'affaire sans vengeance et dès que j'aurais trouvé le commanditaire je lui réglerai son compte. Je pense que tu as un devoir de mémoire envers Giorgio toi aussi, et j'espère que tu seras des nôtres à ce moment-là ?

— J'y réfléchirai sérieusement le moment venu, Monsieur Di Stephano.

— Je sais que je pourrai compter sur toi, mon ami. De plus nous avons beaucoup de bandits manchots à placer dans les semaines à venir, alors reste disponible.

Nous finissons nos verres et je prends congé du nouveau boss de la Camargue et de ses annexes. Je ressors avec un sentiment de semi-confiance en cet homme que je connais très peu. Il est toujours resté dans l'ombre de Giorgio pour tirer les ficelles douteuses, en envoyant au charbon des gars qui n'avaient pas pour la plupart les épaules pour se défendre lorsqu'ils se faisaient serrer par les flics.

Je repasse par chez les frères Yand pour toucher mon dû. Je n'ai pas apprécié leur jeu de piste mais je me garde de le leur faire savoir. Il ne faut pas cracher dans la soupe. Des dizaines de kilos arrivent chaque semaine d'Algérie et leur écoulement est une énorme source de revenus. Pour ce faire, l'un des frères me demande de l'accompagner dans la nouvelle boîte de nuit interlope qui vient d'ouvrir à Montreuil, « La main bleue ».

Nous nous retrouvons ainsi à cinq dans cette banlieue rouge desservie par la ligne 9 du métro, à descendre dans un caveau immense et lugubre, seulement armés d'une lame scotchée entre les pectoraux et d'un poing américain sur le mollet. À l'intérieur, c'est du délire. La déco a été faite par Starck. En l'espace de trois quarts d'heure, nous y croisons Thierry Ardisson, Karl Lagerfeld et Paloma Picasso. Que du people. Cinquante pour cent blanc, cinquante pour cent noir. James Brown à tous les étages. Ça danse, ça transpire pêchu et ça snife dans les chiottes. Le frère Yand a les yeux en stroboscope. Il voit déjà ses kilos de came se vendre comme des petits pains à l'entrée des gogues.

Nous y restons une partie de la nuit. Les concours de danse ponctuent les morceaux de funk aux sonorités surpuissantes. Difficile de rester sur ces gardes entre alcool, bruit, spots et boules à facettes, et passer aux latrines devient une véritable expédition.

Au petit jour, nous quittons l'établissement, la tête en vrac et un mal aux cheveux impressionnant. Deux jours pour se remettre de cette gueule de bois mémorable. Dans la folie de la soirée, j'ai perdu mon poing américain sans même m'en rendre compte. Le frère Yand a noué pas mal de contacts et doit réorganiser ses acheminements pour les mois à venir.

60.

Mars 1977.

L'Algérie pose de gros problèmes aux frères Yand. Depuis des mois maintenant qu'ils s'acharnent à faire monter de la came et du hachich du sud, leur résultat à l'arrivée n'est que de quatre-vingt-deux pour cent. Ils ont perdu depuis neuf mois presque vingt pour cent de la marchandise achetée. Trois convoyeurs ont été supprimés pour cause de vol et six sont salement amochés au point de ne plus pouvoir marcher ni parler. Mais au-delà des règlements de compte, c'est le manque à gagner qui les met dans des rages folles. Plusieurs centaines de milliers de francs. Et les mauvaises nouvelles arrivent tous les jours. Six de leurs dix hommes de main sont sur le terrain pour liquider les traîtres. De fait, ils ont décidé de lever le pied avec l'Algérie et de se recentrer sur l'Espagne.

Depuis le retour de la démocratie post-franquiste, les frontières ne sont plus étanches et les opérations anti-drogue sont assez peu efficaces. Je suis envoyé pour trois ou quatre mois au sud de l'Espagne, à Cala Desnuda, dans le golf de Mazarron. Je dois y coordonner l'acheminement de cent cinquante kilos de cocaïne jusqu'à la France, via un navire de pêche, qui cabotera jusqu'à la France via Valencia.

Arrivé sur place, la chaleur devient de suite ma pire ennemie. Cette région du sud est très aride. Je rejoins, sur les hauteurs de Leiva, mon contact, en la personne de Juan. La trentaine, pas loin du double mètre, sportif aux muscles proéminents, il impose le respect à ses hommes malgré son jeune âge. Il a la réputation de régler en général lui-même ses comptes en cas de litige. Il parle un français impeccable, hérité d'une mère basque, ce qui me facilite grandement la tâche. Il a à sa disposition une quinzaine de personnes avec qui il fait équipe depuis plusieurs années. La marchandise est stockée sur trois sites différents et gérée par cinq hommes pour cinquante kilos.

Je prends mes quartiers à l'ouest de Leiva, dans un petit village du nom d'Atalaya. Ici, je suis isolé de tout et quasiment sans moyens de joindre la France. Il n'y a guère que les moustiques pour m'aimer de la sorte. Une vraie plaie. D'un autre côté, j'ai accepté de venir et j'assume, il n'empêche que si le napalm était en vente libre, il y aurait moins de moustiques. Je me rabats le soir sur les bars et l'alcool local, testant des mélanges improbables qui finissent par des concours à qui pissera le plus longtemps avec les chiens errants du village. Le prix d'un alcool fort est divisé par deux par rapport à la France, alors la consommation s'en trouve multipliée par deux également. Mon foie ne tiendra pas trois mois à ce rythme-là.

Entre deux cuites et autant de gueules de bois, je retrouve Juan tous les deux jours pour faire le point et organiser les affaires. Chaque rencontre a son lot de problèmes à gérer dans l'urgence : un désistement dans une équipe qu'il faut aller museler pour être sûr de ne jamais être balancé, une rumeur de doublette qu'il faut casser dans l'œuf sans délai, une logistique à renforcer ou à modifier pour être opérationnel le jour J. Rien n'est jamais tranquille et le repos n'est pas encore arrivé. De plus, la police locale donne des signes d'inquiétude à Juan. Malgré les pots-de-vin déjà donnés, certains d'entre eux redemandent sans hésitation à être rincés à hauteur de la même somme que celle déjà perçue. Cette situation n'est pas tenable et va finir par partir en vrille si elle n'est pas rétablie immédiatement, mais Juan est trop connu pour tenter quoi que ce soit contre un ou deux flics locaux. Il doit même s'afficher avec eux le plus souvent possible, pour avoir des alibis en béton.

Il me demande comme un service de prendre deux de ses gars pour aller dessouder deux policiers trop gourmands. Mais je ne veux pas avoir de sang sur les mains dans un pays qui n'est pas le mien. Une cavale ici serait trop risquée pour moi, et la prison encore plus. Je lui propose à la place d'aller corriger les deux bleus copieusement, ce qu'il accepte.

Dans ces contrées, les distractions ne sont pas nombreuses et Juan n'a aucun mal à localiser les deux cibles dans l'un des nombreux bars de la région. Il briefe ses gars afin de m'épauler au mieux et il se trouve que l'un d'eux a une vieille histoire à solder avec ces deux représentants de l'ordre. Je les accompagne dans leur vieille bagnole, avec laquelle il ne vaudrait mieux pas que nous ayons à prendre la fuite à plus de soixante-dix kilomètres heure. Sur zone, nous nous retrouvons dans un patelin aussi paumé qu'une ferme en Lozère. Les deux gars se parent de perruques en peau de fesse, et, armés de battes de base ball, foncent billes en tête à l'intérieur du bar. Je leur emboîte le pas, chaussé de lunettes de soleil, de gants de cuir et d'une casquette. Mais à peine sortis de la voiture, l'un d'entre eux me lance :

— Espera alli.

Avec un geste de la main qui ne souffre pas à hésiter, je reste adossé à la voiture dont le moteur tourne toujours. Par l'une des fenêtres du bar, je vois virevolter les deux bouts de bois, accompagnés de bruits sourds, sans qu'aucun client ne tente d'intervenir, les regards plongés dans leurs verres ou rivés sur la télévision accrochée au mur. Pas deux minutes ne se sont écoulées que les deux ressortent, laissant derrière eux des gouttes de sang jusqu'à la voiture.

— Eso es todo, vamos.

Je comprends qu'ils ne souhaitent pas prendre un verre ici, mais je leur montre les traces qu'ils laissent sur le sable du parking. Ils laissent tomber de concert leurs battes et nous partons pour retrouver Juan dans un restaurant, à quelques kilomètres de notre position.

Il nous remercie pour l'intervention de ce soir et nous invite à sa table pour dîner. Je fais un rapide tour de toutes les personnes présentes dans le restaurant et ne parviens pas à savoir qui ne fait pas partie de la maison. Si un coup de filet se fait ici ce soir, j'aurais du mal à faire croire que je ne suis qu'un simple touriste français en visite dans le coin. L'opération de chargement de la came doit avoir lieu dans une semaine et beaucoup de points sont encore à régler.

Nous sortons de table aux alentours de 02h00 du matin, en ayant balayé pas mal des points bloquants. Juan m'a trouvé une TX500 pour me déplacer plus facilement, mais les routes sont passablement défoncées dans ce coin de l'Espagne et rouler à deux roues n'est pas des plus sécure, mais je m'y adapte.

La dernière semaine de préparation est bouclée. Le navire de pêche est prêt, les chargements également. Jeudi soir, ce sera le départ. Les trois équipes doivent respecter leurs horaires de chargement, étalées de 00h45 à 01h05.

À l'heure dite, le navire est ancré à quelques centaines de mètres de la plage. Le premier 4 x 4 descend tous phares éteints jusqu'à la place, et le premier ballot de cinquante kilos est chargé dans une petite embarcation qui file jusqu'au navire, avec pour seul éclairage les étoiles et la lune montante. Pas un mot n'est échangé par les hommes présents aux différents postes. Au final, les trois ballots rejoignent le navire sans embûches. Juan passe son temps à faire la vigie en cherchant de toutes parts la présence des flics. Je le sens anxieux, je le suis aussi. Nous entendons l'ancre du navire remonter, puis le moteur démarrer. Le navire manœuvre et bientôt nous ne distinguons plus que la lumière rouge à bâbord, qui s'éloigne sur la mer calme direction plein est.

Juan semble se détendre un peu mais ne lâche pas le navire des yeux pendant de longues minutes. Il m'invite à le suivre sur les hauteurs afin d'observer encore un peu le début du voyage du navire de pêche. Nous voilà chacun sur notre moto, à serpenter sur les lacets ensablés jusqu'au plateau le plus élevé du coin. Juan dégaine une paire de jumelles et se fixe sur le navire que je ne distingue presque plus à l'œil nu. Le navire est quasiment hors de portée, lorsque deux bruits de moteurs surpuissants fendent le silence de la nuit. Les deux embarcations foncent droit sur le navire, chacune dotée d'un puissant projecteur pointé sur ce dernier. Juan lâche le navire des yeux et redirige ses jumelles vers les bateaux se dirigeant vers lui.

Dans un soupir rageur, il lance, comme pour se parler à lui-même :

— C'est cramé, soit on s'est fait doubler, soit on s'est fait balancer.

Je comprends de suite que l'opération est un échec, et lui réponds :

— Selon toi ?

— On va le savoir très vite.

Les deux rapides continuent leur progression vers le navire. Ils ne sont plus qu'à moins d'un mille marin de leur cible. De notre poste d'observation, nous ne distinguons pas d'autres bruits que ceux des deux moteurs. Avant que les embarcations n'atteignent le navire, une violente explosion, suivie de hautes flammes, s'échappent du navire.

— C'est la Guardia civil, on s'est fait balancer.

— Tu en es sûr ?

— Oui. Si nous nous étions fait doubler, l'équipage aurait laissé prendre la came, mais comme c'est la Guardia civil, ils vont essayer de faire couler le navire pour qu'elle disparaisse. En attendant, nous devons nous barrer d'ici au plus vite si l'on ne veut pas se faire serrer et finir en prison.

Juan fonce jusqu'à sa moto sort un sac à dos de l'une de ses sacoches, qu'il me tend.

— Tiens prends ça, ça va peut-être te sauver la vie. Il y a un demi-million de pesetas dedans. Tu me suis autant que tu peux et en cas de problème, ce sera chacun pour soi.

Je prends le sac à dos et fais démarrer la moto sans attendre. Nous redescendons vers le village et prenons plein ouest pour contourner les grands axes routiers.

Nous roulons pendant presque six heures, nous arrêtant tous les deux cents kilomètres pour faire le plein des motos. Nous sommes physiquement à bout de forces. J'ai les genoux en compote et ma tête va exploser à cause du bruit dans le casque. Juan me motive à continuer de rouler pendant encore une bonne heure pour sortir du rayon d'action de la Guardia civil du sud.

Cette heure est interminable. Je suis hypnotisé par la route qui défile devant moi dans le halo jaune du phare de la moto. Je ne tiens plus, je risque de tomber. Je fais signe à Juan de s'arrêter. Il consent à faire une pause de trente minutes, mais pas plus. Si les flics nous serrent, nous sommes bons pour vingt ans de geôle. Nous faisons quelques mètres pour nous ranger dans un petit chemin poussiéreux. Au soleil levant, nous découvrons au bout du chemin un abri de jardin en bois. Nous garons les motos à l'arrière de l'abri et nous nous écroulons de sommeil immédiatement.

À notre réveil, ma montre indique 10h20. Nous avons dormi plus de trois heures. Juan me propose de passer par le désert espagnol pour remonter par le nord, vers les Pyrénées. Il estime que nous en avons pour environ deux mille trois cents kilomètres, soit cinq jours de voyage. Si c'est le prix de la liberté, allons-y. J'accepte.

Au final, nous mettrons sept jours à passer la chaîne des Pyrénées pour arriver à Biarritz. Le passage de la frontière sonne comme une délivrance. Je suis alors incapable de dire combien de kilomètres nous avons fait, mais ce qui est sûr, c'est que mon mental et mon corps sont détruits. Nous prenons une chambre d'hôtel dans l'arrière-pays Biarrot et y séjournons pendant trois jours, sans sortir de la chambre, harassés par la fatigue. Juan doit tirer un trait sur l'Espagne. Cela faisait trois ans qu'il y était installé, mais désormais, il doit y être fiché.

Nous convertissons le peu d'argent qu'il nous reste et vendons à la sauvette les deux motos à deux jeunes peu regardant sur leurs provenances. Je lui propose de faire le chemin retour jusqu'à Paris ensemble, mais il refuse, préférant remonter vers Bordeaux où il a gardé des contacts. Nos routes se séparent. Je remonte sur Paris en pensant aux troisièmes couteaux qui ont dû se faire mettre à l'ombre.

61.

Mai 1978.

Un mois chargé pour Mesrine. On l'attendait, il l'a fait. Les paris vont bon train depuis des semaines dans les bars à voyous. On mise, comme en Angleterre, sur la date, l'heure ou encore le moyen que va employer Mesrine pour à nouveau se faire la belle. Cette fois, il va devoir avoir de sacrés appuis pour forcer la porte de la Santé. Cette vieille bâtisse n'est pas facile à entrouvrir. Depuis le temps qu'il se murmure qu'il veut se refaire le coup du tribunal de Compiègne. Donc ce 8 mai, le Grand est à nouveau dehors, après avoir neutralisé et fait se désaper des gardiens pour leur piquer leurs fringues et leurs feux… Il a filé avec Ardouin et Rives en passant par le chemin de ronde et le mur d'enceinte de la prison. Dans leur cavale, Rives se fera descendre au pied du mur, côté liberté. Et à peine trois semaines après son évasion, le voilà qui braque, toujours avec Ardouin, le casino de Deauville, en prenant soin avant de passer par le commissariat de la ville pour connaître les effectifs en place ce soir-là. Quel panache, avouez-le !

62.

Septembre 1978.

Les frères Yand ne m'ont pas tenu rigueur de la perte de leurs cent cinquante kilos de came espagnole non livrés l'année dernière. Ça les a juste un peu retardés dans leurs investissements immobiliers, mais n'ayant pas perdu de cash, le problème s'est reporté sur les Espagnols. Ils ont depuis modifié une fois de plus leur plan et font désormais acheminer la blanche par Gibraltar. Par contre, ils n'ont pas voulu entendre parler d'un quelconque dédommagement pour moi, ce qui m'a plongé dans une panade financière assez importante pendant quelques mois. Heureusement, en cette rentrée, mon ami Jo, qui est remonté de l'Île de Beauté pour faire redescendre du cash pour son groupe d'action, me propose une opération qui semble être rentable, du moins sur le papier.

Il est en cheville avec Marievonne, une communiste pure souche, tendance extrême gauche anarchiste révolutionnaire, des quartiers nord de Paris. Cette dernière souhaite se faire la valise aux alentours de Porto Vecchio l'année prochaine afin d'y couler sa retraite de syndicaliste de la SNCF. Elle a proposé à Jo un coup non dénué de sens pour qui veut prendre de la fraîche. À la fête de l'Humanité, où elle aide pendant plusieurs jours au stand de sa section locale depuis des lustres, elle s'est rendu compte, au fil des années, de la quantité de cash qui circule sur place. Entre les entrées, les bars, les vendeurs divers, les librairies et la restauration, tout est payé en espèces. Chaque section a son trésorier en charge de centraliser l'argent, de le comptabiliser et de le déposer sur les comptes bancaires de sa section.

L'idée qu'elle propose, c'est de monter un braco sur la caisse des entrées. Et cette année risque d'être à forte influence, du fait des concerts de Genesis et de Léo Ferret. L'anarchiste chanteur déplace encore les foules malgré le nombre décroissant de cocos et d'anarcos chaque année. La grande scène du festival peut recevoir jusqu'à cent mille personnes et la fréquentation de cette année devrait avoisiner les deux cent mille, ce qui laisse imaginer les sommes brassées par l'organisation, ne serait-ce qu'au niveau des tickets d'entrée.

Nous organisons une réunion de travail avec la Louise Michel du groupe constitué par Jo. Nous serons quatre, avec l'ajout de l'un de ses hommes de main, monté avec lui de Corse. Nous statuons dès le début sur la répartition des gains entre nous. La moitié pour les Corses, un tiers pour Marievonne et le dernier tiers pour moi. Elle nous a dégoté le plan général de la fête avec les emplacements de chaque section, des points d'entrées, des parkings, des postes de secours, des scènes de spectacle, du pôle organisation, du carré VIP, etc. Nous projetons de taper samedi soir, pendant le concert de Genesis. Il devrait durer une heure trente selon la programmation. Les caisses de l'organisation restent sur site tout le week-end. Nous pourrions attendre le dimanche soir, mais l'effet de surprise nous paraît plus intéressant.

Tous les points sont listés : l'emplacement de la voiture pour l'extraction, la localisation des préfabriqués du pôle organisation, le poste de police, le nombre de gardes du PCF, l'heure d'intervention, les moyens de diversion, la logistique pour les armes, les heures des rondes. Au bout de la nuit, nous sommes calés. Si les projections de Marievonne sont bonnes, nous devrions pouvoir mettre la main sur un demi-million de francs au minimum.

Nous nous quittons et je mets à profit la semaine nous séparant de la fête pour rassembler, avec Jo, la logistique nécessaire. Côté voiture, nous utiliserons une Lada 1 200, pratique pour se fondre dans la nuée des voitures des prolos visiteurs. Deux motos auraient été plus adéquates, mais trop risqué, du fait de la foule dense aux abords du festival.

Le 9 septembre est là. Je me prends à rêver, comme souvent, que ce coup puisse me mettre à l'abri financièrement pour pas mal de temps. Non pas que je rechigne à la tâche, mais j'aspire à du repos. Les petits trafics, la came, les règlements de compte rémunérés ou les détournements de marchandises me fatiguent énormément et je sens bien être dans le viseur de la maison poulaga. Je surprends encore trop souvent des sous-marins de police planqués non loin de chez moi, et ma paranoïa ne cesse de remonter à la surface. Nous arrivons sur place vers 10h00 avec Jo. Affublés couleur locale pour la circonstance : pantalon de treillis et tee-shirt du Ché. Jo pousse le déguisement jusqu'à se parer d'une grosse boucle d'oreille à la Bernard Lavilliers. Sacoche en bandoulière avec arme de poing planquée et postiche pour l'attaque.

Nous payons notre entrée auprès de militants joyeux comme des enfants obèses dans un magasin de confiserie. Aucun contrôle des effets personnels. Dès la file d'attente de l'entrée à la fête, des odeurs d'herbe se font sentir. Nous passons immédiatement voir Marievonne pour vérifier que tout est ok. Sa section a une belle tente demi-ronde aux couleurs marron et orange, de dix mètres par cinquante. À l'intérieur, un bar où s'accoudent quelques cocos au rosé du matin, en bleus de travail et chemises à carreaux, des tables rectangulaires, des chaises et un coin débat constitué d'une dizaine de poufs et d'un touret d'électricien posé au sol, façon table basse. À l'arrière, deux cuistots en marcel s'activent déjà à préparer les repas du midi. Les femmes font la vaisselle et nous partageons un café en tendant l'oreille vers nos voisins, charmants piliers de bar. Délectation pour les oreilles. Discours immuables et répétitifs. Il ne manque plus que Bob Dylan et sa guitare. Dans une tente toute proche, ça chante à pleins poumons. La section du Tarn donne de la voix en ces premières heures.

Nous laissons Marievonne et reprenons notre déambulation au milieu de la foule qui grossit d'heure en heure. Des familles entières se pressent, le soleil est au rendez-vous cette année. Les sourires sont sur les visages et la poussière sur les chaussures. Tout semble n'être que joie et détente, à la limite d'un nouveau Woodstock. Une grande roue et des jeux font le bonheur des jeunes pendant que les plus vieux refont une fois de plus le monde, en tirant à boulet rouge sur ces salauds de patrons et ces connards de droite. Dans les allées, les jeunes militants essaient de faire adhérer un maximum de personnes au parti. Georges Marchais fait son discours devant des milliers de militants debout et poings levés. Puis c'est le tour de Charles Fiterman et de Georges Séguy. Je ne prête qu'une oreille discrète à leurs propos, me concentrant sur les issues et leurs gardes pour la fin de journée. Les vigiles font leur travail sérieusement et n'ont que faire de la bonne ambiance générale.

Jo explore les sanitaires et les barrières bâchées qui délimitent le périmètre de la fête. Marievonne avait vu juste : elles sont solidement attachées entre elles par des menottes métalliques. Impossible de les démonter, même partiellement, pour y faire un trou d'homme. Nous allons devoir nous exfiltrer par la sortie du pôle organisation.

L'après-midi se passe. Des hectolitres de bière sont engloutis aux quatre coins de la fête et la merguez de gauche fait fureur. Nous passons quelques instants à échanger avec des anciens militants qui nous expriment leur rêve pour le monde de demain. Mais ne faudrait-il pas déjà gérer celui d'aujourd'hui ?

Arrive en début de soirée le début du concert de Genesis. Noir complet sur scène, puis des lasers commencent à tournoyer et le show se lance dans une ambiance de délire général. Nous sommes sur la droite de la scène avec Jo lorsque Marievonne nous rejoint, son accréditation autour du cou. Nous la suivons jusqu'au pôle organisation, en slalomant dans la foule compacte et passablement à l'ouest. Arrivés au pied de l'escalier d'un préfabriqué, elle nous indique une porte et entame la conversation avec le chargé de filtration qu'elle connaît. Détournant son attention, nous nous faufilons à l'intérieur et nous nous retrouvons face à quatre personnes affairées à compter et mettre en liasses les espèces du jour. Une grande table ronde est jonchée de billets. L'effet de surprise est total quand Jo brandit son 9 mm sous le nez de l'un des volontaires. De mon côté, j'extirpe deux sacs de sport de ma besace et les jette sur la table, tout en portant mon index à ma bouche, pour leur signifier de ne pas l'ouvrir. Je leur fais signe de les remplir rapidement. Les quatre se regardent sans comprendre si c'est une blague ou non, mais lorsque Jo arme le chien de son pistolet, ils s'exécutent, la peur dans les yeux.

— Tout ira bien si vous vous magnez le train, lance Jo en prenant un accent du sud-ouest.

De mon côté, je dégaine mon arme et la plaque à plat contre le dos de l'un des quatre en lui mettant la pression.

— Plus vite, plus vite, plus vite.

Nous bloquons la seconde porte d'accès du préfabriqué par une chaise. Marievonne ne parvient pas à détourner l'attention du garde très longtemps et le voilà qui pointe le bout de son nez dans l'encadrement de la porte, comprenant de suite l'affaire en cours.

— Il se passe quoi ici ? lance-t-il d'un ton sec.

J'hésite à tirer un pruneau contre le plafond du préfabriqué mais me ravise immédiatement quand Jo lui plaque son canon contre la tempe.

— À plat ventre, par terre, hurle Jo au garde, si tu joues les héros, t'as plus de cervelle !

Le garde ne peut que s'exécuter et se retrouve à terre avec le pied de Jo sur la figure, pendant que les autres terminent de remplir les sacs.

Le ton commence à monter. Je sens que l'un des quatre veut tenter quelque chose. Je le fixe du regard et lui assène un coup de crosse dans le nez, qui se met à pisser le sang sur les billets. Tout est mis en sac. Je pointe mon arme en direction de Marievonne, restée plaquée contre le mur du préfabriqué, les mains en l'air.

— Toi, la blondasse, tu viens avec nous, et si l'un d'entre vous bouge une oreille, je la fume.

J'attrape le premier sac et Jo le second. Nous pressons le pas vers la sortie du festival, bousculant au passage plusieurs personnes. La nuit commence à tomber et la luminosité diminue. L'étau des gens sur notre passage semble se refermer.

Nous manquons à de nombreuses reprises de tomber tant le sol est jonché de câbles, de plots ou de détritus en tout genre. Se perdre dans le festival est chose facile tant il est grand, mais heureusement, nous avons bien repéré les lieux dans l'après-midi. Fonçant bille en tête vers la sortie, Marievonne brandit son badge en direction du peloton qui barre la sortie vers l'un des parkings. Ces derniers s'écartent sans chercher à comprendre, ne voyant pas nos armes.

Saisissant un talkie-walkie dans son sac, Jo appelle son homme de main pour lui signifier que nous arrivons. À la voiture, ce dernier démarre tranquillement après que nous avons chargé les deux sacs dans le coffre de la Lada. Nous sommes tendus et gardons nos feux avec nous. Beaucoup de monde est sur le départ de la fête. Toutes les rues en périphérie du festival sont bouchées. Nous risquons de nous faire serrer comme des rats si l'alerte est rapidement donnée.

Au volant, l'homme de main reste calme. C'est d'ailleurs lui qui prend le relais en désamorçant la tension. Il baisse sa vitre, allume la radio et se grille une cigarette alors que nous sommes cernés de tous côtés par des voitures et des piétons. Nous essayons de lui rendre la pareille en nous décontractant quelque peu, coudes à la fenêtre. Néanmoins, nous sommes au comble de la nervosité lorsque nous passons devant la patrouille de gendarmes postée à l'entrée de l'autoroute A1 qui doit nous ramener vers Paris. Armes à l'épaule, ils contrôlent visuellement si les chauffeurs ne sont pas alcoolisés. Minutes interminables, trafic bouché, assis sur nos pistolets, nous entendons au loin des sirènes et distinguons des gyrophares bleus dans les rétroviseurs. Je sens mon cœur taper fort dans ma poitrine. Pas moyen de se faire la valise à pied.

Au bout de trente minutes de pare-chocs contre pare-chocs, nous sommes enfin sur l'autoroute, noyés au milieu de centaines d'autres voitures. La nuit nous aide à nous fondre dans la masse. L'autoroute n'est maintenant qu'une longue bande de lumières rouges d'un côté et jaunes de l'autre, sur des kilomètres à perte de vue. La radio diffuse un flash spécial qui annonce notre braco. Nous ne crions pas victoire pour autant, pas avant d'être en sécurité dans la planque que Jo a préparé porte de la Chapelle.

Une heure trente pour arriver à la planque. L'homme de main nous y dépose, avant de filer cramer la Lada dans un terrain vague de la banlieue nord. Il nous rejoindra le lendemain, dans la matinée. Nous nous retrouvons tous les trois assis par terre contre les murs du studio. Les deux sacs sont posés au centre de la pièce et personne n'a la force de les ouvrir tant la décharge d'adrénaline a été violente. Heureusement que nous n'avons pas eu à faire usage de nos armes, tant à l'intérieur qu'à l'extérieur, vu la quantité de monde qu'il y avait.

Nous restons plantés là pendant un temps que je ne saurais quantifier. Peut-être vingt minutes ? L'un des secrets d'un braco réussi, c'est de rester calme et concentré en toutes circonstances, mais lorsque tu croises des familles avec des enfants et que potentiellement ta seule chance de t'échapper et de tirer, jusqu'où va ton calme ? Nous avons réussi oui, mais à quel prix ? Un quart d'heure interminable pour réunir les fonds dans les sacs, et cette sortie, si loin dans le noir de la nuit.

Jo propose de se jeter un pastis avant d'ouvrir les sacs, ce que nous acceptons volontiers. La pression redescend doucement. Personne ne revient sur ce qu'il vient de se passer ou sur les ratés des uns ou des autres. Marievonne est la première à porter sa main sur la fermeture éclair de l'un des sacs. Ce dernier nous laisse entrevoir son contenu, ce qui provoque un large sourire sur nos visages. Nous visons l'intégralité des deux sacs dans l'angle de la pièce et trions les billets par valeur. Ensuite, nous séparons les billets en quatre parts égales. Au final, ce sont plus d'un million deux cent mille francs que nous avons ramené. Trois semaines de préparation pour ce résultat, nous sommes heureux, mais nous savons que nous avons laissé pas mal de traces derrière nous. Et le fait que Marievonne ne réapparaisse pas dans les jours suivant le braco en est une grosse.

Les flics n'auront pas loin à remonter les connexions entre la cellule anarchiste et les Corses. Advienne que pourra.

63.

Janvier 1979

Quitte à prendre des risques, nous en avons pris et ce 31 décembre a été fêté dignement. Nous avons fait sauter un nombre incalculable de bouchons et englouti tout ce que la capitale possédait comme charcuterie Corse chez Jean Jean rue Riquet, avec Jo et les frères Meloucci. Pas moins d'une trentaine de personnes se sont entassées dans le petit bar jusqu'au petit matin. Chants, rires, cotillons et serpentins. Il y avait là de quoi remplir des cellules pour trois générations, de la petite frappe au grand voyou. Pas de flics à l'horizon, mais quelques crosses brillaient tout de même à l'arrière des vestes de certains. Nous en avons profité pour y blanchir quelques billets issus du braco de la fête de l'Huma.

À y tendre l'oreille, certaines discussions tournaient autour du Grand et de son opération contre la famille du Juge Petit. Chacun y va de son idée, parfois aux antipodes les unes des autres. Pas de quoi s'engueuler en ce jour festif. Il se murmure que le Grand logera non loin d'ici, vers Clignancourt. Mais comme toujours, pour une info de vraie, il y en a dix de fausses. Ce qui est sûr, c'est qu'il se terre. Et ce matin du 4 janvier, il fait parler de lui dans les colonnes de Libération. Accoudés au bar, les yeux vitreux mais tournant tout de même au café calva, les habitués font leur résumé de cette interview de Mesrine, qui fait un sévère réquisitoire contre le système pénitentiaire et surtout contre les Quartiers de Haute Sécurité (QHS). Nous voilà repartis pour des échanges de salon à la Michel Polac.

Je m'accorde une matinée de calme avant de descendre rendre visite à mon ami Marco le faussaire, afin d'organiser avec lui le blanchiment de ma partie du butin de l'Huma.

Jo fait blanchir l'argent via ses bars et ses commandes de machines à sous sur l'île de Beauté. Quant à Marievonne, de son côté, elle a préféré filer directement en Corse et gérer elle-même ce point arrivée là-bas. Autour d'un café aussi chaud qu'imbuvable, Marco m'annonce qu'il pourra blanchir à hauteur de vingt-cinq mille francs par semaine, avec une retenue de quinze pour cent. Je n'ai pas d'autre alternative et suis dans l'obligation d'accepter son offre. En attendant, je vais devoir stocker la fraîche dans mon appartement, ce qui n'est pas des plus sécurisé. Je repasserai en fin de semaine pour lui déposer les premiers vingt-cinq mille.

64.

Septembre 1979.

C'est la rentrée des classes dans l'hexagone et très clairement, je me laisse porter par le courant. J'ai eu la chance de passer quelques jours avec Lili et sa grand-mère pendant l'été. La petite a la tête bien ancrée sur les épaules et a pigé que « papa » n'était pas dans la norme des papas de ses copines d'école. Mais cela ne la dérange pas plus que ça, du moment que l'on continue à se voir. Par contre, elle souffre énormément du manque de sa maman, mais je n'ai pas à cœur de lui dire qu'elle a été vengée.

J'ai refait le plein de fraîche auprès de la grand-mère et, de mon côté, je suis à l'aise encore pour quelques mois avant de me remettre en piste. Les propositions sont nombreuses, surtout du côté des bandits manchots qui font fureur actuellement. Placements, suivis, prélèvements, il y a de quoi faire, surtout qu'il s'en place des dizaines chaque semaine dans les bars de la première couronne de Paris. Mais pour l'heure, je ne donne pas suite, car la maison poulaga est sur les dents. Les contrôles sont partout, que ce soit sur la route, dans les rues ou dans les transports, elle traque le Grand, après ses deux affaires, Lelièvre, le géant de l'immobilier, et Thillier, le journaliste. Il a séquestré le premier contre rançon et a copieusement arrangé, façon règlement de compte entre amis, le second. Une chance pour Thillier qu'il ait échappé à la mort. Ça sent le soufre. Tout le monde se demande jusqu'où il ira avant que cette histoire prenne fin, car irrémédiablement, cette chasse à courre va connaître une fin tragique, à moins qu'il ne s'exile dans un pays d'Amérique du Sud. En attendant, je vaque à mes occupations, en préparant l'avenir.

65.

Novembre 1979.

Cet automne parisien est sec comme un coup de trique. Le temps permet de régler quelques affaires courantes sans trop se soucier de la météo, ce qui est plutôt agréable. Néanmoins, les frères Meloucci ont un problème de taille sur les bras. Un petit filou a cru bon d'essayer de venir braquer leur casse. S'introduisant une nuit dans l'emprise de l'établissement, il a dessoudé les quatre chiens des frangins à coups de 9 mm sur silencieux. Jean pense que le gars avait dû être renseigné sur la fraîche ainsi que sur les fusils qu'ils stockent dans leurs baraquements. L'un des chiens a réussi à croquer la bidoche du lascar avant de se faire fumer. Il y a des traces de sang partout dans le bureau du patriarche. Mais le coffre-fort n'a pas été fracturé, peut-être par manque de temps, ou bien le voleur a dû déguerpir à cause de sa blessure. Le fait est qu'il a subtilisé un bon paquet de pognon non déclaré aux impôts, et que quatre chiens manquent à l'appel. Et chez les manouches, on ne touche ni aux mômes, ni aux clébards.

Après une traque d'une semaine, la petite frappe a été localisée dans la banlieue sud, aux environs de Massy. Comme souvent, le gus a ouvert sa grande gueule au comptoir de son bar afin de se faire mousser auprès de ses potes. Problème, le patron du bar planque pas mal de choses pour les frangins. Du coup, expédition punitive direction Massy. Le patron du bar a rincé les clients façon tournée générale aux frais des frangins et le gus n'a pas pu décoller son cul de son tabouret avant que de la fratrie ne débarque. À leur arrivée, le patron a baissé son rideau de fer un peu plus tôt que d'habitude, pour raison personnelle a-t-il dit, faisant dégager toute sa clientèle, à l'exception de la petite frappe invitée par les frangins à partager un dernier… verre.

— Bonsoir Jean, dit le patron, comment vas-tu ? Tu as la tête d'un gars qu'a un furoncle au cul.

— C'est presque ça l'ami. Figure-toi que je suis en deuil.

— Ha merde, j'suis désolé. Toutes mes condoléances.

— Tu peux l'être oui, en plus je le suis quatre fois.

Ils entourent le dernier client. Très vite, les coups ont commencé à pleuvoir, d'abord gentiment, ambiance cour d'école puis plus appuyés, façon boxeur professionnel. De son côté, le patron du bar en a profité pour aller faire sa vaisselle dans la cuisine pour s'avancer et laisser le champ libre. À trois contre un, la résistance n'a pas été très vaillante. En quelques minutes, le tabouret était à l'horizontale et son locataire également, servant maintenant de paillasson aux pompes des frangins. Une fois que l'un des yeux du gus eut quitté son orbite, les coups ont ralenti, comme pour faire durer le plaisir. Ils se sont délocalisés vers la cage thoracique et l'entrejambe de la serpillière. N'y tenant plus, Louis a sorti son calibre pour loger deux pruneaux dans la tête du voleur, ce qui a eu comme effet de faire sortir le patron de sa retraite.

— Ha non les gars, là je ne suis pas d'accord. Je vais avoir droit à une descente de flics avec votre boucan.

— T'inquiète, on s'en va. Et désolé pour les traces de sang. On va te débarrasser du crevard.

Ils l'ont chargé manu militari dans le coffre de la BMW. Les frangins ont laissé le bar avec une forte odeur de mort et de belles traînées rouges derrière eux. Partant de là, je ne pige pas trop pourquoi les frangins ont besoin de mon aide, sachant que le boulot est déjà fait ? La réponse est qu'ils n'arrivent pas à joindre le boucher des Cévennes pour se débarrasser du corps. L'homme à l'acide facile ne répond pas au téléphone, ce qui n'est pas son genre. Et de fait, les frangins sont dans la mouise avec leur viande froide dégoulinante dans le coffre. Ils me chargent donc d'aller toquer à la porte du boucher charcutier pour préparer leur arrivée. Nouveau problème, je ne trouve personne chez le boucher. En pleine semaine, cela semble plus que bizarre. Je remonte jusqu'à « Chez Francis » pour prendre des nouvelles et ce que m'annonce le patron ne va pas arranger les bidons des frangins.

Le boucher des Cévennes s'est fait serrer par les condés la semaine dernière en pleine action, un corps sans papier à demi immergé dans sa cuve d'acide au sous-sol. Apparemment, il se serait fait balancer par une voisine qui se serait plainte des odeurs auprès du commissariat de quartier. Pour bien couronner le tout et lui faire comprendre que sa garde à vue risquait fort de mal se passer, les flics auraient plongé le bras droit du boucher dans la mixture, lui rongeant la peau jusqu'aux os. Lui qui prenait tant de précautions à ne pas se brûler. Bref, lui aussi est passé de vie à trépas dans les heures qui ont suivi son arrestation. C'est moche de finir cramé par son propre matériel.

En tout cas, les frangins n'arriveront pas à se débarrasser de la carcasse rapidement, à moins d'aller le cramer dans une fosse au beau milieu d'un campement sauvage des environs. Trop risqué à leur goût, car ça balance pas mal, même au sein de la famille.

Le Strasbourgeois n'étant plus de ce monde, je leur propose donc de faire appel à de la main-d'œuvre professionnelle en la personne de Léo, paysagiste à la Ville de Paris, que je connais depuis des lustres. Il a la charge de l'entretien des espaces verts du cimetière du Père Lachaise. Et quel meilleur emplacement pour un cadavre ? Du moment que cela fait plaisir et que cela débarrasse, me direz-vous. Le souci, c'est que nous sommes jeudi 1er novembre et c'est férié. La bidoche va devoir pourrir une nuit dans la voiture. Le temps également de contacter le jardinier que je sais heureusement où trouver.

Une fois logé dans un petit restaurant de la place de Clichy, je demande audience à mon ami. Les négociations ont été longues et difficiles. À sa décharge, il est vrai que ce n'est pas évident de glisser sous terre un cadavre de quatre-vingt-dix kilos sous le nez de dizaines de parisiens venant le jour de la fête des morts fleurir les tombes de leurs défunts. Mais comme on dit, plus c'est gros, plus ça passe. L'heure de jardinage va coûter cinq mille francs aux frangins, ce qu'ils seraient bien en peine de refuser.

Nous prenons donc rendez-vous pour le lendemain, dans une rue adjacente au cimetière, afin de faire disparaître la chose. Dès l'aube, le paquet passe de la BMW au coffre à ciel ouvert du petit véhicule de la mairie de Paris. Si un voisin a la truffe à la fenêtre, nous sommes morts. Heureusement que les plaques de la voiture sont des doublettes.

En cinq minutes, nous disons au revoir au tueur de chiens qui, désormais, va servir d'engrais sous le gazon fraîchement semé du jardin des souvenirs. Ami passant, souviens-toi...

Ce petit intermède à l'heure du petit-déjeuner passé, je quitte mes amis de galère pour redescendre à pied vers le centre de Paris, afin d'aller déjeuner vers le Châtelet. Quelques kilomètres d'une bonne balade parisienne comme je les aime. Quelques projets en perspective dans la tête, même si, pour l'instant, il n'y a pas de quoi défriser un mouton, je flâne au vent d'automne.

Je m'arrête dans un restaurant que je connais et y déguste un pot-au-feu à se damner. Repu et ma montre indiquant déjà 15h00, je reprends mon chemin, tel un pèlerin du bonheur. Je pense à la gamine que j'ai prévu d'aller visiter dans une semaine et qui m'attend avec impatience, selon sa grand-mère.

Le centre de Paris s'offre à moi, les quais sont beaux, la Seine est belle et Notre Dame sonne de toutes ses cloches. Trébuchant sur je ne sais quoi, je me retrouve le nez dans un étal de bouquiniste, avec quatre mains qui me maintiennent dans la position. Pour le coup, la cloche, c'est moi. Je n'ai rien vu venir et me voilà entouré de cinq poulets énervés comme des drogués en manque. Assis le cul par terre et menottes dans le dos. L'un d'eux semble me connaître.

— Bonjour Jean, comment tu vas ? Ça fait un bail qu'on te court après. On a bien failli te louper, mais finalement tout va bien, on t'a eu.

Me sentant con comme un balai de n'avoir pas vu arriver le danger, je préfère la fermer.

— Allez, suis-nous, on va s'expliquer au calme, le trottoir, c'est pas assez cosy.

Me voilà projeté sans ménagement dans un panier à salade, direction le 36 tout proche. Je me demande ce que les flics peuvent bien me vouloir, en me remémorant toutes les casseroles qu'ils peuvent me mettre au cul. Les réponses à mes questions vont vite arriver.

En dix minutes, toutes sirènes hurlantes, nous entrons dans la cour du 36 quai des Orfèvres, et me voilà replongé dans cet univers que j'ai laissé derrière moi, il y a plus de cinq ans maintenant. Cela dit, rien n'a changé, ni l'escalier principal, ni les couloirs, les bureaux ou les résidents. Pas même le mobilier et les casiers métalliques, par manque de budget sans doute. On ne change pas une équipe qui gagne. Dédale de couloirs au pas de charge et on m'installe comme à l'accoutumée, attaché au dossier de la chaise métallique qui fait face au bureau du lieutenant qui m'a serré.

16h00, dehors le soleil cogne fort, et il règne dans le bâtiment comme une euphorie générale, une sorte d'hystérie collective. Ça rigole à tout va, ça balance des vulgarités en masse, comme des chants de supporters de foot.

— Dans ton cul, dans ton cul, dans ton cul Lulu…

Le lieutenant arrive dans son bureau avec une banane jusqu'aux oreilles et me tape violemment dans le dos.

— Haaaaa, quelle belle journée, tu ne trouves pas ?

— Vous n'allez pas me dire que tout ce bordel, c'est parce que vous m'avez serré ?

— Ha non ma caille, désolé, c'est pas pour ta pomme.

— Qu'est ce qui peut bien vous rendre si hilares chez les poulets, aujourd'hui ?

— Hé bien, figure toi, je te dis ça mais tu le gardes pour toi, qu'il y a trois quart d'heure, on a fumé cet enculé de Mesrine Porte de Clignancourt ! On a fini par lui trouer la peau à l'ennemi public numéro 1, et crois-moi, on va sacrément fêter ça. Alors tu m'excuseras par avance si ton audition est un peu longue.

Je reste sans voix, assis comme un sac oublié sur cette chaise pendant plusieurs heures. J'assiste, sans pouvoir bouger, à toute cette agitation. Tout autour de moi, dans les bureaux, dans les salles de réunion, dans les couloirs, ils beuglent comme des tarés. Ça fait sauter des bouchons et ça trinque de partout. Pire que si la France avait gagné la coupe du monde de foot. J'entends çà et là des informations sur les circonstances de la mort de Mesrine. On parle de camion bâché et de tireurs d'élite, de sang. Une radio est allumée dans le bureau voisin, les flashs spéciaux s'enchaînent.

Un peu plus tard en fin d'après-midi, les équipes du commissaire Broussard sont de retour au bercail. Ils explosent de joie. Ils se repassent le film de l'après-midi, les planques, les filatures, le top action et le coup de grâce.

Occupé à patienter, il me semble voir passer dans le couloir, poignées d'argent dans le dos, Charlie Bauer, le complice de Mesrine, qu'ils viennent apparemment de serrer également. Mais je n'en suis pas certain. Il semblait sonné, tête basse, comme un rugbyman séché par un plaquage rugueux. Ce dénouement était tant attendu par le sommet de l'État, que ce soir, cela risque de trinquer également Place Beauvau. Au final, il aurait pris une vingtaine de pruneaux dans le buffet. Ça a dû lui faciliter le transit.

Épilogue

1980 est à un souffle de nous maintenant, et je ne peux pas dire que ce changement de décennie va s'évaporer rapidement de ma mémoire. Car même sans avoir de soirée du nouvel an prévue dans mon agenda cette année, il est en passe de devenir inoubliable. En l'espace de quelques heures, j'ai pris en pleine figure une multitude d'événements plus ou moins tragiques, sans moyen de les contrecarrer.

Par pure coïncidence, la fin brutale du Grand, Porte de Clignancourt, le jour même de mon arrestation, ne m'a pas affectée plus que cela, après tout, il a eu la vie qu'il a choisie, il le disait lui-même. Mais personnellement, j'ai du mal à encaisser l'addition qui m'est promise. Les flics m'ont sorti la calculette et la machine à charge. Ils m'ont expliqué qu'à leurs yeux, je n'avais pas misé sur le bon cheval en frayant avec la triade Japonaise. L'un des deux frangins n'étant pas ce que l'on peut appeler le crayon le mieux taillé de la trousse... Ils sont sur la piste des frères Yand depuis des mois, et par ricochet, je me suis retrouvé dans leur viseur. Le restaurant, l'appartement, la came, les armes, le blanchiment d'argent, tout y est passé et je risque de trouver sous le sapin plusieurs paires d'années à l'ombre des hauts murs de béton de la pénitentiaire.

Pendant ma garde à vue, ils ont étalé avec fierté devant moi des dizaines de clichés où j'apparais en leur compagnie. Impossible de me défausser ou de dire que je ne les connaissais pas. En attendant mon jugement, je suis parqué à la Maison d'Arrêt de Strasbourg en régime strict, directement au mitard pour quarante-cinq jours. Question détention préventive, on a connu plus souple. Pas de visite, hormis mon avocat, et interdiction à ce dernier d'avoir le moindre contact avec des personnes me connaissant de près ou de loin, à cause de l'arrestation imminente des frangins.

Forcément, je n'ai pas pu prévenir la grand-mère de Lili de mon impossibilité de venir les voir, et c'est sans doute là ce qui me pèse le plus.

Mon appartement de Malakoff a été perquisitionné et mon oseille mise sous scellés, tout comme mon 9 mm. Tout cela pèsera dans la balance devant le juge. On tire toujours un peu trop sur la corde et invariablement, à un moment, elle casse. Je ne m'apitoie pas du tout sur mon sort. J'assume le chemin de traverse que je suis depuis des années. La vie n'est peut-être qu'un jeu après tout ? La mienne me plaît encore. Néanmoins, comme disait Cyrano, j'approche des cinquante piges et l'idée de retourner en zonzon ne m'enchante guère. Avoir pris autant de risques et finir dans un trou, c'est rageant.

J'aurais bien le temps de repenser à tout ça.

Oui, mon instinct me dit que j'aurais bien le temps.

Remerciements

En tout premier lieu, une reconnaissance immense à Bernard Prou, mon professeur des années lycée, mon guide romancier, mon ami et mon frère, depuis plus de vingt-cinq ans. Ce livre, c'est un peu ta faute, tu sais ! Merci pour ta disponibilité, tes relectures, tes corrections, tes conseils et bien plus encore.

Un grand merci à la meilleure amie des caribous du grand Nord, Élise Sévère, pour la couverture. Le passé était beau, le présent l'est tout autant.

elise.severe.infographiste@gmail.com

Un grand merci également à mon second relecteur, Maxime Petit, mais grand par la critique. Nous avons encore beaucoup de kilomètres à parcourir ensemble.

YOUSTORY

7 Place de l'île de Beauté
06300 Nice

www.youstory.fr

Imprimé par Lightning Source France
1 avenue Gutenberg
78 310 Maurepas

Dépôt légal : novembre 2021

Imprimé en France
FRHW010753261121
29157FR00007B/56

9 782381 241227